Lady Sherlock

福爾摩斯小姐

05

Murder on Cold Street

冷街謀殺

Sherry Thomas

雪麗・湯瑪斯——著 楊佳蓉——譯

福爾摩斯小姐 ■書評推薦

「在福爾摩斯小姐系列的開頭中，精巧的歷史背景以及精采的推理情節將贏得讀者的喜愛。歷史懸疑小說書迷必讀。」

——《圖書館雜誌》（*The Library Journal*）星級書評

「將經典偵探做出嶄新、高明的重製……能與全盛期的柯南・道爾爵士比肩。」

——《書單》雜誌（*Booklist*）

「喜愛層次豐富故事的讀者一定會喜愛這個將夏洛克・福爾摩斯轉換成夏洛特・福爾摩斯的系列。而藏在複雜的謎團與慢熱的羅曼史下的，是讓人無法忽視的性別、期望與特權等議題。」

——《華盛頓郵報》（*The Washington Post*）

「快節奏的故事與風趣聰明的對話爲喜愛有趣歷史推理的讀者提供了更強的吸引力。」

——《出版人週刊》（*Publishers Weekly*）

「藉著這組愈來愈讓人喜愛的偵探團隊，這個維多利亞時代的懸疑作品帶來刺激的故事，同時也對人類行爲提出了敏銳的見解。」

——《科克斯書評》（*Kirkus Reviews*）星級書評

「……輕快的節奏、特立獨行的主角與吸引人的角色們，讓這個系列成爲推理傑作。」

——*Shelf Awareness* 書評

「本書是雪麗・湯瑪斯的超人之舉，她創造出令人雀躍的夏洛克・福爾摩斯嶄新版本。從仔細安排的轉折到優雅的文句，《福爾摩斯小姐》是福爾摩斯世界的閃耀新星。這本書滿足了我所有期望，已經等不及看到下一場冒險了！」

——紐約時報暢銷作家狄安娜・雷本（Deanna Raybourn）

「雪麗・湯瑪斯是這一行的翹楚。」

——紐約時報暢銷作家、《僞造眞愛》作者塔莎・亞歷山大（Tasha Alexander）

「讀者將會屏息期待湯瑪斯以何種妙招，將福爾摩斯的經典元素帶入書中的各個細節，一頁接著一頁地探索謎團將如何解開。」

——暢銷作家安娜・李・修柏（Anna Lee Huber）

福爾摩斯小姐5

冷街謀殺

目次

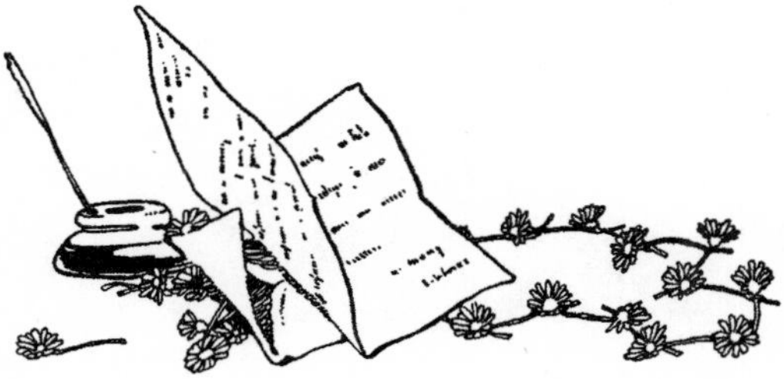

獻給所有女性F. O. D.

——First. Only. Different.——

謝謝妳們

第一章

一八八六年十二月

一棵挪威雲杉占據了約翰．華生太太家二樓客廳的一角，散發出森林般的松脂香氣，枝條上妝點著熱氣球造型的吊飾，以及一個個手作的豐饒之角。樹頂掛了個稍微歪了幾度、裹著格紋花布的天使。天使露出欣喜若狂的表情——雙眼閉著，嘴唇微開，頭仰向天——懷中抱著一臉驚愕的大白鵝。

若不是華麗程度不相上下的夏洛特．福爾摩斯小姐就站在一旁，如此誇張的展示肯定能吸引每一位賓客的目光。

她的開襟長衫上紅下棕，前方像布簾般敞開，露出七層白色蕾絲裙，每層都縫上綠色雲杉和金色蠟燭飾片。此外，棕色區塊更做出了橡實般的視覺效果，使得整套服裝宛如真正的聖誕樹。

當英古蘭．艾許波頓爵爺第一次看到福爾摩斯穿這套衣裙登場時，他身旁的人還因此鬆手掉了茶杯。他不但認識這名女子，也與她頻繁書信往來，然而他也無法相信自己的雙眼，還因為她沒有來到他面前逼他打招呼，深深鬆了一口氣。

第二次見到這套裝束時，已經是四年後，宛如隔世。那時他多少對她的時尚品味免疫了。換作是其他女性，或許會被如此誇張的綜合體吞噬，但她頂著那張甜美有餘的臉蛋、幾乎毫無破綻的沉靜氣質，莫名壓制了一層層絲絨與蕾絲所營造出的超現實感，將它化爲她華麗衣櫃裡的另一名成員。

之後，她在社交圈名聲掃地，不得不離家出走，獨自展開新生活。在那幾個月裡，他不只一次想起那套華服，就這樣孤單地埋藏在她雙親的鄉間居所裡，渴望再次被人穿起。

再次重現那荒唐的華麗風格。

他也不只一次想到，倘若能再見到它，自己會是多麼地訝異喜悅；想到那幅景象能讓自己笑得多開心。

現在他卻笑不出來。

房裡的另一名女子也是。換作是在其他情境下，崔德斯太太——英古蘭爵爺的友人、福爾摩斯過去合作對象羅伯特．崔德斯探長的妻子，或許會對這套宛如喧鬧宴會般的裝扮露出充滿善意、表示讚賞的微笑。

但她現在臉色蒼白，神情震驚，緊緊握著福爾摩斯的手，口中反反覆覆說著：「拜託，福爾摩斯小姐，我不知道還能找誰幫忙了。」

英古蘭爵爺剛獨自從兄長的莊園回到倫敦，來見與他交情匪淺、界線越發模糊的福爾摩斯。他打算對她說自己準備好抹去那些界線，正在華生太太家的二樓客廳等待福爾摩斯，努力管束自己心中爲了此等大事而興起的焦躁與激動。就在這時，崔德斯太太匆忙來訪，帶來她丈夫因謀殺嫌疑遭到逮捕的消息。

英古蘭爵爺還沒消化完她的話語，先試著擺脫第一個浮上心頭的想法：這肯定哪裡出了錯，絕對是如此。

他與崔德斯探長的友誼，源自於兩人對考古學的愛好。然而，今年夏天，他與福爾摩斯的交情令崔德斯探長深感失望，畢竟福爾摩斯已經失去了上流淑女的地位。而他對崔德斯探長冷淡的態度也不是不放心上。

不過到了秋末，他感覺到探長嘗試換個角度來看待事物，少了點非黑即白的絕對。同時他也感覺到兩人的友誼正漸漸修復。

在那之後的幾個禮拜，他幾乎都待在國外。儘管有不少插曲，他依舊期盼能早日返家，與兒女團圓，等聖誕節後再邀探長夫婦來家裡小聚。

當崔德斯太太一踏進華生太太家的二樓客廳，他既是訝異，又有些尷尬——身為即將做出極度私密告白的男子，他完全不希望有第三者在場。不過這份羞赧迅速轉為喜悅，她性情溫煦、善體人意，而且他們已經有好一陣子沒見面了。他萬萬沒想到她突然來訪背後的緣由竟是如此，恐懼滲透重壓他的心，更上竄喉嚨，癱瘓了他的聲帶。

福爾摩斯使力握了下訪客的手。「想必妳就是崔德斯太太。近來可好？崔德斯探長是家兄夏洛克的好友兼支持者。既然他深陷險境，我們自然會把他的安危放在第一位。」

「喔，福爾摩斯小姐，謝謝妳！」崔德斯太太無法克制激動的情緒。「謝謝！」

接著她垂下頭，瞪大雙眼，彷彿此刻才意識到自己就這樣抓著素未謀面的人。她清清喉嚨，鬆開福爾摩斯的手，後退一步。

福爾摩斯不可能沒有注意到如此失禮的舉動，但她完美裝出渾然不覺的神態。「我正好要去照顧家兄。英古蘭爵爺，可否麻煩您在五分鐘後帶崔德斯太太到上貝克街十八號？」

崔德斯探長很清楚夏洛克・福爾摩斯不過是夏洛特・福爾摩斯的化名，但顯然他沒向妻子透露此事，崔德斯太太仍舊相信有位學者在上貝克街十八號臥床休養，透過妹妹福爾摩斯小姐來傳遞他的智慧。

顯然福爾摩斯判斷此刻不適合戳破假象。

等她離開，崔德斯太太對英古蘭爵爺說：「夏洛克・福爾摩斯和他的友人在堅決谷向您伸出援手、徹底洗刷您的冤屈，羅伯特對此深感佩服。我只能指望他——希望他能給予羅伯特同樣的協助。」

孤注一擲的期望在她眼中閃爍，但絕望的成分多於希望。

他走上前，握住她的手，把聲音擠過哽在喉中的硬塊：「親愛的夫人，妳找對地方了。福爾摩斯絕對不會讓她——他的朋友失望。這點妳可以放心。」

她露出虛弱的微笑。「謝謝您，爵爺大人。謝謝。」

「我能爲崔德斯探長做什麼嗎？先前我遭到警方拘留時，他曾爲我奔走，盡可能保障我的尊嚴。現在有我出得了力的地方嗎？」

她搖搖頭。「他在警界有朋友——我相信他們會盡量讓他過得舒服一點。」她這句話說得不太篤定，是爲了他的處境，還是他那些朋友的義氣？

英古蘭爵爺選擇不多問。「那麼，崔德斯太太，身爲探長的朋友——身爲妳的朋友，我能爲妳效勞嗎？」

「我——我現在幾乎無法冷靜。爵爺大人，請問您介意在前往福爾摩斯先生的寓所之前，陪我在外頭走走嗎？」

天色冰冷灰暗，空氣中飽含水氣，感覺隨時都要下雨。崔德斯太太沿著攝政公園的柵欄昂首闊步，戴著手套的雙手握著自己的前臂。她像是在哀悼似地穿得一身黑，但還不到喪服的規格——他這才想起她的兄長在今年夏天社交季邁入尾聲時過世。

人行道上滿是小販、身上掛著廣告看板的人，以及跟在家教屁股後的小孩。他托著她的手肘，沒讓她迎面撞上烤栗子的女販。他們從接近的公園出入口轉出，走向上貝克街十八號。他拉了門鈴，說道：「崔德斯太太，我就送妳到這裡。相信妳希望與福爾摩斯小姐——以及她的兄長——的談話內容能夠保密。」

「喔，不，請別離開！爵爺大人，要是今天沒見到福爾摩斯小姐，我下一個就會去拜訪您，若您不在城裡，我便要發電報到堅決谷了。」

她顫抖地嘆息。「我很想抬頭挺胸，不向任何人求援。可是羅伯特的性命、我們的未來全都岌岌可危，倘若能獲得您與夏洛克·福爾摩斯的忠告，我肯定會舒坦許多。」

近年來，他慢慢控制住那股與生俱來、時而難以招架的保護慾。想要拯救某人的莫名衝動爲他帶來不幸的婚姻，更遭到深知他弱點的兄長剝削。事實上，不過幾天前，福爾摩斯才凝視著他的雙眼說：**你不是莽夫手中任憑擺布的工具，也不用爲了證明自己的價值，而頂下旁人不敢接手的任務。**

因此，儘管現在他樂意提供協助，也沒有直接插手。但是崔德斯太太請他留下陪伴，又說她也會上門求助，這心意令他在開心的同時也努力壓抑過度干涉的衝動。

「既然如此，我當然樂意奉陪。」

「謝謝，爵爺大人，眞是太感謝您了。」

或許是他這輩子耗費太多時光幫助了那些憎恨他，或是絲毫不知感謝的人，崔德斯太太眼中的感激讓他有些手足無措。

彷彿是他還沒撒下種子就綻放的花朵。

福爾摩斯前來應門，領著他們進入上貝克街十八號的客廳。

他來過這間客廳無數次，幾乎把它當成福爾摩斯的辦公室。不過屋內的擺設散發著溫暖居家的氣息，讓人聯想到此處住了一名療養中的病患。

空氣裡飄浮著一抹菸草味，混雜著草藥及酊劑的微微酒精味。壁爐旁架上的雜誌是最新期數，平整的報紙今天早上才送達——顯然是福爾摩斯剛從華生太太家帶來，放到邊桌上。

唯一缺少的是俯瞰上貝克街的拱形窗台上的那束鮮花。取而代之的是一把插在奶油色罐子裡的乾燥薰衣草，要不是有福爾摩斯和她那套聖誕樹連身裙的存在，這應該是房裡的焦點。

她倒了茶，送上薑餅，以及糖衣水果丁和糖漬果皮放得毫不客氣的切片聖誕蛋糕。過了半晌，她又開口：「崔德斯太太，需要更刺激的飲料嗎？」

「好的，謝謝。」

福爾摩斯起身，從酒櫃裡端出一杯威士忌。崔德斯太太毫不猶豫地灌下一大口，皺著臉吞下去。

福爾摩斯讓她慢慢緩過氣。「崔德斯太太，探長是否向妳提過家兄和我的工作模式？」

「有的。」崔德斯太太的嗓子有點啞。「我知道夏洛克．福爾摩斯先生就在那扇門後，能夠聽見我們的聲音。」

「也能透過暗箱裝置看到我們。我們顛倒的影像投在牆上，他必須關著房門遮光，才能看得更清楚。」

崔德斯太太凝視著那扇門，似乎是想請求那位見不到面的智者將腦力發揮到極致。

「崔德斯太太，等妳準備好就可以開始。」福爾摩斯柔聲說。

崔德斯太太深深吸氣。她似乎想追問夏洛克．福爾摩斯的本領，但有些猶豫。「我——我不太確定要從哪裡說起。回顧這幾個禮拜的事件，我越來越懷疑羅伯特——懷疑崔德斯探長他對於自己的行蹤、作爲的說詞是否屬實。」

她顫抖的聲音不只是因爲丈夫現下的處境而驚惶，還怕自己會害他罪加一等。

英古蘭爵爺提醒自己不久前堅決谷的情勢同樣險峻，且一切間接證據都衝著自己而來。不過他對崔德斯太太的情緒反應感到困惑。

「那就從已知的事實開始吧。」福爾摩斯語氣平靜。「接著是妳願意分享的一切。」

他驀然意識到即便曾經多次來訪，但這還是第一次見識到福爾摩斯與客戶對談。姑且不論他第一次和崔德斯探長前來此處時，「夏洛克．福爾摩斯」還沒有世界唯一的顧問偵探頭銜。

「已知的事實。」崔德斯太太喃喃複述。「那應該要從麥唐諾警長今天早上來到我家門口，說要跟我談談開始。」

在工作方面，與崔德斯探長來往最頻繁的當數麥唐諾警長了，兩人既是同僚，也有著師徒般的關係，常常相偕調查案件。

「麥唐諾警長是在幾點造訪府上？」

「九點四十五分左右。」

英古蘭爵爺瞄了客廳角落輕聲運轉的老爺鐘。一點二十分。

「崔德斯太太，這時間妳通常在家嗎？」福爾摩斯柔聲詢問。「我知道妳今年夏末接手了考辛營造公司。」

崔德斯太太臉上掠過一絲難為情。「基本上我那時應該已經進辦公室了。不過因為前一天晚上熬了夜，今早有些不適，所以當時我才剛起床。」

福爾摩斯小姐示意她繼續說下去。

崔德斯太太又喝了一口威士忌，這回克制多了。「得知警長來訪，我既是驚訝，也相當不安。我當然認識這個人，對他很了解，畢竟我丈夫喜歡找我聊他的工作，而麥唐諾警長在他的工作中占了不小的份量。不過我們只見過一次面，那是探長和我一同外出，碰巧遇到他，還邀請他跟我們到附近吃飯。」

她沒有明說為什麼崔德斯探長與他信任的手下除了公事，沒有太多社交往來，但英古蘭爵爺知道原因。崔德斯太太的出身雖然與他和福爾摩斯不同，可是她父親遺留的財富——即便沒有歷史與高尚的背景——代表她的地位遠遠高於她嫁的對象，自然也遠遠超越他絕大多數的同僚。

他去過崔德斯的住所，那是她父親贈送的結婚禮物。屋子不大，也算不上豪華，可是地段極佳，屋內裝潢擺設精緻——除非登上局長大位，一介警官可住不起此等豪宅。

即便如此，為了維持家計，他還是需要節省其他層面的開銷。

這也難怪麥唐諾警長沒有在星期日或其他節日受邀吃大餐。

「麥唐諾警長進屋時，面色凝重——而且震驚。我心跳加速，問他探長是否安好。他向我保證他人沒事，接著又說：『但非常不幸，他犯下謀殺案，遭到逮捕。』」

她打了個寒顫。英古蘭爵爺起身走到壁爐旁，往火裡添了點煤炭。

「我盯著麥唐諾警長，認定他是在胡言亂語。可是過了一會兒，我聽見自己問：『是誰遇害？』」

「『是一位約翰．隆斯代先生。』他說。」

「我腦中一片混亂。大叫：『隆斯代先生？家父的老朋友隆斯代先生？』」

「『我不知道這層關係。』麥唐諾警長答得有些猶豫。『不過我知道他替考辛營造公司做事。』」

崔德斯太太捏捏眉間，雙眼半閉。她的言外之意令英古蘭爵爺的太陽穴抽痛。

「他不只是替考辛公司做事。」崔德斯太太自言自語似地低喃。「家父負責出資，經營手腕也是一流，但是爲敝公司帶來競爭優勢的一向都是隆斯代先生的工程專才。」

「二十五年來，他們是朋友、同僚，也是生意夥伴。隆斯代先生曾因爲健康問題退出——他的醫師警告他不能和以往一樣拚命工作。後來他在我接手之後回到考辛公司，純粹是爲了助我一臂之力。」

崔德斯太太的眼神凝聚起焦點，視線輪流掃過福爾摩斯和英古蘭爵爺。「可是我昨晚還見過他，就在他家，活得好好的。沒過幾個小時，麥唐諾警長就來敲門。就我所知，崔德斯探長甚至不在倫敦，他出差了。」

「所以我就愣愣地看著麥唐諾警長，心裡亂成一團。誰會殺了親愛的隆斯代先生呢？我丈夫宣示要守護法律與秩序，他怎麼可能與隆斯代先生的死有任何一丁點關聯呢？更別說是引來旁人懷疑——留下證據——令他遭到逮捕？」

「『可是探長幾乎不認識隆斯代先生啊！』我聽見自己大喊。」

沉默。

崔德斯太太低下頭，似乎是覺得對茶几說話比較輕鬆。「福爾摩斯小姐，或許妳已經猜到了，麥唐諾警長在那個時間點直接來我家，而不是到辦公室找我，證明了他不知道我最近接手了考辛公司的營運。」

「崔德斯探長他呢，對於我踏出家門工作這件事一開始不太……支持。調查完堅決谷的案子之後，他總算展現出些許興致。所以我邀請隆斯代先生和他的姪女到寒舍用餐。接著他們也反過來邀我們作客。兩次的宴席間，崔德斯探長都對隆斯代先生誠摯而敬重，適切地表現出在德高望重的家族友人面前應有的態度。」

「第二次餐宴距今兩個多禮拜。之後他向我透露出他對隆斯代先生的景仰，認爲我能有這位盟友非常幸運。就我所知，他們沒再見過面。現在卻跟我說他要爲隆斯代先生的死負責？」

「我把滿心震驚與懷疑全數向麥唐諾警長傾訴。他滿懷同情，畢竟他的驚愕不下於我，也認定蘇格蘭警場絕對是搞錯了。」

「他今天有親眼見到探長嗎？」福爾摩斯的語氣完全沒有映照出崔德斯太太的困惑與心痛。

「沒有。他說他提出請求，卻沒有獲准。而且上級警告他除了告知我以外，不得對外洩露消息。他手邊有一張探長的紙條。我帶來了，不過恐怕無法提供太多情報。」

她從手提袋中取出一張紙，交給福爾摩斯。福爾摩斯掃了一眼，以眼神徵求崔德斯太太的同意，又將紙條遞給英古蘭爵爺。

我最親愛的愛麗絲，

抱歉讓麥唐諾警長帶給妳壞消息。抱歉我將令妳極度擔憂不安。抱歉在一切好轉前，很可能還有更壞的發展。

一如往常，我將需要妳的堅強與韌性。眼前是艱辛的日子，但我會撐下去。

全心奉獻給妳的丈夫，

羅伯特

附註：我打從靈魂深處愛著妳，即便我沒有那麼配得上妳。

第二章

英古蘭爵爺將紙條還給崔德斯太太，她凝視著丈夫的字跡好半晌。「他確實沒有宣稱自己的清白，不過他似乎相信一切都會好轉……」

「那我們應該要相信他的專業意見。」福爾摩斯說。

她的客戶輕輕撫摸紙條邊緣。「麥唐諾警長離開後，我趕去蘇格蘭警場。既然知道這場逮捕並未公開，我假裝是夏洛克．福爾摩斯的仰慕者，詢問是否能見崔德斯探長一面，更進一步了解這位偉大的顧問偵探。他們告訴我說今天他有其他行程，沒進辦公室。」

「所以蘇格蘭警場不希望外人得知他們自己人遭到逮捕？」英古蘭爵爺低喃。

「爵爺大人，蘇格蘭警場近日才狠狠地丟了臉，他們得意洋洋地逮捕您，卻又點頭哈腰地釋放您。」福爾摩斯說：「能夠理解他們希望暫時壓下這件事——至少在他們的能力範圍內瞞住外人。但這自然對我們沒有幫助。我——家兄肯定希望我能先和崔德斯探長本人談談。」

「那麼你們現在要怎麼做？」崔德斯太太放在膝蓋上的雙手緊緊握住一方白手帕。

「我們要嘗試不同的調查路線。」福爾摩斯沉穩地回應。「爵爺大人，我聽見送報童走過屋外的聲音，可否麻煩您去幫我們買份報紙？」

他依照吩咐，兩分鐘內拿著報紙回到客廳，並且在上樓途中就已經看起內容。這份下午報是在正午左右印刷，那時報社剛收到天氣預報，完成製版。「沒有提到重大謀殺案或是蘇格蘭警場警官遭到逮捕。我也沒找到與隆斯代先生、考辛營造公司相關的消息，或是任何牽扯得上崔德斯探長現下困境的新聞。」

他抬起頭。「等等，崔德斯太太。隆斯代先生在倫敦的居所位於何處？」

「冷街三十一號。」

聽到這個住址，福爾摩斯臉上閃過一絲情緒。幾乎無人察覺得到的變化，然而對她來說，這已經算是深感訝異。

他指尖微微刺痛。「有一則新聞提及隔壁戶。『今晨於冷街三十三號爆發騷動。警方獲報到場。這棟屋子顯然是空屋，騷動緣由尚未釐清。無法確認是否與本報在先前報導中提及之前夜在該區施放煙火擾民一事有關。』」

「昨晚隆斯代先生家的聚會是什麼狀況？」福爾摩斯詢問。

手帕在崔德斯太太指間攪成一團。「我們用了晚餐，接著是舞會，是幫他的姪女隆斯代小姐舉辦的初次社交晚宴。」

倫敦社交季從晚春持續到盛夏，沒有明確的開始日期，不過一定會在狩獵季首日【註】前結束。社交季原本是專屬於頂尖富貴人家的盛事，然而英古蘭爵爺心裡的印象一直都是有點財力的家庭會仿效他們的「榜樣」，將社交行事曆調整得與社交季分毫不差。此外，五月到七月的氣候本來就更適合設宴享樂。

初次社交晚宴、倫敦市區、十二月——他不敢說這安排絕無僅有，但絕對非常罕見。

崔德斯太太道出了他的疑惑：「以年輕人首度涉足社交圈的宴會來說，時間有些奇特。是我的話，寧可辦個新年舞會，而不是選在聖誕節前幾天。隆斯代先生鎖定的對象並非擁有土地的鄉紳，那些認為工作有失面子的男士；他要把姪女介紹給地位處境相當的家庭，也就是那些隔天還要做生意、等著過年的商號老闆。」

「聚會持續到幾點？」福爾摩斯問。

「這我就不知道了。過了子夜，我的頭痛了起來，凌晨一點就搭上馬車離開。要是他們一路跳到破曉，也不是稀奇的事；隆斯代小姐打扮得很美，在場賓客也都興致高昂。不過我到家時起了霧。很有可能——說不定眞是如此——在我告辭之後，宴會很快就結束了。」

「妳是否注意到隆斯代先生的聚會上，或是隔壁人家有任何不尋常的動靜？」

崔德斯太太垂眼看著手帕，搖搖頭。「沒有。」

「當晚妳應該沒見到崔德斯探長吧？」

「沒有。」

英古蘭爵爺盯著福爾摩斯看。他的觀察力不及她，但不需要多麼高強的觀察力，也能分辨出崔德斯太太最後的兩個答案並非實情。

編註：狩獵季（grouse shooting）首日是八月十二日，開始後貴族們就會回到鄉間宅邸。

福爾摩斯的謊言更是眞假難辨，她在虛實之間遊走，語氣、神態、眼神、臉上的任何一條肌肉都沒有絲毫改變。他相信部分原因是她強大的心智能力，一般人撒謊時常因百般算計、斟酌而心情緊繃，這種情緒與她完全無緣。

剩餘的因素——他不知道占了多少比例——是她完全沒把客觀的道德標準放在眼裡。包括她在內，大多數人從小就反覆接受告誡，知道撒謊是壞事，然而她與常人不同之處就是那些教誨沒在她心中留下太深的印象，她把說眞話視爲權宜選擇，而非必須的正派行爲。

崔德斯太太欠缺福爾摩斯睜眼說瞎話的天賦，以及浮動的道德標準，顯然對自己的答案深感不安。

「我剛才說過了，我以爲我丈夫不在倫敦，要過幾天才會回來。」她繼續說：「現在想來，他必定是在昨夜回到倫敦，或是更早。也許他進了隆斯代先生家隔壁的房子——我無從得知事實。我無法說明他的動向——或是他爲何要這麼做。」

撒謊的人往往會說得太多。崔德斯太太的補充解釋，令英古蘭爵爺更加篤定她可以選擇是否透露重要訊息。

又或者是不得不透露。

福爾摩斯喝了一小口茶，什麼都沒說。

沉默降臨。

多年以來，英古蘭爵爺在福爾摩斯身旁體驗過無數沉默時光。他相信要是經過計算，兩人相處過程中，沉默的比重一定高於說話的時刻。

然而，他今天才知道她竟然能將沉默作爲訊問手段，刻意發出她發現證人不夠坦誠的訊息。崔德斯太太在椅子上左右挪動重心，第一次端起茶杯，喝了一口又一口。

「幸好這謀殺案尚未見報。」英古蘭爵爺打破沉默。「但此時此刻，我們需要更多情報。」

崔德斯太太的茶杯明顯抖動。「請讓我知道我還能告訴兩位什麼。」

福爾摩斯仍舊沉默，不過她的沉默並沒有帶著鋒芒，或是譴責。他要把大部分的發問機會留給她——畢竟現在是她主導詢問——但她也知道他不會讓崔德斯太太不安太久。她已經提出警告，這樣就夠了。

「隆斯代先生是否每天都進辦公室？」她問：「他是否提過今天會缺席？」

「不，他不一定每天上班。」崔德斯太太放下茶杯。「從一開始我們就談定他將以顧問身分參與。比如說我可能這個禮拜四見過他，接著要等到下週二才有機會再與他見面。每次與經理們開會時，他一定會露面，這點我相當感謝，在他面前，他們不會那麼瞧不起我。」

她苦笑一聲。

一股自責湧上英古蘭爵爺心頭。崔德斯太太繼承考辛營造公司那陣子，他的人生遭逢重大變動。然而他理應多給予她些許關懷，至少寄個一、兩封信，詢問她剛接掌大型企業是否順利。

他爲她感到高興，經營如此規模的公司肯定困難重重，但她的精力與機智非常適合這個任務。經過一段日子的磨合，她最終將能牢牢握住這間公司的韁繩。

但現下她不帶笑意的笑聲——更像是出自絕望，隱含著一絲蒼涼——顯示這段磨合比他想像的還要辛苦，顯示她尚未控制住考辛公司，顯示她剛失去最可靠的盟友。

或許那是她唯一的盟友。

「對於妳的損失，我深感遺憾。」他說。

崔德斯太太吁出帶著顫抖的呼息。「就在你以為情勢不能更糟的時候，它就會急轉直下，墜入意想不到的深淵。」

沉默再次降臨，直到福爾摩斯開口：「崔德斯太太，妳來到此處就是希望夏洛克·福爾摩斯能改善目前境況。至少不讓它持續惡化。但為了提供協助，我們得更進一步了解來龍去脈。」

輪到崔德斯太太陷入沉默。

福爾摩斯凝視她好一會兒。「很好，崔德斯太太。」顯然她決定更改策略。「可以麻煩妳約略告知探長在宴會前七十二小時的行蹤嗎？」

「七十二小時……」崔德斯太太緩緩重複。「宴會是在昨天星期一舉辦。七十二小時前就是上週五了。那天下午，他出差去鄉間調查案件。之後就沒有任何消息，直到……直到被逮捕。」

單就他的動向來說，對釐清案情沒有太大幫助。

「有人同行嗎？」

崔德斯太太猶豫了幾秒。「不確定。我原本認定麥唐諾警長會和他一起出差，可是今天早上與警長談話時，他很篤定地說他人一直都在倫敦。」

福爾摩斯挑眉，這是經過計算的誇張表情。「崔德斯太太，妳當時沒問嗎？」

崔德斯太太帶著歉意微笑，一副忸怩不安的模樣。「他出發那時，我心裡掛記著公事。」

英古蘭爵爺忍住跟著挑眉的衝動。

不久之前，他曾經羨慕過崔德斯夫婦之間那深情又和諧的相處方式，那時他正在忍受烽火連天的婚姻關係。今年夏天，福爾摩斯還在辦手邊第一件大案子時，他最後一次見到兩人，在他眼中，兩人依舊是全心爲彼此付出，每一個眼神中都充滿關懷與體貼，即使沒有特別意識到，也會不自覺地朝對方靠近。

英古蘭爵爺和崔德斯探長的友誼迅速冷卻的那陣子，基本上與英古蘭爵爺人生陷入混亂的時期重疊。直到蘇格蘭警場派崔德斯探長到堅決谷調查謀殺案，他才再次見到這位警官。

在那種情勢之下，身爲調查者及被調查者雙方，完全沒機會私下談話。結案前，兩人總算能夠再次以朋友的身分交談，他問起崔德斯太太近來過得如何，從探長的回應中，能感受到他對妻子的成就頗爲驕傲。

然而，崔德斯太太現在卻說丈夫起初並不贊同她踏入商場和營造業，而且這樣的不滿持續了好幾個月。

福爾摩斯說過的話浮上心頭，當時她對探長夫婦的評語是這樣的：**我只希望若是他的妻子破壞了任何他珍視的規矩，他能好好待她。**

他心一沉，違背了丈夫規矩，崔德斯太太的處境也好不到哪裡去，但他們最終還是和解了，不是嗎？那麼，就算只是隨口一提，她眞的不會問起他是否要帶上麥唐諾警長同行嗎？

崔德斯太太一副坐立不安的模樣。英古蘭爵爺不禁思考：還有什麼疑問不會讓她如此不安。

或許福爾摩斯的思路恰好與他同步，她又開啓了另一個話題：「崔德斯太太，妳知道隆斯代先生死後，獲益最大的會是誰？」

崔德斯太太吁了一大口氣，這個提問似乎讓她放鬆不少。「他終生未婚，也沒有親生子女。他的姪女與他同住，而且感情非常好。我知道他還有一個姊姊和幾個外甥。」

「說到誰能獲得最多遺產，我猜應該是他姊姊跟姪女吧。某次我聽他說男人應該要好好奮鬥，拚出一片天，可是女人無法靠著同樣方式成家立業，所以應當要盡量給予她們資產，讓她們不需要依賴沒把她們放在心上的男人過活。」

「他的外甥知道他們不該對他的遺囑抱持太大希望嗎？」

「我想是這樣沒錯。頂多就是一點年金吧。」

不值得爲此揹上殺人罪嫌。

不過呢，倘若哪個外甥得知舅舅的大半財產將落入兩名女子手中，心生不滿，難保不會殺害隆斯代先生，藉此威脅那兩名女士多分一筆遺產給他。

「除了血親之外，還會有誰想要他的命嗎？」

崔德斯太太咬咬下唇。「要是他沒死，只是單純離開公司，我會認定是考辛公司裡反對我的人總算說服他，說讓我失敗對所有人都好。但就算公司問題重重，我也不相信他是因此喪命。」

英古蘭爵爺十指緊緊交扣。她的語氣中透出濃濃的不情願——擔憂令她不得不說出事實。她自然想維持住胸有成竹的假象，把她在考辛營造公司的奮鬥塑造成卓越的成就。可是爲了案件調查，她不得不吞下傲氣，承認自己力有未逮。

「目前處於調查初期階段。」福爾摩斯說：「不能錯失絲毫可能性，即使看似毫無關聯的線索也無比重要。崔德斯太太，妳是否知道還有誰會爲了某種理由，希望隆斯代先生喪命——或是消失？」

崔德斯太太搖頭。「隆斯代先生說話直白——這正是他與家父相處愉快的原因。家父生前總說隆斯代先生說出口的眞話不需質疑，因爲他從不追求虛榮，毫無粉飾太平、推諉過錯的念頭。同樣地，任何人都可以向他直言不諱，因爲他不會爲了旁人的指教而感覺受到冒犯。」

「是的，隆斯代先生有話直說，但他和某些人不同，不是拿眞話當成武器，或是傷害旁人的道具。他爲人正派，良善仁慈，他的誠實亦是如此正派。」

英古蘭爵爺有些惋惜沒在隆斯代先生在世時與他結識。有些人死後只留下未了的心願和難以處理的皮囊，不過有些人則是在有幸認識他們的人心中扯出了空洞。

崔德斯太太眼角閃著淚光。「家父敬隆斯代先生如兄長。我敢說那仰慕之情已超越了兄弟情誼，因爲他過去即使見到我那已過世的伯父，也不會那麼開心，或幫他說那麼多好話。在隆斯代先生離去後，他不斷哀嘆考辛公司再也不如以往。少了一起奮鬥的好兄弟，他感到無比孤單。」

福爾摩斯同情似地點點頭，但顯然這個同理心並沒有強烈到阻止她拋出下一個擾亂客戶心緒的疑問：「崔德斯太太，妳提到公司裡有反對妳的勢力，可否請問妳與那些主管究竟是在哪方面不合呢？」

崔德斯太太拿手帕按了按眼角。英古蘭爵爺突然意識到或許她正在努力隱藏自己的反應，逃避福爾摩斯的火眼金睛，心中不禁浮現一股罪惡感，但是崔德斯太太無論如何努力，都無法消除方才給予他們兩人的不夠誠實印象。

「我可以回答這個問題，不過福爾摩斯小姐，妳一定要知道，我從沒在丈夫面前提過考辛公司的困境。」

「這些與崔德斯探長本人無關的提問，全都是爲了解救他脫離現下的困境。」福爾摩斯解釋道：「妳認定隆斯代先生是盟友，我猜這代表他可能和妳一起對抗那些主管？這會不會是他遇害的原因？這樣的推論有機會排除崔德斯探長的嫌疑，因爲他對妳在公司裡的處境一無所知。」

「好吧。福爾摩斯小姐，既然妳執意了解——」崔德斯太太深呼吸。「我實在不願意承認我與那些主管之間最大的問題，在於他們只給予我極小的權限來經營自己的公司。」

「考辛營造公司在我心中一向無比耀眼，而家父也欣然接受我對公司的仰慕之情，放任我探索支持這間公司的機械技術與商務經營之道。我小時候就學會了複式簿記，爲了理解工程師的思維，還特地學習物理、數學，甚至化學。無論是家父關注的報紙金融版面，還是隆斯代先生珍藏的科學機械期刊，都是我每天的讀物。」

「然而，無論我如何主張自己的能力，說得再怎麼清楚，表明我比兄長更能勝任這個職務，他們總是恍若未聞。」

「看來他們認為我唯一能做好的就是簽名，甚至不想給我這麼多自由。他們每天催促暗示我指派某人，無論是那批主管，還是他們推薦的人選來擔任代理人，好讓我回歸家庭，過著更快樂的生活。」

「我不想只是傻傻地簽名。可是每當我請他們說明每一筆支出與債款時，得到的解釋總是複雜到難以理解。要是我拒絕合作，他們就說我會害公司延誤銷售時機、收不到重要的材料零件。要是我問起怎麼沒先好好向我說明，他們會把我的不悅視為歇斯底里的前兆。」

英古蘭爵爺的臟腑一陣抽搐。他自己的人生也不怎麼輕鬆，偶爾會納悶自己是不是因為前世的罪孽而遭受到懲罰。不過在這種時刻，他會再次理解無論自己過得多艱辛，就因為他天生的性別，這世界上依舊存在著他永遠遇不上的阻礙難關。

崔德斯太太露出苦笑。「我不斷捫心自問，究竟我是不是毫無理智，是不是太過幼稚。但目前為止，我尚未回歸家庭。我猜旁人肯定把我當成頑固的蠢蛋。」

「隆斯代先生與我同樣挫折。他無法理解我面對的反對壓力，但他不再是公司股東，無法干預內部經營，只能付出無比的耐性。他相信我能撐到最後，而他的保證是我支撐下去的動力。」

「所以他沒有捲入妳與主管之間的衝突？」

「是的。他站在我這邊，不過因為他身體不太硬朗，沒辦法和我一起上戰場。」

福爾摩斯點點頭，一副陷入沉思的模樣。

她在想什麼？就英古蘭爵爺所知，她工作時不會遭到客戶的直接輕視，因為在他們眼中，她只是傳話者，他們把全副信心都投注在那位從未露面的男子身上。

不過，她同樣要克服女性所蒙受的限制，社會大眾認定她們能做什麼、不能做什麼，甚至連她們該如何思考、不該想什麼都抱持定見。他相信她能同理崔德斯太太的處境，但她絕對不會被同情心，或是缺乏同情心，影響到案件的調查。

「崔德斯太太，還有其他明確的背景情報嗎？」

崔德斯太太搖了頭。

「我準備聽妳說說妳的猜測。」福爾摩斯語氣乾脆。「妳方才提及妳不知道崔德斯探長近日的行蹤作爲是否符合他告知妳的內容。妳爲何會對他抱持懷疑？」

英古蘭爵爺上身微微往前湊。他們的客戶確實提起了此事，也就是說就算不是很全面，她打算透露一些內情。

崔德斯太太又喝了幾口茶，以僵硬的動作吞下冷掉的茶水。「有兩個理由。首先，如我所說，他在上禮拜五出門，之後寄了兩封信給我。今天我找出那些信件，檢查郵戳，發現兩封信都不是來自肯特郡的任何一間郵局。一封是曼徹斯特，另一封則是康瓦爾的某個小地方。」

她的嗓音略帶顫抖。

英古蘭爵爺皺起額頭。

福爾摩斯的表情依舊風平浪靜，看在崔德斯太太眼中，想必倍感壓力。「隆斯代先生在鄉間的居所是在其中一處嗎？」

「不，他的別墅位於伯克郡。」

那麼崔德斯探長過去是否常對妳隱瞞眞正的出差地點？

「崔德斯探長過去是爲了什麼？」

「發現這兩封不對勁的信之後，我回頭檢查他以前出差時寫的每一封信，包括我們婚前交往期間的書信。幸好其他信件上的郵戳全都和他信裡提到的地點一致。」

她長嘆一聲。「我當然是鬆了一口氣。可是相較之下，他這次的謊言就更顯得突兀了。」

「妳剛剛說有兩個理由，崔德斯太太，另一個是什麼呢？」

崔德斯太太再次端起茶杯——這幾乎成了她的反射動作——卻又立刻放下，微微皺起臉，杯裡早已空空如也。「前往蘇格蘭警場之前，我想我至少該幫他準備一套換洗衣物。可是一進到他的更衣室，我、我發現他的佩槍不見了。」

英古蘭爵爺倒抽了一口氣。

福爾摩斯還是一臉淡然。「他平時會隨身攜帶佩槍嗎？」

「沒有。他說夜間巡警有時會遭遇緊急狀況，不過現在身爲犯罪調查部的一員，沒有擔憂自己安危的理由。」

崔德斯太太的表情宛如即將從岬角躍下，迎向猙獰的浪頭。英古蘭爵爺連忙做好心理準備。

「抱歉，我沒將剛才在蘇格蘭警場得知的情報全盤告知。當時和我談話的警員說崔德斯探長今天沒去上班。當時我裝出失望的模樣，說自己應該早點進城，錯過機會眞是太可惜了。警員試著安慰我，說就算我早一天來，也見不到探長，因爲他已請假兩個禮拜，沒去警場。」

「那位警員看起來沒有說謊。但如果我丈夫眞的請了兩個禮拜的假，那對我來說還眞是新鮮事。他最近常常遠行，可是在『出差』以外的日子，我每天早上都和他道別，傍晚在家裡與他再會，跟以往沒有兩樣。」

「於是我被搞糊塗了——是否不只我一個人被他騙了？他是不是也對蘇格蘭警場撒謊？所以他們才會雷厲風行地逮捕他，因爲他撒了個漫天大謊？」

發現自己遭到丈夫疏遠，她臉上的痛苦與困惑……英古蘭爵爺胸口一抽。

不會受情緒左右的福爾摩斯，只是淡淡問了句：「妳還能告訴我們什麼情報嗎？」

「麥唐諾警長說他今天晚點會來向夏洛克·福爾摩斯先生致意，詢問是否能接見他。除此之外……」崔德斯太太搖搖頭。

「崔德斯太太，請問妳介意我問個問題嗎？」

「當然不介意。」

但她卻渾身緊繃。英古蘭爵爺也是。

福爾摩斯捏起一塊聖誕蛋糕，悠閒地咬了一口。「崔德斯太太，妳希望夏洛克·福爾摩斯爲妳調查哪件事？妳最在乎的是眞相，還是崔德斯探長的自由？」

第三章

英古蘭爵爺直直盯著福爾摩斯。她的語氣是如此中立，彷彿眞相與崔德斯探長的自由同等重要……

崔德斯太太開了口，挺起雙肩。「福爾摩斯小姐，我兩個都要。案情的眞相能讓眞凶落網，讓警方釋放我丈夫。」

她激動的態度似乎超越了理智。她需要這位完美無缺的夏洛克．福爾摩斯來幫她丈夫徹底洗刷罪名。

「妳方才列舉的一切──崔德斯探長對妳謊報了行蹤、他那把失蹤的佩槍、他隱瞞了自己向警場請假的事實──若是夏洛克．福爾摩斯仔細調查，眞的不會找到證明探長有罪的證據嗎？」

完美無缺的夏洛克．福爾摩斯的語氣充滿質疑。

「這些都不是陷我丈夫於罪的證據，只是難以證實他的清白。」崔德斯太太的執著深深感動了英古蘭爵爺。「因此，我們需要福爾摩斯先生的智慧，好讓這件事獲得滿意的結果。」

他瞥了福爾摩斯一眼。託付給她的案子，她總有辦法查明眞相。然而眞相大白的過程中，總會觸發種種惡意，使得一切陷入混亂。身爲近日不斷遭受過量眞相襲擊的苦主，他實在不敢說眞相能讓任何人滿意。

「既然如此，不好意思，我得暫時離席，去隔壁聽取家兄的意見。」

她起身鑽進臥室，天鵝絨和蕾絲在她背後翻飛。英古蘭爵爺凝視臥房的門板好半晌，小口喝下早已涼透的茶水。他自告奮勇再去煮一壺水，也慶幸自己找到這個藉口，不需要繼續僵坐。

然而，把水壺放到酒精燈上這樣簡單的任務，無法幫他免除交談的義務。他苦苦尋思，想找出最恰當的話題。這時，崔德斯太太以疲憊的口吻說道：「這間客廳布置得眞不錯。」

這裡確實是好地方。福爾摩斯的金主華生太太，擁有卓越的品味，經過她巧手妝點的房間，保證都優雅而舒適。威克里夫公爵位於鄉間的伊斯特萊莊園中，有許多房間不需要現任公爵夫人費心擺設，因爲在華生太太身爲前任公爵的正式情婦期間，她已經打造出最完美的室內裝潢。

不過此時此刻，崔德斯太太對於上貝克街十八號屋內的配色或是家具，恐怕是毫無興致。然而，即便自身遭逢重大變故，她依舊不願讓他感到尷尬。

「是的。」他答腔。「這裡非常舒適。」

儘管上回來到此處時，福爾摩斯狠狠顚覆了他的人生。

「麥唐諾警長至府上拜訪之後，妳是否用過餐了？」

唐突出現在華生太太家的客廳時，她眼神慌亂，呼吸急促，讓他以爲她一得知丈夫遭到逮捕的消息便匆忙趕來。不過距離那個令人屛息的瞬間已經過了幾個小時。

她搖頭。「還沒。不過我不餓。」

「我能理解毫無食欲的感覺，也知道眼下看來一切都比飲食還要重要。可是啊，崔德斯太太，請妳相信我這個過來人的心得。這將是妳人生中極度煎熬的時光，而妳至少要善待自己，就像是善待即將載著妳踏上崎嶇路程的馬匹一樣。」

他把一盤聖誕蛋糕放到她面前。他曾聽她說過喜歡美味的水果蛋糕，因爲那股滋味讓她想起小時候過聖誕節時的雀躍心情。「親愛的夫人，請容我暫時充當陪伴者，畢竟現下我也無法爲妳提供其他幫助。」

她迅速眨眼——他驚覺她正在忍著被他這微不足道善意引出的淚水。她捏起一塊蛋糕，咬了一口，擠出勇敢的微笑。「我很想說我已經恢復理智，自然要聽從您睿智的建言，然而現下我八成只能盲目地遵循任何似乎有些道理的好聽話，只要別讓責任落到自己頭上就好。」

他爲她感到心痛。在今早的災厄降臨之前，她早已身心俱疲。「下決定是要付出代價的。以往我總是想把所有決策權攬在身上，卻完全想像不到代價是多麼地沉重。」

她又咬了一口蛋糕。「希望夏洛克・福爾摩斯能提出卓越的決策見解。」

他誠心誠意地點頭保證。「他確實是箇中高手。事實上，福爾摩斯小姐也相當高明。」

「您猜福爾摩斯先生會請我們做什麼？」

「這我還眞是毫無頭緒，但我已經有心理準備接受最意想不到的指示。」

她轉動手中的小盤子，似乎是不太確定該怎麼問下去。「羅伯特說您在堅決谷表現得無懈可擊。可是我想知道——您當時是否懷抱著絲毫恐懼？」

他同樣沒有立刻回答。回憶帶來與外頭冰天雪地無關的寒意。他忍住打哆嗦的衝動。「我怕得要命。」

「即使福爾摩斯先生送他的兄長前去協助？」

即使福爾摩斯喬裝成那個「兄長」，親自來到他身旁，努力拯救他的生命。

「若我是局外人，肯定會對福爾摩斯的能力充滿信心。但是曾經身為嫌犯，一切證據都對我不利，我感覺自己就要溺死了。就算有雪林福．福爾摩斯先生在堅決谷調查案情，依舊無法改變我在驚濤駭浪間載浮載沉的事實。他就像是救命索，讓我攀附著，拉我上岸。」

崔德斯太太望向福爾摩斯方才走進的那個房間，小心翼翼問道：「您認為，夏洛克．福爾摩斯也能給予崔德斯探長同等的協助嗎？」

是的，但妳必須完全信任她。告訴她一切。不要再隱瞞任何關鍵情報。

他還來不及回應，福爾摩斯已經回到客廳。「啊，爵爺大人，您幫我多煮了一壺水。謝謝。」

「可否請問福爾摩斯先生提出了什麼見解？」崔德斯太太的語氣既急切又緊繃。

福爾摩斯坐下來，整了整裙襬，讓那片蕾絲在她四周散得更誇張。「在這種情況下，盡快告知一切事實是明智之舉，可以避免我們在毫不相干的調查方向上浪費時間。家兄提供了一套多管齊下的計畫。我們必須知道隆斯代先生的底細，調查考辛營造公司的營運狀況，想辦法與崔德斯探長說上話，或是用別的管道聯繫。」

這些建議都十分合情合理——接近老生常談的程度——相信連崔德斯太太也想得出來。

她難掩失望之情。「我知道了。」

「此外，可以請妳今晚待在家嗎？」

「當然可以。」崔德斯太太疲憊地起身。「謝謝妳，福爾摩斯小姐。請向福爾摩斯先生轉達我的感激。」

英古蘭爵爺也站了起來。「崔德斯太太，我送妳出去。」

到了一樓樓梯口，他低聲詢問：「崔德斯太太，需要我陪妳返家嗎？」

「不用了，我自己一個人沒問題的。」她拒絕得很快。

「相信崔德斯探長會希望妳在這樣的時刻獲得朋友的支持。」

「爵爺大人，比起浪費時間陪著我，知道您留在夏洛克．福爾摩斯身旁幫他辦事，我一定會更加安心。」

起初他以為她是不想給他添麻煩，但聽到她的下一段回覆，以及眼中越發濃厚的擔憂，知道她是眞心不希望自己護送她回家。

她不想再從任何人口中聽到任何問題。

「既然如此，至少讓我送妳搭上馬車吧。」

扶她上車時，她轉過頭來面對他，一臉沮喪。「天啊！我忘記詢問福爾摩斯先生的諮詢費用了！是否該多加幾成酬勞，請他繼續協助我？」

他掛上笑容安撫她。「崔德斯太太，現在先別擔心這件事。等時機成熟，妳將會接到他的會計的聯絡。」

□

英古蘭爵爺回到上貝克街十八號的客廳，毫不意外，他剛提到的私人會計正與福爾摩斯同桌喝茶。他的老朋友華生太太剛才肯定就在臥室裡聽著外頭的對談。不過看到潘妮洛．里梅涅小姐陪在她身旁，他倒是頗爲詫異，同時也滿心欣喜。

對外，潘妮洛的身分是華生太太的姪女。但其實她是華生太太的親生女兒，她的生父是前任威克里夫公爵，也就是英古蘭爵爺帳面上的父親。不過他其實是前任公爵夫人與富裕銀行家出軌所生的孩子，跟潘妮洛毫無血緣關係。即便如此，她在他眼中依舊是百看不膩的可愛妹妹。

他與這對母女熱切地打了招呼。福爾摩斯默默看著，眼中帶著一絲困惑。換作是別家小姐，他可能會擔心對方覺得被冷落，但在福爾摩斯身上完全沒有這種困擾。她絕對不會拿自己接收到的關注去跟其他人相比。

「里梅涅小姐，妳是什麼時候抵達倫敦的？」他問。兩人私底下以潘妮洛和艾許互稱，然而就算是在華生太太面前，他還是希望能夠維持表面。

「昨天。」她開開心心地答道：「渡過海峽途中，船上的每一個人都被晃得站不穩。一下船，我差點都要跪下來熱烈親吻濕答答的英國土地啦。此時此刻我願意拿所有的陽光來換取那條海底隧道，一刻都不想多等。別跟我說這樣的工程會危害英國的國防，我絕對不會聽的。」

他笑了。「課業還順利嗎？」

「既辛苦又迷人。對了，我已經放下那些淑女的矜持啦，現在可以在開膛破肚的屍體旁邊大吃派餅跟起司三明治。」她嘆了口氣。「朋友說等我完成學業，就能在同樣的情境下吃完一整份奶油燉小牛腰子——這是不可能的，我一點都不喜歡腎臟，就算旁邊沒有屍體也一樣。」

他笑出聲來。她是巴黎索邦大學醫學院二年級學生，喜歡拿她的解剖課當笑料。

「先別說我的事情了。爵爺大人，你覺得崔德斯太太看起來如何？」

「是啊。」華生太太順著問下去：「那位可憐的女士還好嗎？」

他望向福爾摩斯。她吃了一小口蛋糕，說道：「我跟她們說她目前還不會屈服。」

「沒錯。」他同意道。

「可是……」潘妮洛催促道。

「可是崔德斯探長確實也陷入極大的麻煩之中。」

「想必是什麼天大的誤解吧。」華生太太低喃，語氣毫無說服力。

這回三人的目光都集中到福爾摩斯身上。她喝著熱茶，一言不發。

通常她會扮演告知壞消息的烏鴉嘴，這次他決定由自己來代勞。「我們都希望這只是一場誤會。然而就我們所知，直到昨晚爲止，崔德斯探長依然是優秀的執法人員，我想除非他就站在隆斯代先生的屍體旁、手握凶器，否則蘇格蘭警場也絕對不會逮捕他。」

華生太太瑟縮了下。「那麼糟？」

「這只是我的猜測。福爾摩斯？」

「我也想到類似的情景。」

「他眞的犯案的可能性有多高？」潘妮洛問道，她只見過探長一次。

英古蘭爵爺搖搖頭。「我不認爲他會冷血奪取人命。就算是處於盛怒之下，他也不可能出手。不過呢，他曾向我提起他踏入警界以來，看過不少人在絕境中犯下與他們最無緣的凶案。」

「要是他眞的犯案了，他的理由會是什麼呢？」潘妮洛自言自語似地說出心中疑惑。

他的妻子，英古蘭爵爺心想。

他不敢再多看福爾摩斯一眼，生怕華生太太從兩人的眼神中看穿他的心思。華生太太是夏洛克·福爾摩斯調查案件的要角，但他不想在她面前曝露他朋友的私生活。

還不行。

華生太太打破沉默。「親愛的夏洛特小姐，妳是否已經安排好戰略，讓我們去執行了？」

她一定是想起了堅決谷的命案，當時福爾摩斯一得知莊園的冰窖裡出現一具屍體，立刻就擬定了詳細縝密的計畫，將大量實務操作託付給華生太太。

福爾摩斯搖搖頭。「現在時機太早。我最起碼要親自和崔德斯探長談過，才能釐清要把心力投注在何處。」

「要等到什麼時候？」潘妮洛問。

「等報社嗅到謀殺案的風聲。如此一來，蘇格蘭警場就必須回覆記者的提問。若他們已經拘捕崔德斯探長，那這件事也將公諸於世，而警場得要允許他面接客人。」

華生太太喝完她那杯茶。「這個案子最快什麼時候見報？」

「再怎麼拖，也一定會登上明天的早報。假如蘇格蘭警場把消息壓得太久，會讓外界以爲他們在包庇犯人，特別是在唯一嫌犯是他們自己人的狀況下。」福爾摩斯對華生太太和潘妮洛說：「在里梅涅小姐的假期遭到調查作業干擾之前，妳們今晚還可以好好享受團聚時光。」

幾個月前，潘妮洛回家過暑假，她對夏洛克·福爾摩斯的每一場冒險都極爲狂熱。然而，眞實案件及隨之而來的死傷，讓她領悟到其中的複雜性，也因此收斂了不少熱情。現在這名年輕女子點點頭，臉上透出一絲惶然，似乎是正在爲不愉快的結果做好心理準備。

華生太太拉著潘妮洛起身。「親愛的，我們先回家吧。麥斯先生向聖誕樹的店家收來了一大袋修剪下的枝葉給我們做花圈，今晚可有得忙啦。」

潘妮洛先是疑惑地看了她一眼，接著欣然同意：「瓊阿姨，妳說得對。現在時間也不早了，喝一點葛斯寇夫人的櫻桃白蘭地也不爲過吧。」

兩人落落大方、不著痕跡地離去，要不是早就知道華生太太有意撮合，英古蘭爵爺恐怕不會意識到她刻意給他和福爾摩斯獨處的機會。

現在房裡只剩他們兩人。總算。

爐火劈啪作響。下方街道傳來嘶嘶馬鳴。雨水叮叮咚咚地輕柔敲打屋頂。福爾摩斯順了順袖口的蕾絲——這套聖誕主題連身裙還用了兩大塊雪白的鏤空刺繡蕾絲布，從前臂中央散落，與她頭上的白色蕾絲小帽相互輝映。袖口的蕾絲隨著她的舉手投足飄盪出美妙的曲線。

她似乎對於自己刻意營造的靜謐氣質心滿意足，開口說道：「爵爺大人，我猜你這陣子打算待在城裡？」

他原本就打算在倫敦多待幾天。爲了她。這樣兩人就可以相處一段時間，而在那之前，他要先……向她表白。不過現在時機不對——她心裡掛記的全是剛到手的案子。

「我希望能就近協助崔德斯探長，在莊園總是不太方便。」他說。

她的眼神中毫無情緒起伏。「先來說說你選擇不向華生太太透露某些事的作法。我很敬佩你守護朋友隱私的心意，不過呢，艾許，你應該最清楚謀殺案調查期間，隱私就成了蒙蔽人心的幻影。」

「我只希望探長和崔德斯太太能有點隱私，不想讓那些成爲眾人的話柄。」

他自己人生中的諸多大事都成了人人茶餘飯後的話題，他期盼能盡可能幫朋友免除這個折磨。光是看著最痛苦的經驗登上各大報紙的版面，給全國好奇民眾配早餐，就已經夠難受了。

「你和華生太太都是爲朋友著想的人。」福爾摩斯應道：「然而你和我一樣清楚崔德斯太太有所隱瞞——使盡渾身解數瞞著我們。」

唉，他確實知道。

崔德斯太太坦承了不少內情：她在考辛營造公司過得不太如意、她丈夫對自己的行蹤不夠誠實、他更衣室裡的佩槍不知去向。

不過，老練的調查人員都能在一、兩天之內查出她方才透露的一切。無論是找上那些阻礙她一展長才的經理，還是辦事員或祕書，只要去公司裡問一圈，就能察覺她在考辛公司的艱難處境。

至於崔德斯探長沒有出現在他該去的地方，這點警方應該早就知道了。她對那把佩槍的去向爲何如此坦然？他猜其他人——或許是她家女僕——已經注意到槍枝失蹤，崔德斯太太不用白費力氣撒謊。

「我知道你不想對朋友抱持負面看法。」福爾摩斯說：「可是一定要問問崔德斯太太爲何對她的丈夫抱持這麼重的疑心。」

最可怕的是他無法反駁，聽著她無情地戳破事實，讓他心裡更加煩亂。

「但她說她相信眞相能夠幫助他。」

「容我修改一下措辭：我們有必要詢問她爲何如此擔心其他人會以爲他就是凶手。倘若正如她所說，崔德斯探長與隆斯代先生只見過兩次面，而探長認可隆斯代先生的人品，也相信他是優秀的盟友，那麼就算得知他遭到逮捕，她也不該驚慌失措到這個地步。」

他雙肩一垂。福爾摩斯說得對。如果是其他女性接獲同樣的惡耗，第一個反應絕對不是回想丈夫寫信給自己時人在何處，也不會跑去他的更衣室大肆翻找。

換作是一般女性，她會先被嚇傻，接著直接闖進丈夫上司的辦公室，要求對方好好解開誤會，而不是僞裝成蘇格蘭警場的觀光客，伸長脖子探聽消息。

「當自己的丈夫因爲謀殺罪遭到逮捕，過度反應也在情理之內。」他繼續辯白。「執法機關總有可能出錯，害無辜者被控犯下與他無關的罪行。」

她起身，幫他端了杯威士忌。「沒錯。但崔德斯探長是受人景仰的好人，是蘇格蘭警場前途看好的年輕警官。更別說他還娶了擁有可觀個人資產的女性——如果眞要打官司，他肯定能請到最優秀的律師爲他辯護。他甚至還有夏洛克‧福爾摩斯相助。」

「占了這麼多優勢，她卻還是害怕到手足無措。到了這個節骨眼上，要是看不出她有所隱瞞，那我眞的是失職了。她的眼神定了她的罪。」

他雙手握住酒杯，突然想起一件事。「等等。我剛才原本要問的。她說隆斯代先生住在冷街時，妳對那個地點有印象，對吧？」

「是的。」她答得從容。「你知道我從今年夏天開始追蹤刊登在報紙上的投稿告示。」

他點點頭。莫里亞提的黨羽，那群危險的敵人利用報紙互通聲息。儘管那些告示留言在夏末銷聲匿跡，她依舊沒有鬆懈，不只是爲了盯住莫里亞提的動靜，也希望能及時收到馬隆‧芬奇先生的訊息。他是她同父異母的兄長，目前正在躲避莫里亞提的耳目。

「我的筆記本不在手邊——放在另一邊了。總之，昨天早報上有一則加密留言，內容是：『紅玫瑰，紫羅蘭，將在冷街尋得出軌的妻子。』」

他倒抽了一口氣。「妳認爲崔德斯太太知道這件事嗎？」

「我不覺得她有空給報紙上的每一則告示解碼——這陣子肯定沒這個空閒。我莫名覺得告示的目標不是她，而是她的丈夫。」

「所以說……陷入難關的年輕女子，充滿俠義精神的長者，再加上被報紙留言惹得心生疑竇的丈夫……」儘管他不是第一次興起這個念頭，這番話依舊卡在他的喉頭，難以順利說出。

「她承認丈夫對她的事業興趣缺缺。現在我們得知她在考辛公司內部的處境堪危，可以確定她無論是在公司還是在家，都感到孤立無援。這樣的情勢觸發的衝動……」福爾摩斯聳聳肩。「或許她是單純受到對方父親般的形象吸引，又或許是完全不同的要素。」

他的脈搏加速。「可能是什麼？」

她喝了一小口茶，吃掉她的那片蛋糕。「背後的動機幾乎與案情無關，只要知道她深信那足以引發殺機就夠了。」

□

沉默降臨。

過了半晌，他的注意力從眼下的問題轉移到沉默上頭。

兩人的互動總是填滿了沉默。在他們年少時期，許許多多個午後時光，都被幾乎可以用豐美來形容的閒適沉默籠罩，各自忙著自己的興趣。在她首度向他求歡之後費解的尷尬沉默。摸不著腦袋的只有他，當時他還太年輕，不了解自己的拒絕並非出自美德，而是恐懼她及她所象徵的獨立自主——推拒他至今仍然嘗試擁抱的權勢地位。

接著是長達數年、格外五味雜陳的沉默。即便對婚姻有所不滿，他依舊謹守誓言，而每一次與福爾摩斯獨處的時光，都是甜中帶苦的黑暗喜悅，有時與痛苦難以區別。

然而，最近一切都變了。他的婚姻在今年夏季迅速畫下句點，一旦高等法院在明年上半年批准他的離婚，一切都將斷得一乾二淨。他與福爾摩斯之間的沉默呢？有時幾乎稱得上氣氛融洽，比如說現在。

幾乎。

要是他不是如此敏感地意識到她的存在、她輕柔平穩的呼吸、從蕾絲帽邊緣逃出的一綹金髮、在空盤邊緣緩緩打轉的指尖。

「艾許，你近來如何？」她問。

聽到她平靜的嗓音，他渾身緊繃：她怎麼可能忘記他突然來訪的行徑呢？「好得很。」他說。兩人分開不算太久。才幾天光景。那幾天他有兒女相伴，心情舒坦愉快。「妳呢？」

「非常好。拉緊束腰，面對葛斯寇夫人即將全面出擊的聖誕糕點大軍。」

他臉上多了點笑意。最近她努力阻止下巴層數急速成長，以她天生的旺盛食欲來看，這是很合理的結果。短時間內再次節食對她來說可不好受。

似乎是起了叛逆之心，她往盤子裡又放了一片聖誕蛋糕。「對了，艾許，你來找我是有什麼事嗎？」

他的心跳亂了拍。

他、華生太太、福爾摩斯、她姊姊奧莉薇亞．福爾摩斯小姐，還有奧莉薇亞小姐的情人史蒂芬．馬伯頓先生，他們一行人先前在法國待了兩個禮拜，入侵戒備森嚴的古堡，揭開埋藏在其中的祕密。那一夜太過忙碌。他總是預想一切的困難在未來都能迎刃而解，然而馬伯頓先生已經迎來最不樂見的結果。

英古蘭爵爺今早準備啓程帶孩子到德比郡鄉間時，得知這名年輕人被迫離開倫敦。原本的計畫是在倫敦轉車，繼續旅程，但這則消息宛如脫軌的車廂般狠狠撞上他。

馬伯頓先生滿懷希望，替未來做了各種美好的設想。明年春天他想召集大家一同出遊，前往溫暖晴朗的安達盧西亞，預期每一個人都能玩得很開心，特別是奧莉薇亞小姐，她熱愛溫暖晴朗的地方，也同樣喜愛她難得的自由時光，想要遠離對她不甚在意又設下重重限制的父母。

而現在，眨眼間，馬伯頓先生成了囚犯。禁錮他的不是牢籠，但同樣充滿束縛。

英古蘭爵爺能夠理解人生是多麼混亂、無法預期。可是這回又一次親身經歷世間無常，他的心思瞬間繞到福爾摩斯身上。

她早就知道他愛著她——這話他從沒正面對她說過，不過他向兩名員警坦承心意時，她就坐在他身旁。她也早就知道，在飄渺虛無的遙遠未來，兩人生命中一切阻礙與糾結神奇消失後，他能夠好好享受……與她共度更多時光？

他們太拐彎抹角了。他們聊過一起去安達盧西亞，以及其他美麗的南方渡假地，或許一路玩到印度次大陸的夢幻避暑勝地，但從未明確說出這些安排有何意味。

或許這份拐彎抹角和不明確正是他們需要的一切。

或許他們能做到的只有這些。

然而今天早上，她來信告知馬伯頓先生的去向，他把信讀了一遍又一遍，每個段落都讓他更加心驚膽跳，於是心生衝動，想要見她一面——把那些可愛、虛浮的隱喻化為更加確實的事物。

「是的，我來是為了見妳。」他回應她的疑問。

她期待地看著他，清澈的雙眸深不可測。她肯定知道他來是為了說什麼，但他卻說不出口。

還說不出口。

這不是他第一次站在某位女士面前，準備表白心意。前一次，他向愛莉珊卓．葛瑞維小姐求婚，儘管他的情意真實無欺，毫無雜質，但他把自己的愛當成禮物，向他身無分文的未來妻子施恩。

隨後她才發覺那是不請自來的枷鎖。

他不想對福爾摩斯做出同樣的事，如果她不願被他絆住手腳，那他也不想拖著她的腳步，就算是愛情。有沒有什麼東西是她真心渴求，而他又給得起的呢？

啊，打從一開始她就說得清楚明白，表示她想從他身上獲得什麼。

當時他太高傲——也太害怕——不敢交出來。因為……假如她對他所求只有這一點的話，他該怎麼辦？

但是今天，在她毫不動搖的湛藍眼眸前——今天他沒有那麼高傲，也沒有那麼害怕。

所以，今天他放下酒杯，起身，走向她。今天他一手撐著她的椅背，另一手捧起她柔軟圓潤的臉頰。今天，他低下頭，吻上她的唇。

第四章

夏洛特·福爾摩斯第一次吻上英古蘭爵爺那年，她十三歲，他十五歲——她威脅若是他不乖乖就範，她就要找來那群野孩子到他正在挖掘的羅馬遺跡搗亂。

對於那個吻，她的記憶相當模糊。以擁有近乎完美記憶力的女孩來說，這現象極度不尋常，彷彿在親吻的過程中，她的大腦機能出現了嚴重損傷。

她記得繚繞在他身上的那抹土耳其菸草氣味。她記得親吻結束後他的眼神，那張費解又不太友善的面容。她記得他快步遠去的背影，步伐跨得很大，而她的指尖因爲殘餘的高溫和電流陣陣刺痛。

事隔十二年，他們在今年夏天再度親吻。兩人的處境經歷驟變，人事已非，但過程一模一樣。她從親吻之中恢復意識，像是陷入了短暫的暈眩，只意識到自己攀在他身上，臉頰貼著他外套的領子，他的心跳與她一同隆隆作響。

接下來幾個月又是一陣翻天覆地的變動，最值得一提的是他們同床共枕過了。並不是被長期壓抑的情欲觸發——儘管她猜想兩人之間醞釀的激情足以燒掉幾十張床——而是面對危險對手時，刻意算計後在外人面前營造出某種形象。

謝天謝地，由於受到外在動機驅策，兩次肉體接觸她都記得一清二楚。英古蘭爵爺在床上恰到好處的拘謹表現，印證了她的期盼——她已經盼了好幾年，在腦中構思各式各樣的傷風敗俗情境。

今天，英古蘭爵爺傾身接近她。

他太陽穴上的淺淺疤痕源自於兩年前在國外受的傷。他最愛的領帶一字別針上那枚小小的古董硬幣閃閃發亮。早上才修過臉，現在他的下巴已經冒出點點鬍碴。

熱度。

壓力。

顫慄。

他直起身。

她輕輕喘息，像是剛練完一輪棍術似地。她覺得自己的臉頰一片火辣，腳跟輕輕刺痛。這回也一樣，這個吻在她腦海裡只剩殘缺的細節——比如說他的頭髮在她指間的觸感，比如說她另一隻手按住的略略粗硬的羊毛料子，比如說他的舌尖滑過她上唇內側的黏膜——宛如一場夢，在清醒的同時大部分內容都煙消雲散。

沉默。

不是令人焦慮的沉默，她胸中暗潮洶湧，幾乎要窒息。也不是閒適輕鬆的沉默。更像……更像是兩名旅人，來到任何一張地圖上都沒有標記的地方，正在探索自己的所在。

「所以你來見我就是爲了這件事。」她低喃：「這和史蒂芬·馬伯頓先生身不由己地回到沃德洛堡有關嗎？」

「是的。」

她凝視著他。「你屈服在衝動之下。艾許，這不是你平時的作風。」

他沒有回應。

在眾人眼中冷血而欠缺情緒的她，其實不怎麼介意順應自己的衝動——她偏好盡可能地寵溺自己。英古蘭爵爺可就不同了，他的感受力強烈，卻把自己的情緒與欲望把持得死緊。

「你嚐起來眞美味。」她說。

這是她又一次的任性衝動：任由這個想法化爲言語。

他是在仔細斟酌回應，確保自己不會答得太魯莽、太性急？

他再次吻上她。

他熱燙的掌心貼著她的臉頰。

她下巴承受的，是來自他的拇指與食指的牢固壓力。

從椅子上被拉起，緊緊按在牆面上的顫慄。

接著，他不再親吻她，而是望入她的眼底。過了整整一分鐘，他才柔聲道：「福爾摩斯，這不是衝動。我作了選擇。」

□

她瞪大雙眼，深棕色的睫毛尖端帶了點金。她的虹膜是北方秋季天空的鮮明冰藍——有時會讓英古蘭爵爺聯想到一片缺乏人情味、不受情緒遮掩的透明天幕。

今天這片天幕帶了點人味，卻依舊純潔得彷彿她在這之前從未嚐過親吻的滋味——甚至是沒與男人如此親近過。

她吁了口氣。

小男孩激動的叫嚷聲打破沉默，在風雨中聽起來有些含糊。「號外！蘇格蘭警場警探被控犯下謀殺案！號外！警察殺人啦！」

兩人迅速分開，衝到窗邊。她一邊膝蓋搭上鋪著軟墊的寬敞窗台，推開窗戶，要報僮丟一份報紙給她。他拋上那份號外，接住她扔下的硬幣。

「不用找了！」

她關上窗戶，將沾染雨滴的報紙攤在書桌上。兩人站在桌邊細讀內容，四隻手緊抓桌緣，手臂幾乎碰在一塊。

倫敦警察廳犯罪調查部赫赫有名的羅伯特．崔德斯探長因謀殺罪嫌遭到逮捕。

警方在案發現場冷街三十三號尋獲探長。兩名死者是約翰．隆斯代先生和安布羅斯．蘇利文先生這對舅甥，據說兩人皆長年爲嫌犯妻子崔德斯太太所有的考辛營造公司效勞。

兩人互看一眼。遇害的竟然不只一人！

號外小報接著提及死者生平。針對隆斯代先生的描述大致與崔德斯太太透露的沒有出入，只是略過了他曾離開考辛營造公司多年，近期才回歸。

外甥蘇利文先生在公司服務了十年。旁人形容這位英挺的常務董事能力卓越、腦袋靈光，深受同僚和下屬的愛戴。他身後留下妻子和兩名幼子，其中一人還在襁褓之中。

崔德斯探長也獲得了不少版面。內容不能說偏離事實，但英古蘭爵爺越看嘴唇抿得越緊。

這些段落帶給讀者的印象是他高攀了崔德斯太太，對自己的妻子心生妒意，特別是在她接管父親留下的企業之後。她開始接觸與她同等階層的男士，那些人的教育程度和事業成就都遠遠超過他。

報導末段提到崔德斯探長尚未承認犯下兩起謀殺案，蘇格蘭警場也尚未釋出更多細節案情。

他正要評論報社的揣測太過火，視線卻突然落在報導下的附加短文。

或許只是萬中遇一的巧合，有人指出昨天倫敦幾間報社的早報都刊登了一份簡短的加密告示，經過解碼，內容如下：「紅玫瑰，紫羅蘭，將在冷街尋得出軌的妻子。」

謀殺案公開後，怎麼可能沒有人注意到這則訊息呢？

「操縱輿論的痕跡很明顯吧？」福爾摩斯平靜地說道。

「管他是不是操縱，現在社會大眾肯定已經得出崔德斯太太最害怕的結論：這起案件的動機是丈夫心中熾烈的妒火。光是這點就夠了。」

福爾摩斯摸了摸幾個禮拜前為了方便戴假髮而剪短的頭髮。她的蕾絲小帽落在兩人相吻的牆邊地上，看到那頂帽子，少年時的快感湧向他的每一個細胞。

「就算不殺人，還是有人忍得下去。」她的語氣依舊欠缺激情。「這篇號外告訴我們崔德斯太太沒有提到蘇利文先生，明明他每個禮拜進辦公室六天，她見到他的次數應該更多。」

他硬逼自己把心思放回案件上。「說不定她不知道他也死了。」

連他都不相信自己這句話。

年輕帥氣的男子，在公司裡如魚得水——方才他們對崔德斯太太與隆斯代先生的猜疑，套用在崔德斯太太和蘇利文先生之間更加合理。

她刻意的沉默顯示她沒有忽略這個想法。

福爾摩斯的指節輕敲報紙。「這篇報導沒提到由哪位警官負責調查。不知道會不會是富勒總督察。希望不是。」

兩人先前為了堅決谷的案子，曾與富勒總督察數次交手，這名警官極度熱中於讓英古蘭爵爺入罪。

「富勒認定我是墮落的夏洛特・福爾摩斯。他也見過華生太太擔任我的同伴。如果是他主導，我們就需要喬裝。」她略帶不滿地拍拍臉頰。「若非必要，我絕對不會戴假鬍子。我的皮膚跟黏膠不太合。」

「妳總是爲了朋友犧牲。」他柔聲道。

「以你的案子來說，我得到的收穫也不差。」她微微一笑。「我非常滿意。」

他無視體內燃起的高溫，可惜效果有點慢。「要讓我去探探是誰負責崔德斯探長的案子嗎？」

門鈴響起。「如果來拜訪的是麥唐諾警長，或許你就不用特地多跑一趟了。」

「我從後門出去再進來——不要給他錯誤的印象。」

她雙眼閃亮，一臉饒富興味的模樣。「你的意思是不要給他正確的印象？」

「這麼說也沒錯。」

她輕嘆一聲。「這樣也好——」

「只要他不胡思亂想？」

「管他對我的紳士朋友有什麼想法，只要別影響到他與我合作的意願就好。」

他不太確定自己能做到這點。即使他刻意不對崔德斯太太的行爲神態妄下定論，但他知道自己已開始懷疑她是否如同過去所想的那樣聰慧可靠。

全都因爲缺少實證。

「我該走了。」他說：「可別讓麥唐諾警長等太久。」

「你不用離開。」她說。

「我不想——」

「你擔心他會亂想我們兩個爲何在此獨處。不過你忘了，在他眼中，我們並非獨處。」

這是當然了。「夏洛克．福爾摩斯」就在隔壁房間裡呢。

她輕輕拍了拍他的手臂，下樓，帶訪客回到客廳。在他們爬樓梯時，他聽見她說：「對了，警長，英古蘭爵爺剛好也來討論崔德斯探長現下的困境——崔德斯太太希望他也能提供協助。」

「我也如此希望——現在是替朋友盡一份心力的關鍵時刻。」麥唐諾警長說著，跟在福爾摩斯背後進房。

這名警長看起來與福爾摩斯年紀相當。英古蘭爵爺先前對他從容的微笑印象深刻，但今天他臉上少了笑意，從容神態也消失無蹤。不過見到支持上司的有力人士，他鬆了一大口氣。

「我來泡茶。麥唐諾警長，在這個空檔，你想先喝一點更刺激的飲料嗎？」

「我不該喝的，可是今天就破例吧。謝謝妳，福爾摩斯小姐。」

「看得出你今天受了不少折騰。」趁福爾摩斯將水壺放到酒精燈上時，英古蘭爵爺先開口搭話。

「爵爺大人，非常遺憾，確實是如此。我已經不知道該如何思考了。警場裡面謠言四起，光是想到探長可能幹出那種事，我都要嚇死啦——要是他沒有犯案，卻又不分青紅皀白地被判有罪，那我眞的會嚇死。」

「你認為探長有可能犯案?」福爾摩斯回到座位上問道。

麥唐諾警長一臉懊惱，跟在她之後坐下。「因為探長教過我要靠證據來排除嫌疑，而不是因為對方看起來無辜，所以我逼自己這麼想。」

「可是呢，我真的不認為凶手會是他。人們在警界付出心力的理由很多。有些人只想領固定薪水，又不願意像工人那樣做苦工。有些人對警務工作稍微有些興趣——我覺得在犯罪調查部的任務挺有意思的，只是偶爾會太過血腥黑暗。不過對探長來說——他從沒多說過什麼，我個人覺得他把這工作當成天職。」

「他把法條看得比什麼都重，嚴格到連我都覺得有點……」警長抓抓下巴，在腦中尋找恰當的用詞。「好吧，有點老派。法律也是人編的，對吧?世界上沒有完美的人，就算是最完善的法規，也無法徹底執行——這種事我看多了。別看探長那副模樣，他對公理正義抱持著接近浪漫的理想。」

這正是英古蘭爵爺對崔德斯探長抱持的印象。他比崔德斯探長小了幾歲，但兩人認識時，他自己心中的浪漫幻想早已大幅破滅。在這個面對社會黑暗底層卻又依舊秉持理想的男人身旁，他獲得不少鼓舞，甚至開始重拾過往的理想。

然而，當時他沒料到崔德斯探長的理想，也涵蓋了不少針對女性的古板觀點。

福爾摩斯送上一盤蛋糕，麥唐諾警長急急接過，吃了一片才又開口:「我猜探長可能會為了自我防衛或是保護他人，逼不得已才殺了人。但我不認為他會預謀犯案。若他是面對任何違法亂紀的行爲，他會讓法律來制裁對方。畢竟他是執法人員，證詞總有點份量。」

但如果是法律管不著的層面呢？如果牽涉到情感，牽涉到他身爲丈夫的占有慾？

「我們剛才看號外提到一則投書告示。」福爾摩斯說：「感覺像是在暗示崔德斯探長抵達冷街時已經處於震怒的情緒。」

「我有聽過這件事，不過就我所知，崔德斯探長沒看過那則告示。無論如何——」麥唐諾警長又抓抓下巴。「抱歉，我這樣說或許太過武斷。認識探長好一陣子了，我不敢說他這個人不會生氣，但他絕對不會對人發洩怒氣。他會把那些情緒收在心裡，不知道你們懂不懂我的意思。」

英古蘭爵爺完全了解，因爲他也是「收在心裡」的類型。

福爾摩斯點點頭，改變話題：「相信崔德斯探長在蘇格蘭警場擁有清白的名聲。即便有良好的聲譽和多年立下的功勞，他還是因爲謀殺案遭到拘捕。這是否代表至少在當下，他的嫌疑完全無法開脫？」

麥唐諾警長嘆息。「見過崔德斯太太後，我跑去離冷街最近的兩間警局，想大致了解一下案情。據說凌晨三點多，兩名巡警在回警局路上遇到濃霧，因此抄小路繞到冷街。」

「霧氣很濃，不過他們就著手中提燈的燈光，還看得到冷街三十三號的前門開著。兩人上前查看，發現屋裡無人居住——沒有爐火，家具都蓋著白布之類的。他們起先以爲是闖空門，說不定小偷還在裡頭。接著聽見樓上房間有聲響，上樓一看，打算逮捕現行犯。」

「他們只找到一間反鎖的房間，敲門沒有回應。他們報上身分，還是無人應答。於是他們強行破壞那扇門，看到崔德斯警長人在房裡。他躲在床架後頭，佩槍指著兩人。離門比較近的地方倒了兩具屍體，還有一大灘鮮血。」

警長平鋪直敘地轉述，但英古蘭爵爺從最後一段描述中聽出他語氣有些哽咽。他自己也是胃部一抽，幾乎聞得到刺鼻的血腥味，感受到探長聽見搥門聲時的恐慌。

福爾摩斯取下水壺，往茶壺裡倒入熱水。「兩名死者中了槍嗎？」

麥唐諾警長喝下一口方才拿到的威士忌，深吸一口氣。「是的。」

「有人聽見槍聲嗎？」

「我也問了這個問題。當時那一區有人亂放煙火。有些警察把錯推到義大利移民頭上——據說某些義大利城市有在聖誕節放煙火的傳統。還有人說案發地點附近曾經有過一間酒館，會在聖誕節放煙火，就有人懷念當時的樂趣。」麥唐諾警長聳聳肩。「不管怎麼說，當地居民都飽受深夜煙火的驚擾。消息也上了報紙，但沒有人遭到逮捕。」

福爾摩斯又遞了片蛋糕給他。「原來如此。請繼續。」

麥唐諾接過蛋糕，露出感激的笑容。「好。我說到哪了？喔，對，那兩名警員是在相當安全的區域巡邏，身上沒有槍械。不過其中一人曾在阿富汗打過仗，無論是面對殺戮場面還是持槍男子都毫不動搖。他要崔德斯探長把佩槍交給他，向警方投案。」

「接下來發生的事就眾說紛紜了，主流說法是崔德斯探長問起他們所屬的警局、上司是誰、勤務為何。兩人老實回答，畢竟有把槍指著他們嘛。接著崔德斯探長報上他的姓名及位階，交出手槍，任由警員拘捕。」

英古蘭爵爺跟福爾摩斯互看了一眼。無論崔德斯探長恐懼的對象為何，總之不會是警方。

「探長被上了手銬，一名警員留下來盯著他跟現場，另一人跑回警局求援。」麥唐諾警長繼續道：「蘇格蘭警場的人在天亮之前抵達現場。我進辦公室沒多久就被拉到一旁，上頭叫我去見崔德斯太太。」

「當時你還不了解案情細節，只知道崔德斯探長因為殺害隆斯代先生跟蘇利文先生而遭到逮捕。」福爾摩斯說著，倒了三人的茶。

「就是這樣。」麥唐諾警長像是口很乾似地大口喝茶。「福爾摩斯小姐，這茶泡得真好喝。」

「謝謝你，警長。你到崔德斯太太家拜訪時，我想你應該向她提到了兩名死者的名字？」

「是的。」麥唐諾警長答得毫不遲疑。

所以說崔德斯太太心知肚明有兩個人遇害，但是她卻對夏洛克·福爾摩斯隱瞞蘇利文先生的存在。

福爾摩斯攪拌茶水。「她的反應如何？」

「她似乎深深受到那位老先生的死訊打擊，說她從小就認識他，他一直都是完美的好人。」

深受老先生的死訊打擊。那年輕死者呢？

英古蘭爵爺起身。他還沒碰福爾摩斯剛才端上的威士忌，但現在他需要好好喝一杯。

福爾摩斯瞥了他一眼，不過臉上還是那副略感興趣的平淡表情。她的注意力回到麥唐諾警長身上。「崔德斯探長在昨夜的事件之前，曾經請了兩個禮拜的假。他有沒有向你說明爲什麼要離開工作崗位這麼久？」

英古蘭爵爺從酒櫃旁銳利地觀察客廳中央的兩人。方才福爾摩斯與崔德斯太太的談話接近尾聲時，後者提及麥唐諾警長稍後會來上貝克街十八號拜訪。麥唐諾警長知道崔德斯太太來求見夏洛克．福爾摩斯是很合理的事。

他會不會納悶福爾摩斯爲何問起早該從崔德斯太太口中得知的情報？

他困惑地皺起眉頭，不過下一刻他判斷福爾摩斯是依循固定程序，確認不同來源的資訊內容。「他說是家務事，要離開倫敦一陣子。」

「你覺得意外嗎？」

「有一點。我知道他父母雙亡，沒聽他提過兄弟姊妹。不過探長本來就不怎麼說自己的私事，所以我也不覺得突兀——親人總有辦法找到你，特別是在你有點成就的時候。」麥唐諾警長遲疑了幾秒。「可是過了一個禮拜，沒等到他回來，我就有點意外了——家裡的急事總不會耗掉那麼多時間吧。」

「你能大膽猜一猜他這兩個禮拜可能去了哪裡嗎？」

麥唐諾警長先是搖頭，接著又改口：「等等。我前陣子看他在辦公桌上攤開幾張地圖研究。我想應該是約克郡吧。當時我問他是不是要去那裡辦案。他說不是，沒多解釋，我也沒多問。」

他的微笑中帶了歉意。

福爾摩斯舉起茶杯。「他請假前幾天有沒有哪裡不太一樣？」

麥唐諾警長再次皺眉。「這個問題我也問過自己，思考是不是有什麼蛛絲馬跡。但事實上，就算在他請假前，我也沒見到他幾面——他隨總督察富勒去堅決谷辦案時，派了一些任務要我自己看著辦。等他回到警場，對我的成果相當滿意，又分配更多任務給我。如果我們兩個剛好都在警場，我早上或傍晚都會向他報告進度。」

崔德斯太也提到這一點，說這名年輕警長對上級的信任深感榮幸。不過考慮到後續種種，英古蘭爵爺倒是想知道崔德斯探長是否真的認可下屬的能力，還是單純想支開對方，減少共同行動的機會？

「警長，感謝你的合作。我只剩最後一個問題：你知道會由誰來偵辦崔德斯探長的案子嗎？報紙沒有提到這點。」

「是布萊頓探長。他剛調來蘇格蘭警場，不過據說以前在曼徹斯特的紀錄相當優異。」

這個決定非常合理，將此案交給和崔德斯探長交情不深的警官，公正性不太會受到質疑。然而一想到朋友的命運掌握在某個陌生人手上，英古蘭爵爺忍不住握緊他剛替自己倒好的威士忌酒杯。

福爾摩斯又瞥了他一眼。「富勒總督察——他不在人選之中？」

「是有可能啦——大家都知道他腦袋裡除了逮到罪魁禍首之外，沒有其他目標。可是他剛好去林肯郡辦案了。其實他是去接管布萊頓探長手邊的新案子，讓布萊頓探長回倫敦調查崔德斯探長的嫌疑。」

「要是布萊頓探長一大早就接獲通知，動身出發，現在應該已經進辦公室指揮調查行動了。」福爾摩斯邊想邊說。「不知道他爲人如何。」

「我只對他說過：『早安，長官；你好，長官。』不過大家都說他思路清晰。」麥唐諾警長稍一停頓，等他再次開口，嗓音刻意壓低不少。「也聽說他完全不留情面。」

英古蘭爵爺的心臟跳出不太舒服的節奏。

角落的老爺鐘敲出代表十五分的鈴聲。麥唐諾瞄向鐘面，緩緩起身。「我該回警場報告了。等布萊頓探長見過崔德斯探長——以及那兩具屍體——他可能會想找我說話。」

他的神情語氣活像是即將遭到布萊頓探長嚴刑拷打似地。

「警長，你想好要如何面對布萊頓探長了嗎？」福爾摩斯問道。

她的音色沒變，但英古蘭爵爺聽出了一絲關切。爲了自己的生計——身爲發誓維護法律正義的警察——麥唐諾警長有義務向布萊頓探長報告他所知道的一切。可是若要忠於崔德斯探長，他得要盡量少說幾句，不透露太多情報，以免加重上司罪嫌。

要是往一邊偏得太多，他可能永遠得不到升遷的機會。要是偏向另外一邊的話，他會害自己無比仰慕、在這個崗位上盡心盡力的前輩身陷險境。

年輕人凝視杯底殘留的威士忌，彷彿是想從中看出維持這平衡的祕訣。接著他挺起肩膀，抬頭望向福爾摩斯。「我會顧好自己，同時也會顧及崔德斯探長。」

英古蘭爵爺心底湧起無比的感激。「謝謝你。」他說。

麥唐諾警長疲憊地笑了笑。「這是應該的。」

他跟福爾摩斯和英古蘭爵爺握手道謝，深吸一口氣，離開上貝克街十八號。

兩人沉默良久。

「蘇利文先生。」英古蘭爵爺總算開口。

崔德斯太太拒絕提起的這名死去的外甥，他的重要性顯得格外關鍵。

「是的，蘇利文先生。」福爾摩斯重複道。「我開始懷疑究竟有哪個牽涉此案的人希望看到眞相大白的那一天。」

第五章

分秒必爭。

英古蘭爵爺必須趕到蘇格蘭警場，打點好方便夏洛克·福爾摩斯介入此案的安排。若是無法爲自己和朋友換來些許好處，即便擁有爵位、自由花用的財產、社交界的良好人脈與形象，也是徒然。

「更何況蘇格蘭警場前陣子才誤把我當成罪犯逮捕，他們對我的虧欠還眞不少。」他一邊說著，一邊幫夏洛特穿上二手雨衣——她要打扮成洗衣女僕出門。

她小心翼翼地看著他，心想他是否會展現更多情人間的小動作——很久很久以前，在他跟他妻子婚後第一次參加的家宴上，她親眼目睹他替英古蘭夫人扣好大衣的釦子，甚至還爲了最下面的釦子單膝跪地，相信一般丈夫沒有如此熱忱。

但他只是等著她自己著裝完畢，在她唇上輕輕一吻。「晚餐見。」

她的雙輪馬車朝著崔德斯太太家前進，等一下她要向客戶提出幾個尖銳的疑問。不過隨著車身彈跳搖晃，她的心思不斷飄向他輕柔卻又斬釘截鐵的宣言。

福爾摩斯，這不是衝動。我作了選擇。

什麼樣的選擇？

被報僮和麥唐諾警長打斷後，兩人沒再提到他的選擇，但她心中產生了美妙的預感：他來找她，是爲了送上她想要的東西。

她總是向他提出要求，特別是針對他的肉體。她希望他是朋友，也是情人。過去他不斷推拒，先是因爲他無法與她妥協，接著他結婚了，儘管不是什麼幸福美滿的婚姻，夫妻之間的感情也急速冷卻。

問題的核心其實是這個：他的尊嚴不容許他這麼做。

她了解他對尊嚴的重視——這個人幾乎是由尊嚴構成的。但她也知道這不是唯一的理由。即便兩人的友誼延續多年，但他卻還是……好吧，不能說他怕她，可是對她有所提防。

崔德斯探長必須深信公理正義必能聲張，而英古蘭爵爺卻總是對他們所處的世界深感矛盾，同時又渴求歸屬感，想找到自己的定位。爲了獲得大眾的接納，他不能只拿到及格分數，還得要完美體現一切紳士應有的美德。

從某些角度來看，過去的她算得上是他的鏡影。他拋下了叛逆的過往，她也學會如何讓自己的言行舉止合乎社會標準。然而與改頭換面的他不同的是，她的改變只在表面。在她眼中，他的徹底變化不值得敬佩喜悅，而是疑點重重。

你眞的想要這樣嗎？你眞的是這種人嗎？

她從未把這些疑問說出口，不過多年以來，他肯定清楚地聽見它們在心中迴盪。換作是其他女性，或許他會毫不猶豫地一親芳澤。但太過接近她會害他不得不面對自己的疑慮，那些被他胡亂收起的雜念——是否眞的沒有其他生存之道？他眞的有必要囚禁自己的靈魂嗎？

現在，這個不願意審視自己的滿心疑慮、謹慎地與她保持距離的男人，竟然連續吻了她三次。

他究竟作了什麼選擇？竟能顚覆他這輩子的一切選擇？

□

奧莉薇亞·福爾摩斯小姐伸展右手，低聲咕噥。她的手指僵硬冰冷，冬天往往是如此，但今天掌心的肌肉格外疼痛，畢竟它們被迫從清早勞動到現在。

她面前的書桌上多了十張手稿。確定最新一張也吸乾墨汁之後，她轉轉手腕、轉轉肩膀，爬起來，口中又擠出一陣呻吟，捧著稿紙橫越她過去和夏洛特共用的房間、藏進衣物箱裡。

她把整疊筆記本中的夏洛克·福爾摩斯故事謄寫到正式的稿紙上，這可是不小的工程。不過經過這兩天將近十八個小時的苦工，她總算完成了這本……小說的四成。

我的小說。這句話在她嘴邊轉了一圈。**我寫了一本小說**。

一篇故事或許算不了什麼，可是一本小說可就不同了。至少它證明了創作者的毅力，證明她夠固執，能將數萬字串連起來，企盼它們不但結構完整、合乎邏輯，還充滿娛樂性。

令人愛不釋手。

她輕輕撫摸先前藏在夏洛特冬衣下的紙頁。這疊紙張的厚度令人安心，窩在絲綢毛料間，觸感乾爽紮實。她不知道爲什麼會一頭栽進這份謄寫文稿的差事裡：畢竟她完全不急著投稿——然後收到退稿通知。

才怪，她只是在自欺欺人。她明明心知肚明，自己爲什麼要花好幾個小時抄寫，駝著背面對書桌，午餐的三明治幾乎沒有減少。經過法國那場驚險刺激、讓人心驚膽跳的冒險，向夏洛特和她們的幾個朋友道別後，莉薇亞回到她最不想待的老家。

昨天早上，在她離開倫敦的前一刻，她深深愛著，也相信對方同樣愛她的史蒂芬·馬伯頓先生向她透露兩人之間沒有半點可能性。他說他再也無法和她聯繫。

莉薇亞的心瞬間碎了，同時卻又異常冷靜。華生太太假扮成女伴陪她搭車回家。在火車車廂裡，莉薇亞說她相信馬伯頓先生此舉相當明智。沒有留下終究要破滅的虛假希望，徒留傷痛與失望，現在他們的交集就此結束，她不再需要患得患失。

華生太太盡全力安慰莉薇亞。回到家，沒有人特別在乎她的去向，也不知道她有多想哭卻不能哭。她上樓進房，拆開行李，取出她的筆記本，開始謄寫她的故事。

爲了逃避自己的人生，她只能沉浸在其他人的虛幻人生中。

她捏了捏右手前臂的肌肉。要是能來一杯熱茶該有多好，可惜她的水壺早已空空如也。如果是在其他人家，千金小姐早就搖鈴叫人送上熱水了，可是莉薇亞努力不給家中僕人更多負擔，他們光是要滿足不知體貼爲何物的雙親就已經夠累了。在椅子上坐了一整天，下樓裝水也是不錯的運動。

還沒走到樓梯口，她母親的質問就猶如砲彈般炸開：「你以爲你走得了嗎？」

莉薇亞僵在原處，驚慌失措。現在她就連端水也要遭到責難嗎？

「啊，福爾摩斯夫人。」她父親的嗓音響起：「我只是來向妳道別的。」

莉薇亞眨眨眼，這才意識到她母親說話的對象是她丈夫，不是自己。

「不准！」福爾摩斯夫人怒氣沖沖。「你有本事就給我安安靜靜地離開！」

「夫人，妳的送別是如此地嚴厲，這還能怪我嗎？」

和亨利爵士不熟的女性，偶爾會誤以爲他溫文儒雅、風度翩翩，但是在他家屋簷下待了二十八年的莉薇亞，只覺得他既滑頭又壞心。

「你現在怎麼能走？快要聖誕節了，聖誕節就該在家裡過。」

「夫人，既然妳這麼想，那就請妳好好待在家裡吧。祝妳佳節愉快，平安順心。」

腳步聲朝著大門前進。

莉薇亞悄悄邁步，移到樓梯口，找了個能看清玄關的位置。她父親披著旅行用斗篷，站在玄關，一手拎著巨大的手提包。她母親正好追上他，沉重的胸脯劇烈起伏，花稍的毛帽歪歪斜斜。

「就算你沒打算在家裡過節，你不該想想自己的荷包嗎？」她大吼：「你這個自私鬼會花掉我們家不存在的資產，就爲了給自己尋開心！」

「啊，妳錯了。」亨利爵士沾沾自喜地應道。「最近剛好有一百英鎊落入我手中。」

「一百英鎊？怎麼可能？哪來的？」

莉薇亞腦海中迴盪著一模一樣的問題，最後她想起夏洛特和她們父親達成的協議：她每年會給他一百英鎊。

「夫人，這事就不勞妳費心了，只要知道有這筆錢就行。」

「既然有錢花用，你怎能如此殘忍，拋下我自己去渡假？」

亨利爵士咧嘴一笑，那副高高在上的冷酷表情，令莉薇亞皺起臉。「妳自己剛剛才堅持要留在家裡過聖誕節。夫人，我有什麼立場反駁妳？」

說完這句話，他揚長而去，放他的妻子氣得大罵。

夏洛特有沒有想過亨利爵士會把這筆意外之財全花在自己身上？有沒有料到莉薇亞得要獨自面對火冒三丈的福爾摩斯夫人？

她踮著腳尖後退，可惜動作不夠快。她母親轉過身，看到她。「妳這傢伙！又在那裡偷偷摸摸的！妳都看到了？妳都看到妳那個賤畜父親幹了什麼好事？妳這個老處女，怎麼還賴在這裡？妳怎麼就不去找個好男人——隨便啦，是活人就好——嫁了，別在這裡惹我煩心？」

莉薇亞轉身逃回房裡，回到書桌前，回到她的故事裡，面對與她毫無瓜葛的反派角色。

第六章

即使下著雨，崔德斯太太家門外還是擠滿了記者和好事民眾，一把把黑傘如同樹林，從人行道蔓延到馬路上。夏洛特一手抱著巨大的洗衣籃，讓洗衣女僕的僞裝更加傳神。接近崔德斯太太家時，一陣興奮的低語像是漣漪般在人群中泛開。

她停在人群邊緣，身旁的女子看來像是附近某戶人家的女僕。「抱歉，小姐，這裡怎麼這麼多人啊？大家怎麼都在吱吱喳喳的啊？」

女子一手按住胸口。「妳不知道？天啊，住在這棟屋子裡的探長因爲殺人被逮捕了。殺了兩個人。他們說蘇格蘭警場的另一位探長剛才進去見他家夫人。」

夏洛特已經盡快趕來了，就希望能搶在布萊頓探長之前和崔德斯太太說上話。可惜她還是來得太遲。

「我的天。」她驚呼。「這世界到底怎麼了？我還要送衣服到那戶人家呢。」

她的埋怨引來熱切的回應：「喔，妳快去問問裡面的人發生了什麼事。我好想知道！」

夏洛特擠過人牆。像這樣的典型排屋，正門旁都有扇小柵門，進了柵門往下走幾級階梯，就是僕役專用的出入口。幾個路人掛在柵門上看她下樓梯。

在僕役門前，她大聲敲門。「送衣服！」

來應門的婦人年約五十，神情緊繃。「我們已經——」

夏洛特遞上紙條，上頭寫著：我是福爾摩斯小姐，依約來見崔德斯太太。

婦人的表情稍稍放鬆，嗓音卻依舊嚴峻：「妳快進來，別讓雨淋到了，趕快關門。我這輩子還沒見過這麼多閒人。」

門一關好，婦人——她肯定是管家——便恭恭敬敬地向她低下頭。「小姐，崔德斯太太正和警方派來的探長在客廳裡。不過她說要是妳來拜訪，就帶妳過去。請隨我來——我正要端茶上去呢。」

兩人穿過一塵不染的僕役專用走道。管家端起沉甸甸的托盤，夏洛特則放下雨衣和籃子。她們沿著僕役的樓梯往上走了兩層樓。

管家微微仰頭，用下巴指示夏洛特進到旁邊的一間房裡，而她自己則緩緩走向另一間房。夏洛特開了那扇門，踏入燈光昏暗的私人會客室。唯一的光源來自與隔壁相連的門。

這扇門開了一個小縫，再過去想必就是客廳。茶壺和茶杯放到桌上的微弱清響傳了過來。

「葛雷寇太太，謝謝妳。」女性的聲音響起。是崔德斯太太。

管家離開客廳，輕輕關上房門。

茶水徐徐注入杯中。

在私人會客室裡，正對著連通門的牆上掛了一面大鏡子，夏洛特踮著腳尖找到觀察客廳的最佳位置，幾乎貼上門板。

鏡中反射出的一小縫景象中，可以看到男子的後腦勺和崔德斯太太蒼白的面容。她努力擠出笑容，可惜成效不彰。「探長、警長，要加牛奶和糖嗎？」

「兩個都加，謝謝。」布萊頓探長以清晰爽快的嗓音回應。

「我兩個都不用。」另一名回話的男子坐在布萊頓探長後方，稍稍有點距離，不在夏洛特的視線範圍內。看來他是負責記錄談話內容的下屬。

「請用餅乾和三明治。」崔德斯太太將茶杯傳給兩人。「兩位今天辛苦了。」

「崔德斯太太，再辛苦也比不過妳。」

布萊頓探長的語氣聽起來真誠無比，但夏洛特心中浮現出一條在草叢間吐信的毒蛇。

「今天我去拜訪了夏洛克·福爾摩斯先生，請他協助我的丈夫。」崔德斯太太說道。

「這是當然。」

「回程途中我聽到報僮高聲宣傳這起案子，於是請馬車夫送我到蘇格蘭警場，希望能見崔德斯探長一面。」

她有沒有買一份號外？那份號外上是否也興高采烈地刊出那篇引導崔德斯探長前往冷街的小告示？

「真抱歉無法讓妳見他。」布萊頓探長說道。「大約一個半小時前，我曾與他談過話。他的狀況尚稱良好，不知道這是否能減少妳的擔憂。」

「我幫他送了點食物和兩套衣服，他們說會幫我交給他。」

「我再去確認他們是否有信守諾言。」

「謝謝。」

崔德斯太太的表情疲憊中帶著寬慰，彷彿在這場會面中只期盼能確保丈夫舒適些。既然這個目標已經達成……

客廳裡一時之間沒人說話，直到布萊頓探長開口說道：「崔德斯太太，這個三明治眞是美味。府上的廚師實在是手藝了得。」

崔德斯太太猛然挺直背脊，像是草叢裡的小動物察覺到天敵的逼近。「探長，感謝你的稱讚。」

「若有冒犯，還請見諒。妳與崔德斯探長的出身大不相同，兩位是如何認識的呢？」布萊頓探長以閒話家常般的口吻發問。

崔德斯太太的回應幾不可聞。「在英古蘭・艾許波頓爵爺主講的考古學演講會上。」

「之後你們就結婚了。」

「是的，那是在一段時間之後的事。」

「在妳看來，崔德斯探長是什麼樣的人？」

「高尚、忠誠、體貼。」崔德斯太太的態度顯得焦急中難掩傲氣。「他也博覽群書，樂於拓展視野，了解歷史的脈動——特別是英國史。」

布萊頓探長稍停了幾秒。「那妳認爲他是什麼樣的丈夫？」

他從崔德斯夫妻間的階級差異切入，聽在夏洛特耳中，意圖非常明顯。不過崔德斯太太還是一副猝不及防的模樣。

又或許是面對這種疑問，她做了再多準備也不夠。無論她再怎麼鞏固心防，回答這個問題所帶來的不快，總是深深震撼了她的靈魂。

「他……是很好的丈夫。我說過了，他為人高尚、忠誠、體貼，所以我從不用擔憂他在外頭拈花惹草。我們沒有小孩，因此兩人相處的時間特別多。我們會坐在一起看書，有時候唸書給對方聽，非常珍惜如此平靜的居家時光。」

「大多數的婚姻一開始都很順利，但時光為那些動聽的誓言帶來考驗。妳認為你們的婚姻在這幾年來有什麼改變嗎？」

要是莉薇亞人在這裡，瞪著布萊頓探長映在鏡中的後腦勺，會不會想像他唇角勾起狡詐的弧度呢？夏洛特對這類幻想興趣不大，但也感受到布萊頓探長正深深享受著崔德斯太太的不安。

崔德斯太太吞了吞口水。「我……嗯，我們剛結婚那時，他升上探長職位。接著我在家兄不幸過世後繼承了我父親的企業。」

「崔德斯太太，既然妳提到了親人，那我再說得更具體一點吧。親愛的夫人，妳的嫁妝有可能成為妳丈夫發展事業的強大助力。妳受過良好教育，相貌姣好、氣質出眾，也可能為他帶來優勢。妳想他為什麼從未請妳協助？」

崔德斯太太將茶杯舉到唇邊——夏洛特想起她在上貝克街十八號也是一緊張就喝茶。

「我——我猜他是想與旁人公平競爭。如果他靠著妻子的財產飛黃騰達，對他的同事來說太不公平了。」

「眞是如此？我知道崔德斯探長在警場裡的正面評價累積得很快，因爲他運氣好，結識了夏洛克．福爾摩斯先生，藉由對方的洞見破解了幾起複雜的案子。」

「這……沒錯。」

「他不認爲這破壞了公平競爭的原則嗎？」

「可是他最近都沒去向福爾摩斯先生請益了。從今年夏天起就斷了聯繫。」

自從他發現夏洛克．福爾摩斯其實是個名聲掃地的墮落女子之後。夏洛特挖苦地暗想。

「姑且不論他的改變。」布萊頓探長步步進逼。「他不介意接受男性的幫忙，卻不想獲得女性的協助，即便是他的妻子。」

崔德斯太太垂眼凝視手中的茶杯。

夏洛特無聲嘆息。得知蘇利文先生的死訊之後，她就想見崔德斯太太一面，向她提出同樣的疑問。不只是爲了逼出眞相——如果有這個機會——也想幫她做好心理準備，面對布萊頓探長的盤查。

布萊頓探長沒有放過這個破綻。「崔德斯太太，妳是在哪個時間點得知他對於妳掌管考辛營造公司一事感到不滿？」

崔德斯太太猛然抬頭。「這是他跟你說的？」

「妳不需要顧慮妳丈夫可能說過或是沒說過的話。請回答我的問題。」她的視線垂向別處。「他確實不怎麼開心。可是他完全沒有阻止我順理成章地擔任公司龍頭。」

「他有沒有關切過妳在公司過得如何?」

她的聲音越來越小。「一開始沒有。」

「妳口中的『一開始』大概是多久?」

「三個月左右吧。」

這句答案的音量小到幾乎聽不見。

「他隔了這麼久才問起親愛的枕邊人是如何面對重大挑戰。妳認爲他對這件事缺乏興趣,代表他對於妳選擇獨自經營公司不以爲然嗎?」

崔德斯太太沒有回話。

布萊頓探長嘖了一聲,像是在和不太聰明的固執孩子說話。「對了,親愛的夫人,妳在考辛營造公司還順利嗎?」

崔德斯太太又沉默了半晌,咬咬牙。「與我的預期有些差距。」

「爲什麼?」

「家兄的下屬不歡迎我。」

「喔,他們以什麼方式排拒妳?」

夏洛特很清楚他早就知道答案，只是想玩弄崔德斯太太。崔德斯太太肯定也懂，卻還是必須陳述她是多麼地悽慘無力。

她的喉嚨輕輕顫動。「他們厭惡我待在公司裡問東問西，問他們平時都如何辦公。要是我發表意見，他們便表現得像是什麼都沒聽到。每當他們逮到機會，就會暗示——不，他們會直接叫我回家，說我在考辛公司裡只是浪費自己和他們的時間。他們可是受到先前老闆的信賴，把公司照顧得妥妥貼貼。」

「他們讓妳覺得妳是自己地盤的外來者。」

「正是如此。」

布萊頓探長撥撥頭髮——方才只是部署兵力，現在他準備好要攻陷城池了。「妳丈夫在得知這樣的困境時，有什麼反應？」

崔德斯太太放下茶杯——她是不是緊張到連喝茶都顧不上了？「我——我從未向他透露這些事。」

「我能理解頭三個月妳對此事保持沉默。可是等到他終於向妳問起公司的狀況時，妳為何不告訴他？」

「他做什麼都無法幫上忙。我也不想讓他擔心。」

「或許他無法直接影響妳的下屬，但他在精神層面的支持肯定相當有助益。」布萊頓探長停頓幾秒。「妳連這個都不抱期望嗎？」

他的語調輕軟，彷彿是眞心關切他們夫妻間的問題，然而他的嗓音毫無溫度。

「我的自尊心太重，不想讓他知道我連自己的公司都管不好。」

「身爲強烈反對妳接管公司的人，他應該早就料到自己不會是唯一持反對意見的人。」

「他確實有猜到，可是我粉飾太平，沒有正面回應。」

布萊頓探長稍微調整了姿勢，不是因爲緊張，也不是下意識的舉動。這是刻意而爲——一邊手肘擱在扶手上，伸展雙腿，營造出閒適放鬆的形象。

相對地，崔德斯太太將雙臂縮向身軀，看她裙子微微一抽，很可能連腿也收了起來。她的反射動作似乎取悅了布萊頓探長。夏洛特從他的下一個問題中聽出奚落的笑意。

「崔德斯太太，妳在公司裡可有盟友？」

「有的。就是隆斯代先生。」崔德斯太太輕聲回應。「我爲他的逝去深感惋惜。」

「隆斯代先生並不是考辛公司的正式員工。他在數年前離開公司，即便近日依妳的請求回來，也只是扮演顧問的角色，並非決策者。崔德斯太太，妳是否認同妳其實與他的外甥蘇利文先生的往來更加密切？」

聽到這個名字，崔德斯太太下頜肌肉更加緊繃，似乎是感到作嘔，努力壓抑躁動不安的胃袋。「我確實和蘇利文先生接觸的機會比較多，可惜他和我處得不是很好。他正是那批讓我在公司裡越來越待不下去的主管之一。」

她的嗓音聽起來像是在忍受作嘔的衝動。

布萊頓探長輕笑一聲。「崔德斯太太，妳眞的是這麼想嗎？」

「這是什麼意思？」

「蘇格蘭警場將提訊考辛公司內部每一個與兩名死者接觸過的人士。或是與妳有關係的員工。崔德斯太太，我們會不會得到跟妳的說詞有出入的答案？」

「這是當然了。我還不知道有哪一群人能對同一個問題給出一模一樣的答案。」

狗被逼急了也是會跳牆的。布萊頓探長顯然毫不在意獵物徒勞的掙扎。

「崔德斯太太，這不是假設。」他的語氣中洋溢著享用美味大餐似的喜悅。「我們找來訪談的考辛公司內部人士，是否會表示妳對蘇利文先生不太友善呢？」

崔德斯太太像是突然覺得被勒住似地，扯了扯領口。「好，我就明說了。起初我有意親近蘇利文先生。其他經理大多年紀更長，更不願意改變想法，他們完全不掩飾鄙夷的態度。相較之下，他看起來比較和善、心胸開闊。但我被騙了。他是披著羊皮的狼，裝出熱心相助的模樣，實際上比任何人都還要瞧不起我。」

夏洛特搖搖頭，一點都不意外崔德斯太太方才為何難以在丈夫的朋友面前啓齒。但此舉同樣不智。

「換句話說，蘇利文先生是那批不合作經理的頭頭囉？」

「仔細想想，確實是如此。」

布萊頓探長的音調變得更加慵懶，彷彿這不是訊問，而是正與朋友對酒言歡。「妳為什麼不解雇他？」

「若我有辦法，早就把那群人全部攆出去了。」崔德斯太太語帶苦澀。「但這樣一來，他們會在外頭恣意踐踏我的名聲。我如何能確保雇來頂替他們的人會更好呢？」

布萊頓探長從袖口彈去不存在的灰塵。「崔德斯太太，我不是問妳爲何不除掉整群人。我問的是妳爲什麼不對他們的首領蘇利文先生下手。」

他的語氣仍舊動聽，但語句間的惡意已經凝聚成形。

崔德斯太太再次扯動領口。夏洛特猜想若現場只有她一個人，她肯定早就扯開領子，讓呼吸順暢一點。「我——我不想傷害隆斯代先生。」

「妳不是說隆斯代先生是妳的盟友嗎？」

「是的，但他同時也是蘇利文先生的舅舅。」

「妳可曾向隆斯代先生提起蘇利文先生的問題？」

「沒有。」

「爲什麼？」布萊頓探長行雲流水般地問下去：「不過是點出蘇利文先生正是往妳背後捅刀的元凶，這樣就會傷害到他的感情嗎？」

崔德斯太太臉上的厭惡轉爲純粹的恐懼，布萊頓探長幾乎觸及了她亟欲隱藏的內情。

「崔德斯太太，我們倒是想問問蘇利文先生和妳有過什麼牽扯。」布萊頓探長把每個音節都說得字正腔圓。

崔德斯太太十指埋入裙子的布料中。「沒有。他跟我沒有半點關係。」

「既然他已經死了，往後也不會與妳有任何瓜葛。但他生前可能向崔德斯探長透露的事物讓妳擔憂萬分，不敢將他解雇，也不敢對妳的丈夫坦誠。」

「我和他之間沒有半點不該有的牽扯！」

她尖銳的嗓音在房裡迴盪，是憤怒的否定，也是氣憤的懇求。

跟她激動高亢的音調相比，布萊頓探長的語氣更加柔和，更加拐彎抹角。「崔德斯太太，我並沒有這個意思。老實說，我不認爲妳有這樣的心思。可是蘇利文先生呢？他是否有意維持正人君子的形象？」

「我不想再談蘇利文先生了。」崔德斯太太的嘴唇抿成嚴實的直線。

聽著崔德斯太太徒勞的否認，夏洛特忍不住心痛。她應該從頭撒謊到尾，不然一開始就該照實以告。被人一點一點套出實情，對她、對她丈夫都沒有好處。

「崔德斯太太，這事可由不得妳。蘇利文先生死了，妳丈夫和他共處一室，手持槍械。我甚至還沒提及報紙上那篇留言呢。」

崔德斯太太是不是瑟縮了下？「隨便你，我對蘇利文先生無話可說。」

夏洛特皺眉。**親愛的夫人，撐住，妳已經把自己的弱點全數坦露在他面前了。**

布萊頓探長挺直背脊，稍稍向前傾，眼鏡蛇王總算要出擊了。「那麼，崔德斯太太，請妳聽聽我的推測。妳深愛妳的丈夫，也珍惜你們的婚姻，然而他拒絕理解妳在考辛公司的事業讓妳深受傷害。妳在公司裡就算喊得聲嘶力竭都不被重視，令妳陷入孤軍奮戰的處境。」

「蘇利文先生踏入了妳孤寂的心房，這個優秀俊朗的年輕人或許只是個膚淺的惡徒，但妳並不知道。妳在最絕望的時刻見到的只是他虛假的同情心，即便他沒有爲妳屠龍，最起碼他願意傾聽妳的問題，還給了妳『讓我去和某某先生談一談，相信他無意讓情況如此發展』的承諾。」

他稍一停頓，似乎是想慢慢品味崔德斯太太臉上湧現的恐慌。「交朋友對妳來說不太容易。以往結識的年輕女性，其他企業家的女兒，或許還有幾位鄉紳的夫人，她們大多刻意讓妳們之間的交情就此淡去。與此同時，崔德斯探長並不希望讓他的同事與他富有的妻子碰面，妳無法和他同事的妻子建立交情，而她們本應當是妳婚後社交圈的重要角色。」

「妳急著爭取盟友，更需要旁人支持。因此我可以理解妳誤信隱藏敵意的蘇利文先生是妳的朋友。而他察覺到妳的脆弱，決定徹底利用它。」

「妳對他坦承了什麼？或許不太直接。畢竟妳還是個敏銳內斂的女性。但他是個聰明人，自己拼湊出全貌，對吧？他有沒有占妳便宜？他有沒有向妳求歡？」

崔德斯太太往椅子深處不斷退縮，劇烈顫抖了下。

「那就是有了。被妳回絕時，他是不是威脅要向妳丈夫說出那些可能會摧毀你們婚姻的謊言？」

布萊頓探長再次停頓，像是工匠般細細打量他的傑作——也就是崔德斯太太宛如死灰的驚惶容貌。

「妳不喜歡撒謊，也不擅長。但妳發現蘇利文先生是高竿的騙子。妳相信過他的虛情假意。要是他暗示你們兩個的往來超出應有的分際，妳丈夫有什麼理由不相信他呢？」

「這正是妳對蘇利文先生的背叛與威脅無能為力的原因。妳丈夫對於妳在考辛公司謀取地位的行為已經不太滿意了，現在又出了這種事。無論崔德斯探長有多麼善體人意，他會給妳什麼建議？要妳放棄改變考辛公司、回歸家庭——妳肯定不願這麼做。」

「此外，妳也擔心像崔德斯探長這樣優秀的警官，很快就會查出蘇利文先生說詞中屬實的部分。妳確實跟他沒什麼，但妳能否認在看透他的真面目之前，妳確實期待過每天都能見到蘇利文先生，在包括妳丈夫在內的每一個人都背棄妳的時刻，期盼他就是妳能依靠的人？」

倘若布萊頓探長這時站在舞台上，大概正要向觀眾鞠躬吧。那語氣只能用沾沾自喜來形容。

「妳丈夫是勞工階級出身，要是他發現妳和同等地位的人產生情愫——就算你們之間清白無比——而無論他是多麼成功的警官，都無法成為那樣的人，他會有什麼感受？」

崔德斯太太忽然起身。「探長，你的臆測毫無根據。我從未在家裡提過蘇利文先生的名字，蘇利文先生也從未找崔德斯探長說過話。」

前門鈴聲大作，一聲接著一聲。布萊頓探長微微轉頭，露出皺著眉頭的犀利側臉。崔德斯太太重重坐回原處，手肘擱在扶手上，雙手掩面。

管家才剛應門，前來拜訪的女性便厲聲下令：「別擋路。」

腳步聲砰砰爬上樓梯，接著客廳的門被人狠狠推開。

「崔德斯太太，他們說妳丈夫出事是眞的嗎？」那名女子劈頭就問。

「艾琳諾，拜託，現在時機不適合。」崔德斯太太使勁抬頭，卻只是陷得更深，她已經來到容忍的極限了。「妳可以明天再來嗎？我得要回答蘇格蘭警場的疑問。」

與崔德斯太太年紀相當的美麗女子站到她身旁。她身穿喪服，一手按住她肩頭。過了一會兒，崔德斯太太將臉頰貼上女子的腰間。

「崔德斯太太！對不起！」管家葛雷寇太太跟著進房。「我完全來不及和考辛太太說妳今天不見客。」

考辛太太？崔德斯太太兄長的遺孀？

考辛太太狠狠瞪著兩名警官。「你們又是哪來的野蠻人？」

布萊頓探長在女子進門時已經起身，微微一鞠躬。「在下是蘇格蘭警場的布萊頓探長。這位霍威警長同樣隸屬於蘇格蘭警場。考辛太太，幸會。」

被他喊出姓氏，考辛太太一臉受辱似的表情。她僵硬冷漠地回應：「兩位男士，我這人平時不會這麼不近人情，但我想該請兩位離開了。崔德斯太太折騰了一整天，要好好休息。現在。」

「考辛太太。」崔德斯太太軟綿綿地抗議，雙手卻往自己大嫂身上攀得更緊。「這兩位警官是爲了公事而來。」

「他們可以明天再來辦公。崔德斯探長不是已經在他們手上了？他哪裡都去不了。死人早就死透，我想應該沒什麼好急的吧？」她再次對警官怒目而視。「不准你們繼續折磨這個善良的女人，今天已經是她人生中最糟的一天了。希望你們還有這點慈悲之心。」

沉默。

布萊頓探長輕笑一聲，聽得出他的不快。「考辛太太，妳說得對。女士們，晚安。崔德斯太太，明天我一早就來見妳。」

□

「他們走了。」考辛太太離開了夏洛特的視線範圍。她一定是跑去門邊細聽外頭動靜。

崔德斯太太重重吁了口氣。「艾琳諾，謝謝妳。幸好妳來了。不然我可能沒辦法再多撐一分鐘。」

考辛太太回到鏡子照得到的狹小範圍內。「能幫上忙眞是太好了。再次面對那些警察前，妳多少休息一下吧。」

崔德斯太太搖搖頭。「我不知道該如何入睡。」

「所以說那些事都是眞的？」

「艾琳諾，請不要相信報紙上的流言蜚語，蘇利文先生和我眞的沒什麼。」

考辛太太嘖了一聲。「有什麼好信的？我很清楚他是什麼樣的貨色。」

「可惜我之前沒有好好聽妳的話。」崔德斯太太嗓音虛弱。「妳不認爲羅伯特會做出那種事吧？」

考辛太太翻了個白眼。「怎麼可能。就算我到現在還是不看好你們的婚姻，但如果他眞想解決蘇利文先生，絕對不會如此倉促行事。」

「謝謝妳。請別當著他的面說這番話——我是指前半句。」

「我可沒辦法把話說死。他過了那麼久都沒向妳問過在公司過得如何，也太沒良心了。」

「艾琳諾——」

「我知道。我知道現在不適合責備妳丈夫。」

崔德斯太太握住大嫂雙手。「艾琳諾，不只如此。我先前沒打算告訴妳太多，因爲我知道羅伯特不喜歡別人刺探他的私生活。辦完堅決谷的案子之後，他開始試著改善。我們邀請隆斯代先生和隆斯代小姐來吃晚餐那次，他負責規畫菜色，細節也都是他在照顧。每晚他都會倒好一杯威士忌等我回家，甚至邀請我參加今年聖誕節警場的報佳音活動。拜託，請別把他想得那麼壞！」

「眞要說的話，也是我的錯。我應該要向他提起蘇利文先生的。可是我太害怕了。家裡的氣氛總算恢復融洽，我就怕一切又會變糟。」

「妳別再自責了，不然我又要討厭他啦。」

崔德斯太太用掌根抹抹眼角。「拜託不要討厭他。他眞的一直都對我很好。」

考辛太太嘆息。「如果他眞的有意洗心革面，這也不是壞事——雖然他從一開始就不該如此盲目。」

她一把拉起崔德斯太太。「來吧，妳看起來好幾天沒睡了。我送妳回房間。等一下我叫葛雷寇太太送晚餐上來。等妳吃完，我們再讓妳喝幾滴鴉片酊。別擔心，我很謹慎的。明天早上妳會完全清醒，迎接那個看起來超邪惡的布萊頓探長。」

「好吧。」崔德斯太太不再反抗。「謝謝妳，艾琳諾。」

「別說了。在妳哥哥過世那時，妳也曾爲我如此盡心盡力。」考辛太太稍稍停頓幾秒。「別在意。走吧。」

夏洛特移到私人會客室門邊，從門縫間看著兩名女子往樓上走去，崔德斯太太靠在她大嫂身上。過了不久，她聽見考辛太太向葛雷寇太太說了些話。管家接獲傳喚，就從僕役專用的樓梯趕上來。

考辛太太請葛雷寇太太幫崔德斯太太準備一份餐點，最後補上：「請所有的人到僕役用餐區等我。等我照顧完你們家夫人，我有話要和他們說。」

「是的，女士。」葛雷寇太太低聲回應，轉身離開。

夏洛特又等了一會兒，照著原路溜下樓，在地下室找到正在給予女僕指示的葛雷寇太太。

「晚餐送去給夫人，還有茶水端給考辛太太，然後就直接回來。眼睛別亂看，知道嗎？」

「是的，葛雷寇太太。」

「好孩子。去吧。」她轉過身，見到夏洛特。「啊，福爾摩斯小姐。抱歉，沒辦法讓妳和崔德斯太太見上面。」

「沒關係。我明天再來拜訪。現在——」她望向圍著餐桌吃晚飯的僕役。「我可以先跟他們聊聊嗎？崔德斯太太請家兄調查此事，這是調查的一部分。」

葛雷寇太太稍有遲疑。「當然可以。請進來坐坐。我幫妳泡茶。」

崔德斯家共有六名僕役：葛雷寇太太、兩名雜用女僕、廚子、廚房女僕，還有身兼車夫的男僕。

葛雷寇太太證實了麥唐諾警長今早上門的時刻。「他在這裡待了二十到二十五分鐘。在他離開後，夫人看起來有些不對勁，但她什麼都沒跟我們說。她搭馬車出門，我們留在家裡照常辦事。到了下午，那個霍威警長帶著一名警員跑來找我們問話，那時我們才知道眞的出了事。」

布萊頓探長可能當時走不開，派一兩個下屬來打先鋒也很合理。

「霍威警長說了什麼？」

「他說警方正在關注崔德斯探長近日的動向，要我們說出知道的任何事。我們不太清楚探長都去了哪裡。馬車都是崔德斯太太在用，探長喜歡走路出門。早上他出門後，我們要到他傍晚下班才會再見到他。」

「聽說他最近出了遠門。」

「是的，但這也不是什麼新鮮事。」

「他最近的動向有什麼異常之處嗎？」

雖然這問題是投向葛雷寇太太，但夏洛特的視線卻對著僕役活動區的眾人。他們一同搖頭。

「警方有沒有問起崔德斯太太的行蹤？」

「有，但只是隨口提起。只有車夫寇克瑞被仔細盤問了前晚種種。可是寇克瑞沒看到什麼。冷街居民抱怨其他人家的客人搭乘的馬車堵住街道，隆斯代家的僕役指示他把車停到幾條街外，路旁都是拆掉準備改建的老屋子。因此他只有在接送崔德斯太太時踏上冷街，中途人都在別處。」

「警方還問了什麼？」夏洛特對眾僕役發問。

沒人開口。過了一會兒，葛雷寇太太說：「他們問到老爺夫人是否處得好。這還用問嗎？他們一顆心都放在彼此身上了。」

「這是當然了。」夏洛特附和。「他們有沒有要求進屋看看，或是問起屋裡的某個區域？」

「他們確實說要看看屋子，可是我說要有探長或崔德斯太太的同意。然後他們就離開了。崔德斯太太才剛回來，霍威警官就帶著布萊頓探長上門，他們把屋裡各處巡了一圈，才坐下來和夫人喝茶。」

「就在我抵達前沒多久？」

「是的，小姐。」

「你們知道他們有沒有在屋裡找到什麼值得特別關注的東西？」

眾人一起搖頭。

鈴聲響起，大概是考辛太太要人把晚餐的餐具撤走。

葛雷寇太太派剛才送餐的女孩上樓。

夏洛特起身。「我就不打擾你們吃飯了。」

正如她所料，葛雷寇太太跟了上來。「福爾摩斯小姐，我送妳出去。」

在僕役出入口門邊，跟其他人拉開距離之後，夏洛特說：「別跟崔德斯太太說今晚我來過——讓她好好休息吧。不過妳想說的話，明天早上可以告訴她。」

「是的，小姐。」

「葛雷寇太太，我還有一兩個問題想問妳。妳知道探長最近一次遠行時有沒有帶上佩槍？」

「小姐，抱歉，我不知道。探長他不是大戶人家出身，喜歡自己打包行李。他這個人整齊到可以用一絲不苟來形容。」葛雷寇太太語氣中的驕傲夾雜了一絲放棄。

夏洛特點點頭。理論上她只需要等到明天早上，只要見到崔德斯探長，就能從他口中問出一切。不過呢，要是崔德斯探長掌握了足以脫罪的證據，他還有必要在蘇格蘭警場度過今晚嗎？

「葛雷寇太太，可以請妳說說最近屋裡有沒有什麼不尋常的怪事嗎？」

葛雷寇太太立刻點頭。「探長前次出遠門之前，把我叫到一旁，問我屋裡最近有沒有短少什麼東西。我差點嚇到魂都飛了。想到有人在我眼皮之下偷東西——太可惡了。」

「我問他是否丟了什麼，可是他沒說，只問我有沒有注意到少了什麼東西。儘管那時候我怕得要命，還是說我相信在我手下做事的人都是虔誠的老實人。不夠正派的人怎麼能在堂堂探長家裡做事呢？」

「他說他相信我。可是他又問有沒有哪個時間點，家裡可能完全沒人。我說放半天假那天，崔德斯太太去公司，僕役各自出門溜達，是有機會出現兩三個小時空檔。」

「今天早上，麥唐諾警探告辭後，崔德斯太太也問了妳現在問我的問題，像是探長有沒有帶佩槍出門之類的。下午布萊頓探長的手下來問話時，我告訴霍威警長崔德斯探長的佩槍可能在他出門前就不見了。說不定他問我屋裡有沒有掉東西、什麼時候家裡可能沒人，就是爲了這個。」

「霍威警長什麼都沒說。我總覺得……他不認爲這件事有多重要。可是佩槍到底有沒有在探長身上，這是關鍵，對吧？除非，喔，老天，除非……」

除非警方相信這是崔德斯探長布下的局。

葛雷寇太太掩嘴，瞪大的雙眼中滿是恐懼。她很快就控制住情緒，低聲詢問：「福爾摩斯小姐，我們都聽說過夏洛克．福爾摩斯的名號，他有辦法讓探長早日回家嗎？」

「我不知道。」夏洛特說。

葛雷寇太太用力呑口水。

夏洛特拍拍她的手臂。「夏洛克．福爾摩斯和他的夥伴才剛接下這個案子，我們無法馬上預測是否能成功，不過我們也沒有理由預期會失敗。我們保證會照著探長和崔德斯太太的期望，以最快的速度把這個案子查得一清二楚。」

當然了，若是崔德斯太太願意托出全盤事實，事情會好辦許多。

第七章

「爸爸，星星是用什麼做的？」英古蘭爵爺的兒子卡利索問道。一般來說，捨不得入睡、問題一個接著一個的人，往往是卡利索的姊姊露西妲，但今晚她早已睡著。卡利索以好奇心撐住沉重的眼皮。

「星星裡面大多是氫氣。」英古蘭爵爺說。

卡利索應該很清楚氫氣是什麼：不久以前，露西妲才問起水的成分，也因此讓他為兩人上了一堂基礎化學課。

英古蘭爵爺心想是不是該去拿一本《大英百科全書》，不然以自己對天文光譜學的掌握，可能難以招架卡利索接二連三的逼問，最後肯定要接到老問題：「可是你怎麼知道？」

卡利索皺眉。「可以向氫氣許願嗎？」

英古蘭爵爺差點憋不住笑聲。「喔，有何不可？」

反正流星也是石頭和金屬組成的，對著什麼東西許願都一樣虛無。

「可是你怎麼知道星星是氫氣做的？」卡利索的問題伴隨著巨大的呵欠。

在他父親喃喃敘述牛頓拿光與三稜鏡做實驗時，男孩睡著了。英古蘭爵爺把他的小手塞到毯子下，親親他的額頭，又轉到另一張床邊，在女兒臉頰印下親吻。

他往昔的家教波特小姐在育幼室外等候。

「他們睡著了。」他說：「接下來就交給妳了。」

她微微一笑。「很好，爵爺大人。祝你今晚一切順利。」

□

他踏進華生太太家二樓的客廳，窗戶和爐架全都掛上雲杉和紅柏枝葉圈成的花環——華生太太跟潘妮洛的動作真快。福爾摩斯穿著晚禮服進房。

福爾摩斯愛穿連身罩衫。他不敢說她對服裝的愛比得上對蛋糕的愛，但這份愛意同樣真誠坦蕩。說到她的穿著品味——好吧，過去他總是對她會穿成什麼模樣進門有些忐忑，不過最近還滿期待她的打扮，就像他不介意與舊日好友偶遇，就算他們沉迷於骨牌通靈的把戲一樣。

要不是那套聖誕樹裝太過震撼，她身上的晚禮服足以榮登今日最驚豔。紅色開襟長衫上點綴著大大的黑色圓點，而裡頭的裙襯則是黑底搭小紅點。

她全心全意地享受這套浮誇的裝束，完全沒被衣裙的氣勢吞沒。

「哈囉，艾許。」

「哈囉，福爾摩斯。新衣服嗎？」

「沒錯。我離家後的第一筆訂單——嚴格來說用的是我從你身上賺來的錢。」

「如此超值的投資是我的榮幸，女士。」

另兩名女性也被這套新衣服震懾住了。「親愛的，這眞是獨特又出色啊。」華生太太先是倒抽一口氣，格外謹愼地評論道。潘妮洛顯然樂翻了，大聲嚷嚷：「這是瓢蟲裝吧！」

「若眞要討論靈感來源，我參考的其實是黑寡婦蜘蛛。爵爺大人，您猜到了嗎？」福爾摩斯望向他，那副模樣迷人極了，但和毒蜘蛛八竿子打不著關係。

「不，我原本想的也是瓢蟲。」

「原來如此。看來這套衣服少了點攻擊性。不知道裁縫師能不能針對這點修改。」

應該是沒辦法。無論設計理念有多邪惡，沒有一套服裝能抹滅她帶給人的純粹討喜印象。換個角度來看，對於熟識她的人而言，就算是最讓人眼花撩亂的服裝，也無法完全緩和在她面前感受到的心驚。

他們對她的愛並不會因此削減，但愛著她的同時，也知道無法瞞過她任何事。

華生太太家的僕役長麥斯先生前來報告晚餐已經上桌。他們一同下樓，華生太太挽著英古蘭爵爺的手臂，兩名年輕女子並肩而行。

所有菜餚都擺在桌上，麥斯先生舀好湯、倒好酒就離開，並幫他們關好門。

「喔，夏洛特小姐，請告訴我們怎麼會變成這樣！」潘妮洛率先開口：「崔德斯探長怎麼會和死者一起鎖在房裡？」

福爾摩斯雙眼直勾勾地看著甜點——還在冒煙的蘋果夏洛特蛋糕，搭配香甜的卡士達醬——

她戀戀不捨地移開目光。「他要不是自己走進去，就是被人扛進去丟在房裡。至於怎麼會變成這樣……里梅涅小姐，請問妳所謂的『這樣』是什麼？房門被反鎖？假如房裡只有兩名死者，那這個問題確實耐人尋味。但崔德斯探長也在房裡，他也有能力自己鎖門。」

「那他爲什麼要把自己和兩名死者一起鎖在房裡呢？」潘妮洛繼續追問：「爲什麼即使敲門的是警察，他仍堅持不開門？」

福爾摩斯喝了一小口湯。「我也想過這個問題。」

「然後？」

「英古蘭爵爺和我明天要去見他，我打算直接對他提出這些疑問。」

可是啊，如果崔德斯探長能給出讓人滿意的答案，那他妻子還有必要驚慌失措地前來向夏洛克．福爾摩斯求助嗎？

既然福爾摩斯無意深入討論案情，潘妮洛的話鋒轉向他們前陣子的巴黎冒險——他們闖入一座法國古堡，發現那其實是莫里亞提的要塞。

或許華生太太早已料到這個話題，才會以法國人的方式上菜——所有菜餚一起上桌，隨意取用——並要求僕役退出用餐室。

「我還是無法相信你們都來到巴黎了，竟然沒和我說一聲。」潘妮洛佯裝發怒似地嘟起嘴。

「一開始我只是不想打擾妳的學業。後來我很慶幸妳完全沒有捲入那件事。那是一場豪華的化裝舞會，我們全都戴著面具出席。」華生太太嘆息。「或許今晚在此的人——還有奧莉薇亞小姐——餘生不需要面對莫里亞提的糾纏。可是馬伯頓先生沒有這麼好運。希望他一切安好。希望莫里亞提能對自己的兒子手下留情。」

「如果他心裡還有情份可言。」福爾摩斯說道。

寒氣沿著英古蘭爵爺的背脊滑落。

「妳有沒有奧莉薇亞小姐的消息？」潘妮洛愣了幾秒，轉向福爾摩斯提問。「我知道馬伯頓先生一定沒有向她透露離開的真正原因。她還好嗎？」

福爾摩斯喝湯的動作暫停了半秒——幾乎不會有人注意到的停頓，讓英古蘭爵爺知道這件事在她心裡的份量極重。「在我姊姊離開後，我還沒聯繫她過。不過她和馬伯頓先生道別後，華生太太陪著她搭火車回家。」

「嗯，我預期她會在半路上崩潰，但她沒有。」華生太太皺起額頭——接著匆忙用手指撫平前額。「她出奇……冷靜。反覆說著她已經準備好面對這一天了。說她非常感謝馬伯頓先生給予她的歡笑與理解。她早就知道兩人共處的時間有限，因此更加珍惜每分每秒。」

「聽起來不太像我認識的奧莉薇亞小姐。」英古蘭爵爺說。

那麼善感的一個人，即便是包裹上層層善意，最輕微的拒絕都能摧毀她的心。

「我猜她刻意把這件事當成戛然而止的風流韻事。」福爾摩斯說。

儘管實情遠遠比她想的還要邪惡危險。

「如果這個莫里亞提有你們描述的一半可怕，我真的沒辦法怪她。」潘妮洛說。

餐桌旁陷入沉默，似乎沒有人想繼續提起充滿壓迫感的莫里亞提。福爾摩斯靜靜喝了一會兒湯，轉頭向他發問：「爵爺大人，您在蘇格蘭警場的交涉還順利嗎？」

「收穫豐碩。我們要看屍體、要收集證據、要拜訪犯罪現場都沒問題，只要有蘇格蘭警場的人陪著就好。他們還允許我們明早見崔德斯探長一面。」

福爾摩斯點點頭。

華生太太看出她臉上不尋常的緊繃。「妳不期望從蘇格蘭警場那邊得到有用的情報嗎？」

「我非常期待，只是不是來自崔德斯探長。」

華生太太捏著葡萄酒杯的杯腳，左轉右轉、左轉右轉。「我也有同感。如果他這個蘇格蘭警場的中堅警官都無法爲自己開脫……」

「那就由我們代勞吧。」福爾摩斯說得乾脆。「爵爺大人，蘇格蘭警場還給了您什麼特權？」

「他們允許我們和可能與案情有關的人士談話，但我們得自行安排。」

福爾摩斯的視線轉向潘妮洛。「里梅涅小姐，這個任務可以託付給妳嗎？」

「當然——」潘妮洛應道。

「絕對——」華生太太同時大叫。

「華生太太，有個更重要的任務要麻煩妳：請妳調查考辛營造公司內部的狀況。」福爾摩斯說：「考辛公司是隆斯代先生、蘇利文先生、崔德斯探長的接點。若要搞清楚爲什麼這三個人裡死了兩個，另一個和他們的屍體鎖在同一間房裡，我們必須知道考辛公司裡究竟出了什麼事。」

華生太太的手僵在半空中。「夏洛特小姐，對於妳的指派我深感榮幸，可是妳確定我有足夠的本事負責調查如此關鍵的部分嗎？」

「夫人，我一向對妳的財務敏銳度深感敬佩。妳應該對複式簿記略有涉獵，我沒猜錯吧？」

華生太太一愣，這個表情英古蘭爵爺看多了——福爾摩斯說出他們沒向她提過的個人資訊。不過華生太太不愧與福爾摩斯合作過好一陣子，半秒鐘就恢復過來。「我曾幫一間小劇場做過簿記，但公司規模完全比不上考辛公司。」

「或許規模有些差異，可是原則應該差不多吧。」

「妳要我在考辛公司裡找什麼？」華生太太的眼神有些焦慮。

福爾摩斯爲自己夾了一片鹿肉。「報社偏好將崔德斯探長化爲案件主體，嫉妒的丈夫出手殺人——這種新聞不但聳動，動機也容易理解。一旦排除崔德斯探長，就少了嫌犯和直接動機。」

英古蘭爵爺沒有想到這一層，或者該說他還沒辦法將抽象的思緒具體化。他望向另兩名女士，發現她們也有同感。

「我不確定該怎麼做才能生出嫌犯。」福爾摩斯繼續道：「所以我們得先試試看能不能找到動機——無論是誰都好，爲了不同理由，想要除掉隆斯代先生和蘇利文先生。華生太太，這是我要交給妳的任務：動機——或者至少是能拼湊出動機的蛛絲馬跡。」

□

飯後，他們回到二樓客廳，玩了幾輪惠斯特橋牌。華生太太和潘妮洛連聲喊累，回房休息。英古蘭爵爺心想是否該降低來訪的頻率，他可不想害女主人三不五時就要匆忙躲進房裡。

福爾摩斯起身離開牌桌，坐進沙發，抖鬆裙襬。上頭綴了無數小黑珠的裙子應該不需要費心整理吧，但她就是喜歡聽珠子隨著織錦緞擺盪而相互碰撞的窸窣輕響。

兩名女士離開時要他們繼續打牌，但顯然今晚的牌戲已經畫下句點。他動手收拾紙牌，正要問起目前跟她一起住的姊姊貝娜蒂．福爾摩斯時，她抬眼說道：「我去崔德斯太太家時，布萊頓探長已經在裡頭了。」

他心中頓時警鈴大作。「喔？」

她把聽到的訊問內容說了一遍。

他不知道自己整理的手在什麼時候停了下來，等她說完，他才發現自己的左手心多了三張被他緊握變形的紙牌。

「他眞的如此直白又無情？他的推測眞的那麼過分？」

「眞的。其實我的猜測比他還要更進一步。要不是考辛太太上門打岔，相信他會說出更讓人難堪的假設情境。」

他盡可能地壓平凹折的紙牌，肺部像是被壓上了重物。想到崔德斯太太的絕望處境，就讓他心情沉重，想到她是那麼地孤單、那麼需要朋友。當崔德斯探長與他漸漸疏遠，他並沒有為難對方，也沒有為了福爾摩斯，對他的朋友心生不滿：福爾摩斯不需要任何人替她著想，她能把自己照顧得很好。

但他確實為了崔德斯太太而生起崔德斯探長的氣，她深深愛著丈夫，為他放棄了那麼多，他卻沒有好好珍惜她，反而在她最需要家庭溫暖與支持時拋下她。

然而，這怒氣令他想到崔德斯探長是多麼地以她為榮。如果他沒記錯時間順序，兩人最後一次談話時，這對夫妻才剛和好沒多久。他也無法完全無視福爾摩斯的言外之意，無法忽視崔德斯探長離開堅決谷後是多努力讓自己成為更好的丈夫。

他心中的情緒堆疊成洶湧的焦慮，恐懼與希望相互交融——他希望崔德斯夫婦能獲得最寶貴的資本：時間。足以治療一切傷痛的時間；重新開始的時間；讓信任重新滋長的時間；建構起更強韌情感的時間。

如果崔德斯探長無法重獲自由，這一切都是空談。

英古蘭爵爺強迫自己深呼吸，放下手中紙牌，把思緒導回眼前的案子。這時他才意識到某件令他心跳漏了一拍的事實，他極度不情願地凝視福爾摩斯。「考辛太太在最巧妙的時間點抵達，妳認為那不是單純的運氣。」

她多看了他一眼，似乎是想確定他沒有太過激動。「第一次走過僕役休息區時，馬夫不在場。等我回到樓下，他又出現了，衣服沾了些雨滴，剛好是雨衣遮不住的部分。這類人家的地下室，通常會延伸到馬廄。就算通往地下室的樓梯不在馬廄裡，也會在門外。」

華生太太和潘妮洛離開之前，女僕剛送上熱氣騰騰的熱紅酒。他端起還帶著餘溫的杯子。「所以說……如果他沒有駕馬車外出，那衣服絕對不會在往返馬廄之間弄濕。」

「正是如此。他家老爺關在蘇格蘭警場，他家夫人就在屋裡。他有什麼理由外出呢？」

唯一的可能性就是聽了女主人命令，送考辛太太來此。考辛太太一抵達便能中止訊問。

苦橙和丁香在葡萄酒裡熬煮多時。平時他不會太在意丁香的存在，但今晚他覺得香料的味道太重了。他還是雙手捧著杯子，從中汲取暖意。「考辛太太沒有辜負崔德斯太太的期望。」

「那時崔德斯太太不是雙手掩面，就是把臉貼在考辛太太身上，肯定是不想讓布萊頓探長看出她有多麼慶幸。」

「也就是說，無論布萊頓探長的論點有多犀利，仍舊沒有觸及核心。」壓著他肺部的力道更加強勁。他再次硬著頭皮迎上她的目光。「所以妳才會跑那一趟？想要正中紅心？」

她的沙發旁擺了一盆生氣蓬勃的羊齒草，她伸手撫摸葉片。「我想趕在布萊頓探長之前和她談談。若是他掌握了我原本預期的底牌，那麼崔德斯太太……我想她不太了解謀殺案調查行動是多麼殘酷，不知道這會將她爲眞相豎起的層層障壁消磨得一乾二淨。」

他感覺呼吸更加困難。「妳認爲布萊頓探長打算如何對付她？」

她雙手在大腿上交疊，視線回到他身上，眼神清明，語氣冷漠無情。「你有沒有注意到崔德斯太太在麥唐諾警長告辭之後，找了多少東西？光是她提及的就有崔德斯探長近期和過去寄來的信，以及從更衣室裡消失無蹤的佩槍。」

「當時她看似極度關注崔德斯探長在案發前的行蹤，但如果實情並非如此呢？說不定她並不是為了他在家裡翻箱倒櫃，而是在她尋找其他事物的同時，碰巧發現這些？」

「什麼？」

他的疑問幾乎散逸在空氣中。

「有可能昨晚她從宴會返家前，先去了一趟冷街三十三號，也就是隆斯代先生與蘇利文先生的陳屍處。或許她在那裡留下了自己曾經去過的證據。」

她的嗓音也放軟了些，卻無法軟化這句話帶來的衝擊。英古蘭爵爺感覺有人狠狠掐住他的喉嚨。要是崔德斯太太曾在那裡，在那間空屋裡，與其中一名死者共處一室——或者兩名死者都在場——只會增強「吃醋丈夫」這個動機。

後果不堪設想。

從一開始他就察覺到崔德斯太太生怕會加重丈夫的罪嫌。這就是原因嗎？

「等等！」突如其來的希望湧上心頭，他放下還在冒煙的熱紅酒，橫越客廳，坐到福爾摩斯旁邊。「妳剛才提到若是布萊頓探長『掌握了妳原本預期的底牌』，意思是說妳現在認為他手中沒有那個關鍵嗎？」

她長嘆一聲，吹動領口細緻的雪紡花邊。「他偵訊時氣勢洶洶，那股強勢是來自他的個性與機智，再加上地位的優勢。無論他用了什麼手段，想嚇唬她、逼迫她吐實，但也只能靠著邏輯推理，因爲他沒有提出任何實際證據。不然就是他選擇先不出示，甚至沒有提及能證明她昨晚到過三十三號的證物，比如說她遺落在現場的個人物品。」

她再次伸手，撫過羊齒草的葉梗。「所以呢，她再怎麼害怕，都還是堅定立場，沒有鬆口說出他想聽的證言。」

他癱向沙發椅背，鬆了一大口氣。

福爾摩斯細細打量他，露出接近微笑的表情。「演變至此，我先把崔德斯太太交給她大嫂照顧。但考辛太太——以及崔德斯太太與她站在同一陣線的表態——完全出乎我的預料。我還以爲崔德斯探長不怎麼喜歡巴納比．考辛和他的妻子。不過這對妯娌看起來對彼此沒有惡意。」

他起身爲自己倒了半杯干邑白蘭地，又回到原位。「既然妳提到這件事，還記得我打算在聖誕節後邀請崔德斯夫婦到堅決谷小聚嗎？」

他也向她提出邀約，請她打扮成雪林福．福爾摩斯赴會，但是她婉拒了。

「前往法國之前，我收到崔德斯探長的信，他問能不能帶考辛太太同行，讓她在附近找個地方落腳。」他繼續道：「她還在服喪，暫停一切社交活動，不過他們認爲改變一下環境對她有好處。」

福爾摩斯點點頭，兩根手指挾著羊齒草滑動。

「妳對考辛太太——很感興趣。」這是他的直覺。

雖然沒有讀心的能力，但他將近半輩子都在觀察她的臉色神態，有時帶著隱瞞，通常難以理解，但總是敏銳透徹，特別是在他不由自主地關注她時。身爲夏洛特．福爾摩斯長久以來的研究者，他注意到她並沒有因爲稍早那趟外出沒獲得預期成果而感到挫折。

唯一的解釋是她得到了等值的情報。

「你猜得很準。考辛太太毫不掩飾對蘇利文先生的反感。我打算查出她爲何會有這個成見。」她總算鬆開那片羊齒草，直視他的雙眼。「關於這個案子，目前我們知道的就只有這些了。」

□

外頭寒風怒號，雨滴狠狠敲打窗戶。和夏洛特坐在同一張沙發上的男子點點頭，喝了一小口白蘭地。他靠向沙發角落，一手擱到椅背上，長腿閒適地伸展。

他沒打算匆忙趕去什麼地方。

這……不像他的作風。

這不像他們的作風。

兩人的相處模式在多年前初遇時便已建立，當時她看著他，那個黑髮黑眼的十五歲少年，爬上他叔叔家正廳的大階梯。

夏洛特那年十三歲，爲了參加孩子們的宴會而來，大家都比她小一截，而她心中只想著要喝茶。下午茶的小冰糕像枕頭一樣柔軟，美味的碎屑黏在她牙齒後方。

這個靴子邊緣沾上太多泥巴的少年，一次跨兩級階梯。一看到那張毫無笑意、五官分明的臉龐，她瞬間把這輩子吃過的最美味蛋糕拋到腦後。沒錯，他擺著臭臉，行爲粗魯，體格健壯，動作中帶著野狼似的霸道。他擁有她無法明說的內在烈性，只知道那在她心中撩撥起幾乎與蛋糕同等的反應。

他走過她面前，沒有多看一眼——沒有人爲他們引見，也不算十惡不赦的失禮行爲——她只是停下腳步，轉身，看他繼續大步上樓。

到了樓梯口，他意識到她的注視，回過頭。她繼續打量他——還要過好幾年她才學會別明目張膽地研究自己感興趣的對象。兩人目光相交，他皺起眉，她陷入接近甜點盛宴的感官風暴。

他擺起臭臉，繼續往前走。

接下來的幾年間，他們的相處模式基本上沒有太大改變。她總是積極進逼，什麼都想要：他的陪伴、他的來信，之後是他的身體。他保持距離，守著自己的身體，彷彿他是維也納，而她是兵臨城下的蒙古大軍。

這樣的相處模式稱不上健康，但她已經習慣。此時此刻，該說的都已經說完了，要是他們繼續遵循這個模式，他應該要準備離開。

避免在她面前露出更多破綻，讓她有機可趁。

然而今晚，他坐在原處，甚至還逕自從麥斯先生留在沙發旁邊桌上的大盤子裡拿了塊葛斯寇夫人準備的聖誕蛋糕。

她震驚得忍不住開口：「我以爲你對蛋糕沒什麼興趣。」

「是沒像妳這麼狂熱，也不會刻意尋覓，但我不介意偶爾吃上幾口。這蛋糕還眞不錯。」

他不急不徐地吃著，像是正全心享受蛋糕的滋味與口感。

一如既往，她明確意識到瀰漫在他體內的能量，那股張揚的性感——正如十多年前在那道樓梯上令她無法動彈的嶄新飢渴。

「你打算再吻我一次嗎？」

聽在自己耳中，嗓音帶了些許憤怒與不耐。

他抬起眼。「妳希望我這麼做嗎？」

對。

不對。

「不知道。」

「我想也是。」

她一愣。「你知道？爲什麼？」

「我知道妳現在的感覺。」

怎麼可能？她連自己有什麼感覺都搞不太清楚了。

「妳覺得無所適從，因爲我的行爲與平常完全不同。」他柔聲道。

她沒有回應。

「長久以來，妳總是依賴我的自制──或者該說是我的懦弱。突然間少了這個，一定很不安吧。妳發覺現在我沒有理由不想更親近妳、更想要妳；妳無法在不傷害我的感情、傷害我們的友誼之下抵擋我。」

不然呢？

他嘆了口氣，似乎是聽見了她的心聲。「妳以為有無限的時間和無限的機會，可是我對未來沒有如此樂觀。不是只有馬伯頓先生一個人被莫里亞提掌握把柄。我孩子的母親現在誓言要反抗他──我不知道自己什麼時候又要隨他起舞，或許現在已經是了。」

他凝視著她，平穩的眼神中帶著思忖。「福爾摩斯，我們已經與危機脫離不了關係。」身為闖入莫里亞提名下要塞的竊賊首腦，她無法反駁他的評估，但她還是保持沉默。

他放下盤子，在邊桌上轉了小半圈。「還記得妳和華生太太首度到堅決谷拜訪那次嗎？」她確實記得。在那之前，他們已經幾個月沒見面了。他帶著她和華生太太參觀莊園，接著跟福爾摩斯逛廚房菜園，那是她最喜歡的角落。

「那一天，我感受到久違的幸福喜悅。」

她的腦中頓時浮現無比清晰的回想畫面。他們兩人並肩走在不符時節的金黃暖陽下，經過牆邊成排的可愛果樹，想像果實即將化為絕頂美味的果醬和布丁。她引誘他來到她與華生太太在附近租的小屋，趁著華生太太睡午覺的空檔──換句話說，她在試探當他的妻子已經不構成阻礙，他是否更能接受與她同床共枕。

妳三個月沒寫信給我，現在妳認為我會乖乖聽候差遣，上門拜訪嗎？當時他裝出嚴峻的語氣回應。

是你三個月沒有來信，她如此反駁。你認為我會毫無條件地軟化嗎？

他被她的回應逗笑了。而她多年不見他真心的笑容，愣愣地看著他眼中的光彩。

那是不是他第一次意識到自己不再受到婚姻禁錮，能夠放任自己重新獲得幸福？

「我不敢太接近妳，這恐懼持續太久了。」她面前的男人說道：「但我想放下恐懼。我可不想回顧過去，後悔因爲缺少勇氣而錯過那麼多樂趣。」

他靠上來，握住她的雙手。他的手心比大部分紳士都還要粗糙，要他握住鏟子挖掘古文物，他絕對不會猶豫。他永遠不會鬆懈鍛鍊，因爲他處於危機重重的狀態，一切如常的假象隨時都有可能化爲烏有。

她下意識地用大拇指摩挲他掌心的整排厚繭，感受到他皮膚下傳來的震顫。

他抬起手，指尖擦過她的耳殼邊緣。她咬住嘴中的軟肉，高溫在她體內橫衝直撞。他迎上她的視線，眼神溫柔而堅定。

「好幾年前，妳在信中說到世間萬物變幻無常，妳無法理解人們爲何抗拒改變。或許妳現在比較能體會那種心情了——我們害怕的不是改變，而是失去。」

「我們的友誼永遠都不是固定不動的。這幾年來我們不斷改變，這份情誼也是。它將會在接下來的每一天、每一年持續變化。」

他親了親她的額頭、她的嘴唇，接著是她不知道何時閉起的眼皮。「無論未來發生什麼，我都會當妳的朋友。」

第八章

在燈光和擺設一樣冷硬單調的房間裡，死者看起來僵硬沉重如同石塊。而活著的人忿忿不平。至少其中一人是如此。

病理學家柯菲德醫師正在和麥唐諾警長說悄悄話，顯然是主張不該讓女性看到無法反抗遮掩的兩名裸男。他口中吐出白煙，男性尊嚴遭受冒犯的反感化爲霧氣。麥唐諾警長跟布萊頓探長交手後，一副奄奄一息的模樣，他似乎正在努力說服對方，說這兩個人已經過世，絕對不會介意。

身爲話題焦點的女性，換下了昨晚那套紅黑配色的誇張衣裙。她看起來年近四十，一臉容不下任何玩笑話的嚴苛表情，身上那套毫無裝飾的鐵灰色大衣，與她的神態配合得天衣無縫。

英古蘭爵爺心想：如果他是個死人，還眞找不到比身旁這位還要正經認眞的女子來替自己檢查。

但病理學家堅決反對。要是福爾摩斯以平時的打扮登場，他會不會輕易鬆口？還是說她該變裝成滿臉皺紋的老太婆？

還是說，除非她以雪林福・福爾摩斯的姿態登場，對方才願意妥協？

福爾摩斯的臉頰被凍得發紅。她應該要慶幸蘇格蘭警場停屍間的接待室沒有裝設暖氣，冰冷的空氣減緩了兩名死者的腐敗。不過散發福馬林與消毒水氣味的室內依舊帶了一絲腐臭，除非炸掉整個房間，否則早已深入牆面與地板的臭氣是絕對除不掉的。

福爾摩斯開始跺腳取暖，英古蘭爵爺判斷他們已經等太久了。

「柯菲德醫師。」他對病理學家說：「請你先別把福爾摩斯小姐當成女性看待。她來此只是要扮演她兄長的耳目，因爲夏洛克．福爾摩斯先生無法親臨此地。」

「這是當然了，爵爺大人，您也可以——」

「我不行。福爾摩斯小姐受過特別訓練，相較之下，我的觀察力跟瞎子無異。你維護死者尊嚴的心意讓我動容，但我相信這兩位男士——」他朝屍體比畫，「人生到了盡頭，比起繁文縟節，他們更希望夏洛克．福爾摩斯能幫他們查明眞相。」

病理學家猶豫了。

「我們還得到現場走一圈，和家屬談話——都要在中午之前完成。時間不等人，柯菲德醫師，請你通融吧。」

病理學家勉強同意，但還是對福爾摩斯投以不滿的眼神。「爵爺大人，悉聽尊便。」

「福爾摩斯小姐。」

「謝謝，爵爺大人。」

她從隆斯代先生看起。這名死者生前應該顯得年輕不少，但他現在面容僵硬、滿頭白髮，完全符合六十七歲長者應有的樣貌。除了深入胸膛的彈孔之外，身上沒有其他傷痕。

蘇利文先生則是在右手前臂留下了一塊瘀青，一道割傷劃過後腦勺，前額吃了一槍。

福爾摩斯彎腰凝視彈孔。

英古蘭爵爺趁機滿足自己的好奇心。「柯菲德醫師，你對死因有何見解？」

搭乘馬車前往蘇格蘭警場的路上，兩人討論過若以女性身分提出專業疑問，在停屍間可能不會得到太熱絡的待遇。

反正妳不用提問。病理學家說得出來的，八成比不過妳自己推理的結果。他說。

她稍稍勾起嘴角，應道：那你該問個幾句。我們可不想讓他覺得自己毫無用處。

她說得沒錯，被人問起自己的專業意見，柯菲德醫師的臉馬上亮了起來。「隆斯代先生死於近距離槍傷——看他胸口的衣服布料就知道了。不過呢，殺害蘇利文先生的這一槍發射處和他有點距離。至少他額頭上沒有殘留火藥。」

「蘇利文先生身上的其他傷口又是怎麼來的？」

「難以判斷前臂的瘀青是什麼東西造成。後腦勺的傷口可能是他倒下時撞到窗台留下的。」

「死亡時間呢？」

「根據死後僵硬的狀況，我判斷是星期二的凌晨一點到三點間。」

柯菲德醫師對他精準的推測深感得意，不過英古蘭爵爺心想，問過關係人之後也能獲得同樣的情報。

他向病理學家鄭重道謝。福爾摩斯示意她已經觀察完畢。麥唐諾警長領著兩人來到存放犯罪現場證物的房間。

房裡沒有其他人，福爾摩斯壓低嗓音詢問：「警長，你和布萊頓探長談得如何？」

英古蘭爵爺也想問這個問題——他要求由麥唐諾警長擔任他們在蘇格蘭警場的聯絡人也是為了這點。他希望布萊頓探長不會對手下警官太過嚴厲。不過他原本也以為崔德斯太太能得到更體貼的對待。

麥唐諾警長一向開朗的臉上橫過一片陰影，但語氣毫不動搖。「那個人真的是緊咬不放。總之我說我什麼都不知道。反正也差不多是這樣——我只是沒透露崔德斯探長研究過約克郡地圖。」

英古蘭爵爺吁了一口氣。「謝謝你，警長。希望你的忠誠不會帶來困擾。」

麥唐諾警長勇敢地笑了笑。「只要夏洛克．福爾摩斯能證明探長是無辜的就好。」

英古蘭爵爺瞥向福爾摩斯。她背負的壓力肯定非同小可——想到調查失敗可能招致的後果，他有時也難以呼吸。

但她只是冷靜地點點頭。「那我們快點開始吧。」

麥唐諾警長沉著臉點頭。他取出兩套男士出席晚宴的衣褲，包括一根手杖，他說是隆斯代先生的所有物。一件雪白的襯衫，從彈孔判斷這也屬於隆斯代先生，前襟染成深紅色；另一件襯衫上則沒有多少血跡。

福爾摩斯翻過每一個口袋，警方已經將它們掏空了，不過她從一個口袋裡沾了些白色粉末，聞了一下。英古蘭爵爺投來探詢的眼神，她說：「我沒有要嚐，可是這東西聞起來很像薄荷。」

「這是崔德斯探長當晚穿的衣服。」麥唐諾警長遞上更多證物。

英古蘭爵爺差點驚叫出聲。崔德斯探長的衣褲沾了大量鮮血。他的靴子看起來像是踏過血窪。褲子從膝蓋以下被鮮血浸透。大衣、外套、襯衫被刀刃劃破，血液一層層往外擴散。

「我想他可能是踩到隆斯代先生的血而滑倒。」看到英古蘭爵爺的反應，麥唐諾警長連忙解釋：「他下半身沒有任何傷口。」

但這無法解釋他上半身衣物的破口與血跡。

「現場有找到任何刀具嗎？」福爾摩斯口中問著，指尖撫過大衣袖子。

「沒有，小姐。」警長答道。

儘管情勢嚴峻，但他似乎對福爾摩斯的偽裝驚嘆不已。不過英古蘭爵爺從他的眼神中感受不到對女性的迷戀，只是對她的重大轉變感興趣。

福爾摩斯接著摸到少了兩顆釦子的大衣前襟。留在原處的線頭參差不齊，顯示釦子不是被人剪下，而是被硬生生扯掉。

「現場有沒有找到遺失的釦子？」

「沒有，小姐。」

福爾摩斯將三名男子的鞋子排成一列，拿放大鏡仔細觀察鞋跟。

「警長，崔德斯探長跟蘇利文先生的鞋和都卡了一些玻璃碎片。現場有破掉的玻璃嗎？」

麥唐諾警長看了手中的報告一眼。「是的，在閣樓裡。」

「可是巡警到場時，三個人都在臥室裡，對吧？」

「沒錯，臥室在三樓，閣樓在五樓。」

英古蘭爵爺忍住皺起臉的衝動。他知道自己要是不刻意忍耐，就會不自覺地想像崔德斯探長和可能身爲第三者的蘇利文先生展開搏鬥。但如果他們眞的起了衝突，爲什麼要選在閣樓？最後怎麼又移到另一個房間？隆斯代先生在兩人對峙期間又跑哪去了？

還有崔德斯太太，她也可能在場。

福爾摩斯的注意力回到死者的正式服裝上，仔細檢查他們的手套。

隆斯代先生的白色皮手套沾滿鮮血。

蘇利文先生的手套則是乾淨如新。

「警長，這雙手套是戴在蘇利文先生手上嗎？」她問。

麥唐諾警長又看了看報告。「不是，福爾摩斯小姐。當時他的手套塞在一個內袋裡。」

「收得很整齊嗎？」

「報告上沒有提及。」

她握起在現場找到的手槍，翻動了幾圈。她的手指修長嬌嫩，手背卻略顯豐腴，這雙手總是能讓他嘴角上揚。雖然不太應該，但他還是放任自己的嘴唇勾起微微的弧度。

「這是警方的正式佩槍嗎？」她問。

這把韋伯利轉輪手槍上刻著「倫敦警察廳」字樣，同時也有私人的印記：崔德斯探長的名字縮寫就刻在下方，或許是他那位賢妻幫他添上的。

「沒錯。」

福爾摩斯敲出槍膛，裡頭最多可以裝五顆子彈。

現在只剩一顆。

「蘇利文先生和隆斯代先生都是一槍斃命。」她想了想。「現場還有找到其他子彈或是彈孔嗎？」

「有的，報告提到閣樓的門被開了兩槍。」

空屋裡的閣樓究竟藏了什麼祕密？等他們抵達冷街三十三號，福爾摩斯是否能從中看出那一夜的眞相？

現場還找到一盞迷你提燈跟三根用過的火柴。死者跟崔德斯探長都隨身攜帶火柴，不過一眼就能看出掉在現場的火柴，都來自崔德斯探長身上。第四根用過的火柴落在三十三號的一樓樓梯口，廠牌不同，可是隆斯代先生和蘇利文先生都是用這一款火柴，因此難以判斷劃亮火柴的究竟是誰。

最後是一塊黑色碎布，卡在屋子前側僕役出入口外的柵欄頂端，細緻的毛料，但還稱不上頂級材質。

「麥唐諾警長，你認爲這是什麼？」福爾摩斯問。

麥唐諾警長壓低嗓音。「福爾摩斯小姐，老實說這東西讓我興奮極了。布萊頓探長的手下霍威警長說大概是哪個路人的外套被柵欄尖端勾破。可是我去過三十三號。屋前的柵欄高度只到我手肘。除非這個路人把手舉在柵欄上走過去，不然我看是很難達到這個效果。感覺更像是某個人——可能是眞凶——跳出三十三號，大衣下襬卡到柵欄尖端。」

英古蘭爵爺心跳加速。這是目前最有希望的證據。

福爾摩斯將碎布放回信封袋裡。「從三十三號找到的東西都在這裡了？」

「是的。」麥唐諾警長應道。

除了福爾摩斯猜測崔德斯太太可能留在現場的東西之外。

它跑哪去了？

帶走它的人又是誰？

□

愛麗絲．崔德斯笑開了臉，嘴角咧到臉頰都發疼了。「羅伯特，親愛的，你還好嗎？」

他笑得和她一樣燦爛——露出緊咬的兩排牙齒。「我沒事。親愛的愛麗絲，妳呢？」

她站在小房間門邊，無法踏入他的懷抱，因爲方才與布萊頓探長的第二次面談所帶來的震撼，令她仍無法停止顫抖。他對昨晚的訊問被打斷一事記恨在心，沒有讓她好過。她期盼能先見到羅伯特，再來忍受布萊頓探長的襲擊，然而布萊頓探長的安排完全違逆了她的心意。

他要讓羅伯特看到遭受他整整一個小時摧殘的她。在訊問途中，他只差沒直接叫她婊子。其實也不能怪他。她對他撒了謊，而他完全看穿了。

她早就知道他會想方設法摧折她的心智，給她冠上各種卑賤的罵名，想必連蘇利文先生都沒聽過那麼低俗的詞彙。

她已經做足準備。至少她是這麼想的。

然而她低估了布萊頓探長的語彙豐富程度。他沒有用上半個生僻冷門的字眼。同時她也高估了自己承受這番言語折辱的能耐。

輕蔑不只體現在布萊頓探長冷酷犀利的嗓音裡，也存在於字句之中。每一個音節都蘊藏著粗野的鄙夷。英語史上恐怕沒有多少人能將那些字眼化爲暴力。

偵訊開始不到十五分鐘，她已經覺得自己被人甩了巴掌、摔到地上、接連猛踢。

遭受攻擊的不是她的身體，而是她對於自己有權存在於這個世界的信念。

她笑得更開了。「我很好。一切順利。考辛太太幫了大忙。夏洛克·福爾摩斯也在調查這個案子了——還有英古蘭爵爺。」

他凝視著她。她的羅伯特沒有戴上手銬腳鐐，但神色蒼白委靡。她眞想衝上前，用力抱住他，可是她不敢。一旦被他察覺她的顫抖，他就知道她在說謊，知道她一點都不好，所有事都往最糟的方向發展。

她硬擠出來的笑容肯定曝露了她的心思。他雙手握拳，喉結上下滑動。「對不起，愛麗絲，我真的對不起妳。」

「沒——沒事的。」她的嗓音沙啞破碎，用力眨眼收回淚水。「他們有沒有虧待你？你有沒有吃飽睡好？」

她這才看清他身上穿的是她送來的衣服。兩人的所在地也不是牢房，而是擺了幾個書架的整潔房間。她應該要稍微放心一些。不知道這個案子的閒雜人等經過門外，只會猜測他是普通的犯罪調查部警官，正在執行日常勤務。

但他渾身僵硬，焦慮得呼吸急促，瞪大的雙眼中滿是恐懼，彷彿是跌進狼群中的鹿。她的心臟瘋狂地敲打肋骨。

他揚起一手朝她伸來，卻又在中途垂下手臂。「我很抱歉。眞的很抱歉。」

「沒、沒關——」

她眞想給他更多保證，卻擠不出任何話語。

她不敢接近，因爲她抖個不停。那爲什麼他不上前將她擁入懷裡？外頭有人看守，但房裡只有他們兩人。他爲什麼僵在原地？

他保持距離，是不是因爲——因爲——

「沒有！我沒有殺他們！沒有！」

聽到他激昂的反駁，她靠上門框。「我相信你！我相信凶手不是你。夏洛克．福爾摩斯會查出殺害他們的人是誰。羅伯特，你只要對布萊頓探長說實話就可以回家了。回家吧。」

她的羅伯特只是凝視她許久，然後很輕很輕、幾乎無聲地說道：「對不起，愛麗絲。我很抱歉。」

□

英古蘭爵爺發現崔德斯太太沒有一眼就看穿福爾摩斯的變裝。她的視線徬徨地在福爾摩斯和他身上游移。

她憔悴得令人幾乎認不出來，毫無血色的面容上泛出冷汗，讓人更加擔憂她的身體狀況。

「崔德斯太太。」他立刻開口：「福爾摩斯小姐和我是來見崔德斯探長的。很高興看到妳也來見他。」

她張開嘴，眼神迷濛呆滯。他擔心她會在腦袋一團亂的狀況下脫口詢問福爾摩斯小姐人在何處，不過她只是眨眨眼，說道：「確實，能再見到兩位真是太好了。這位是蘇格蘭警場的布萊頓探長。探長，這兩位是福爾摩斯小姐和英古蘭．艾許波頓爵爺。」

英古蘭爵爺渾身緊繃。逼供崔德斯太太的警官年約四十，身材高大，略顯福態，五官鮮明，臉上掛著苦笑。

寒暄幾句之後，他語帶遺憾地說道：「來到倫敦調查真相、聲張正義時，這是我完全沒有預料到的狀況——沒想到我的第一起案件的嫌犯就是自己的同僚。」

要不是崔德斯太太如此悽慘——要不是英古蘭爵爺也曾接受過警方調查——或許他會對布萊頓探長產生好感，然而他現在這親切的假象，卻只讓英古蘭爵爺的腸胃一陣翻攪：他的個人魅力只讓旁人更難估測他有多殘酷。

「相信最終將能證實全是一場誤會。」英古蘭爵爺說：「這樣你也可以重拾原本的警務。」

「衷心期望眞是如此。唉，崔德斯探長實在是守口如瓶啊。」布萊頓探長換上充滿算計的表情。「不過，既然夏洛克・福爾摩斯是他可靠的盟友，或許兩位的運氣會比我好。」

「家兄的行事宗旨永遠都是與眞相同在。身爲他的使者，希望我不會辜負他的信任。」福爾摩斯說。

「即使在曼徹斯特那個偏遠小地方，夏洛克・福爾摩斯的名號也是如雷貫耳。」布萊頓探長誠摯的語氣隱約帶著銳氣。「能見證他的巧妙推理，在下深感榮幸。」

「我會轉達你的讚賞。相信夏洛克會開心得暈了頭。」福爾摩斯說：「讓我爲你效勞。探長，想必你現在分身乏術，不如由我來送崔德斯太太離開吧？她現在肯定需要女性陪伴。」

「沒錯。」崔德斯太太答得有點太快。「福爾摩斯小姐，妳眞是太體貼了。」

崔德斯太太沒向布萊頓探長致意，逕自快步走到福爾摩斯身旁，看得出她一點都不想和他多相處一秒。布萊頓探長看著兩名女性的背影好一會兒，轉身面對英古蘭爵爺。

「爵爺大人，恕我直言，崔德斯探長現下的處境堪憂。若他以謀殺罪遭到起訴，被定罪的可能性極高。他肯定也知道這一點。因此我更無法理解他爲何選擇對案發當晚的種種避而不談——

就連他案發前幾週的行蹤也不願意透露。」

「我和他不算熟——我猜這就是上級指定由我承辦此案的緣故。在蘇格蘭警場，他腦袋轉得快，腳也跑得勤，名聲無懈可擊，卻又始終待人謙和。我眞心不希望他就這樣毀於一旦。」

英古蘭爵爺隱約察覺到布萊頓探長其實對這樣的後果並不反感——說不定他還能從崔德斯探長的失勢中獲得樂趣。他把手杖握得更緊一些。

「姑且不提他的職業生涯。」布萊頓探長繼續道：「他的性命也是岌岌可危。即便如此，我實在無法刻意拖延調查程序。一切證據都對他不利——不只是間接證據，還有直接證據。」

布萊頓探長停頓幾秒，讓這番話深入英古蘭爵爺心底。

英古蘭爵爺屏息等待他的下一波攻勢。

「若他不願爲自己辯解，我沒有理由拖到聖誕節後才正式起訴，將這個案子送進法院。」布萊頓探長勾起嘴角，望著崔德斯太太方才踏出的正門。「就算他不在乎自身安危，希望您能勸勸他要爲自己的妻子著想。她已經心力交瘁了。要是他上了絞架，她一定會崩潰的。」

□

愛麗絲・崔德斯癱倒在自家馬車座位上。

「來。」福爾摩斯小姐往她的掌心塞了一個金屬小酒瓶。

愛麗絲喝了一口，咳了幾聲，接著又喝下更大一口。威士忌宛如硫酸，一路往下灼燒。她雙眼泛淚，但至少總算不再顫抖。

「葛雷寇太太是否提過我昨晚曾造訪府上？」福爾摩斯小姐淡漠的嗓音從對面座位傳來。

「有，她今天早上說了。」

「我絕對不會打斷布萊頓探長的偵訊，惹他不開心。」

「多謝指教。」威士忌熾烈的口感，以及布萊頓探長以令人無法反駁的邏輯凌虐她的記憶……她忍不住喘了幾口氣。她歸還酒瓶。「不過跟昨晚一樣，他沒從我身上得到任何情報。」

「妳一定鬆了一大口氣。」福爾摩斯小姐溫言道：「幸好他手中沒有妳掉在三十三號的東西。」

愛麗絲的手指陷入椅面絨布。就算被迫在大庭廣眾之下脫衣，她恐怕也不會感到如此赤裸。

「我——妳——」

「崔德斯太太，得知冷街三十三號發生謀殺案之後，妳翻箱倒櫃找東西的行徑不太尋常。妳掉了什麼？耳環？髮飾？」

愛麗絲無助地往後縮，努力把身體塞向車廂角落。

「我是這樣想的。」福爾摩斯小姐的聲音冷漠無情。「那是某種到隔天，等妳清點過所有飾品，才會發現遺失的東西。所以說是髮飾囉？」

「珠寶髮叉。」愛麗絲聽見自己如此承認。

「那麼妳不擔心它落入其他人手中嗎？或許那個人可能不會太顧念妳的立場。」即便夏洛特·福爾摩斯打扮得老氣又乏味，一字一句仍舊氣勢凌人，而她身下的馬車座椅宛如王座。

愛麗絲壓下一陣寒顫。「現在我顧不了那麼多。帶走那個東西的，如果不是警方，那就是當晚也在那棟屋子裡的人。就算他們跳出來，也得先解釋爲什麼當時會在場。」

「布萊頓探長知道妳在撒謊。」

「或許吧，但和我親口說出實情還是不一樣。」

她緊咬著這點。布萊頓探長拿不到她的口供，這樣她就不會危害到羅伯特的……生機。

「妳當晚在那棟屋子裡做什麼？」福爾摩斯小姐低聲問道。

愛麗絲咬牙。英古蘭爵爺在獲得協助之前，也承受過如此無情的盤問嗎？「夏洛克·福爾摩斯先生不是只要一眼就能看透一切嗎？」

福爾摩斯小姐直直地看著她。愛麗絲頓時後悔自己拋出這個問題，可惜已經太遲了。

「他確實心裡有底。」福爾摩斯小姐的語調依舊平靜無波。「妳是個大家閨秀，外表引人注目。妳沒有理由離開安全明亮的豪宅，冒險闖進漆黑的空屋。他認爲妳會踏進三十三號，是因爲妳看到妳丈夫進了那棟屋子。」

愛麗絲雙手交握，不讓它們抖得太厲害。「難怪我丈夫和夏洛克·福爾摩斯共事時總是戰戰兢兢。他太可怕了。」

這句評論並沒有引出福爾摩斯小姐的任何反應。「既然妳不願意透露妳已經知道的實情，那爲什麼要雇用我們來幫你們呢？」

「因爲我能告訴你們的一點都不重要，只會讓案情更加難解。我丈夫沒有殺那些人，所以你們從我口中得知的任何訊息都不重要。愚人的黃金——閃耀的外表讓你們覺得挖到寶了，但其實根本沒有半點用處！」

愛麗絲又喘了起來。

她希望自己對羅伯特的信任不會白費。有時候，很多時候，她眞的不知道該相信什麼。她會盡全力爲他辯護，只要她還有一口氣在，就會永遠支持他。但她的判斷是對的嗎？

如果她錯了，布萊頓探長才是對的，那她該如何是好？

這個想法在她的心頭蒙上陰影，令她反胃。信任是最脆弱的事物。她從未想像過他會棄她於不顧，但他這麼做了，持續了好幾個月，與她形同陌路。

她眞的了解他嗎？

她眞的了解過他嗎？

福爾摩斯小姐仍舊注視著她，眼中沒有她害怕的憐憫，或是她渴求的理解。福爾摩斯小姐只是看著，那雙眼彷彿是上帝之眼。

「崔德斯太太，算妳走運，我與妳有同感。」

愛麗絲震驚得無法動彈，感激的淚水瞬間湧入眼眶。「眞的嗎？」

「是的，我認爲妳在那一夜只是個小配角。因此我不會譴責妳，而是要介紹另一位夏洛克．福爾摩斯的左右手給妳，妳們兩個要一起進考辛公司。」

這項指示太過於突然，愛麗絲幾乎沒察覺到自己正在擦眼淚。「是嗎？」

「妳這陣子不是懷疑考辛公司內部不太對勁嗎？」福爾摩斯小姐的語氣依然不帶任何立場。「一開始，妳以爲手下經理只是因爲妳是女人而反抗妳。之後妳發現他們的反感太過強烈，太過堅持。可是妳什麼都查不到，因爲那群人隨時隨地都在阻撓妳。現在妳總算有機會翻出他們亟欲隱藏的祕密了。」

愛麗絲一陣目眩。考辛公司就像一扇緊鎖的門扉。她先前拚了命地想撬門，現在手中又多了把堅固的撬棍，但她眞的想知道門裡究竟藏了什麼嗎？

「此外——若妳眞的希望夏洛克能協助崔德斯探長，那家兄需要找到眞凶的動機，比妳丈夫的嫉妒還要強烈的動機，無論那份嫉妒是眞是假。考辛公司是所有人的共通點，從公司內部尋找動機再恰當不過了。」

「那麼，好吧。」

愛麗絲的指尖顫抖，五臟六腑也跟著抽搐。但她還是揚起下巴，直視福爾摩斯小姐的雙眼。

「很好。」充滿威嚴的福爾摩斯小姐說道：「妳長久以來的願望是親手掌握一切，現在妳的機會來了。」

□

福爾摩斯在約定的會面時間前一刻才回到警場裡。她迎上英古蘭爵爺帶著疑問的眼神，輕輕點頭。

員警帶他們來到看似書庫的小房間，架上盡是法律書籍和年度警方報告。崔德斯探長坐在大書桌一端，身穿俐落的灰色騎裝外套。

英古蘭爵爺回想起崔德斯探長第一次造訪上貝克街十八號之後，福爾摩斯對他的觀察：儘管選了上好的布料，裁縫也同樣高明，這套衣服已經是兩年前的款式了。釦子最近換過，袖口重新補強。

福爾摩斯從中推測崔德斯太太的收入減少：慷慨的父親過世後，她的兄長對她可沒有那麼大方。她更看出崔德斯太太盡了一切努力讓丈夫能體面出門，讓他幾乎沒感受到家中財務狀況開始走下坡。

他現在這件外套剪裁合身，低調時尚，很可能是近期入手的新衣：即便丈夫對她接管考辛營造公司極度不滿，崔德斯太太還是運用了繼承到的財富幫他採購不少行頭。

崔德斯探長卻一直對她的工作不聞不問。

英古蘭爵爺希望他對妻子別無所求。但他知道並非如此。即使從沒直接說出這份想望，他也曾期待自己是妻子的一切。他也曾經以爲這不是什麼奢求。

或許其他人更有立場責怪崔德斯探長，但絕對輪不到他。

福爾摩斯一進門，崔德斯探長立刻起身，眨了幾次眼才認出她。「福爾摩斯小姐、爵爺大人，感謝你們特地前來。」

英古蘭爵爺認識的崔德斯探長，是個活力與自信兼備的男人。或許他希望旁人看重他的謙恭有禮，但他確實敢說敢做，存在感不容小覷。

然而，他眼前的這位男子，卻似乎一心只想把自己縮到最小，不占半點空間。他並沒有駝背或是縮起肩膀，卻明顯散發出希望自己消失無蹤的欲望。

希望自己變成隱形人。

「你還好嗎？」福爾摩斯問候道。「手上的傷有沒有包紮？」

「有的。感謝關心。」崔德斯探長輕聲回應，流露出一股……拒人於千里之外的氣息。

「幸好你沒被關在牢裡。」英古蘭爵爺說。

「我在牢房裡過夜。不過布萊頓探長希望在更優雅的環境進行偵訊，所以他們把我帶到這裡。」

英古蘭爵爺回想起布萊頓探長剛才的那番話。等到他和福爾摩斯離開後，崔德斯探長是否又要面對下一輪偵訊？

「兩位請坐。抱歉，沒辦法送上熱茶或茶點。」

他知道布萊頓探長即將正式起訴他嗎？英古蘭爵爺無法想像布萊頓探長沒有直接拿這件事威

脅他。那崔德斯探長究竟是基於什麼樣的心態，才能夠如此平靜而寡言？還是說他的內心其實已經潰不成軍？

三人圍著書桌坐下。英古蘭爵爺掃了房間一眼。房裡沒有旁人，但他無法確定警方沒派人監聽他們的談話。

他的視線轉向崔德斯探長，希望他能給點暗示，告訴他們是否隔牆有耳，然而這名警官雙眼低垂，手擱在膝頭，被桌面遮住。

沉默降臨。

英古蘭爵爺瞄了福爾摩斯一眼。她上下打量崔德斯探長好一會兒，直截了當地開口：「探長，崔德斯太太過去是否曾在你面前提過這兩名死者？」

崔德斯探長不知是否對她這天外飛來一筆的疑問感到意外？他的音調絲毫不受影響。「隆斯代先生，有。蘇利文先生，沒有。」

「你想她爲什麼從未提起蘇利文先生？」

布萊頓探長不會只對崔德斯太太發表他的假說。就算崔德斯探長在案發那晚之前對公司裡的事一無所知，現在他應該清楚知曉他的妻子遭到孤立、處境堪憂，對蘇利文先生的依賴一度超越了他。

「我想不出任何理由。」崔德斯探長說。

英古蘭爵爺現在完全能肯定他的朋友對布萊頓探長說的也是同樣的言論：他不相信在這房裡

傳遞的情報不會被任何人竊聽。那崔德斯太太呢？面對自己妻子，他是否也是一樣疏離寡言？

「崔德斯太太以為你去肯特郡的鄉間調查案件，但其實在案發之前，你向蘇格蘭警場請了兩個禮拜的假。探長，你為什麼要對你的妻子撒謊？」

福爾摩斯的語氣經過巧妙設計，訊問與任何一位警官一樣無情有力。

崔德斯探長皺起眉頭，不過沒有展現出半點憤怒或是不悅，只有認命似地隱忍。「我希望能不提這件事。」

我們可是你的朋友啊！要是你什麼都不說，我們要怎麼幫你！

福爾摩斯依舊神色自若。「她以為你去出差的那段日子，你到底去了哪裡？」

「我也希望別提這件事。」

「你在何時回到倫敦？」

崔德斯探長的下頷肌肉抽動，這是唯一顯示他沒有外表那樣冷靜的反應。「我不能說。」

「是因為你不知道，還是因為你不想說？」英古蘭爵爺忍不住追問。

崔德斯探長閉眼半晌。「我選擇不回答這個問題。」

你知道你的妻子陷入何等絕望的處境？你還不清楚自己離絞架只有幾步之遙嗎？

英古蘭爵爺耙梳頭髮，忍耐著吼出這些問題的衝動。

福爾摩斯毫不動搖。「探長，案發當夜，你在冷街三十三號做什麼？」

「對此我無話可說。」

「探長，你能向我們透露任何資訊嗎？比如說你的傷勢？」

如果這個問題出自旁人之口，想必會是充滿諷刺——或是怒氣騰騰。但福爾摩斯就是有辦法將情緒壓抑在純粹的好奇之內。

崔德斯探長首度抬起頭。「我可以向你們保證我沒有殺害隆斯代先生或蘇利文先生。」

福爾摩斯點點頭。「謝謝。我沒有別的問題了。爵爺大人？」

英古蘭爵爺揉揉太陽穴。「我得要轉達布萊頓探長的訊息，他沒打算等太久，雖然我相信他已經當面知會你了。」

「他確實提過要在聖誕夜之前起訴我。不過還是感謝你，爵爺大人。」崔德斯探長低聲道。

福爾摩斯沒有追問英古蘭爵爺和布萊頓探長間的談話內容，她臉上毫無訝異之情。

英古蘭爵爺盯著以溫和態度拒絕合作的朋友。「探長，我只希望你和崔德斯太太還是能來堅決谷一聚。」

「這也是我衷心的期盼。」

「如果我，或是夏洛克．福爾摩斯能爲你……」

「夏洛克．福爾摩斯只要發揮平時的水準，就很足夠了。請幫我轉達誠摯的感謝。」崔德斯探長直視著福爾摩斯。

福爾摩斯點頭起身。「探長，祝你今日一切順利。」

崔德斯探長跟著站起。「福爾摩斯小姐，爵爺大人，祝你們一切順利。謝謝你們。你們是最好的朋友。」

□

與蘇格蘭警場拉開距離之後，英古蘭爵爺才開口問道：「福爾摩斯，崔德斯探長沒有用密碼傳達任何祕密吧？」

夏洛特搖搖頭，隨手拍拍假髮，感受陌生的質地——這曾是另一名女性引以為傲的一頭青絲。「他沒有透過眨眼或是臉部的抽動來傳訊。」

「妳期望他這麼做嗎？」

她再次搖頭。「他不是這方面的專家，編不出比摩斯密碼還要複雜的花招。如果他有意守住如此重要的祕密，那他沒有冒險使用如此陽春的密碼是明智之舉，太容易被其他人破解了。」

「既然他知道會給妻子惹來天大的嫌疑，妳認為他為什麼堅持保持沉默？」

「你不是早就胸有成竹了？」

他重重嘆息。「眞希望我沒想這麼多。」

其中一個可能性是崔德斯探長被控殺害兩人之後，希望以這樣的消極反應來減輕刑責。不過他們已經排除了這個選項，那麼崔德斯探長很有可能知道什麼內情。而這個內情非常危險，讓他寧願冒險受審——以及站上絞架——而不是讓外界知道他掌握了這個祕密。

英古蘭爵爺用指尖輕敲杖頭，無意隱藏滿心焦躁。「他相信自己所知的事物不只危害到他，也會傷害他的妻子？」

要是前幾個禮拜沒跑去法國，不知道他們會不會更熟悉崔德斯探長遭遇的麻煩事。但夏洛特無法改變過去，只能憑空猜測崔德斯探長不幸得知的祕密牽扯到了什麼。

車外下起雨，重重敲打著車頂。上禮拜下了雪，讓人們燃起對白色聖誕節的希望。現在濕答答聖誕節的可能性似乎更勝一籌，不過壞天氣並沒有澆熄路旁三名街頭音樂家的熱情，他們用兩把手風琴和一把小提琴高聲演奏〈普世歡騰〉。

「妳在想熱可可和水果蛋糕？」他的嗓音響起。

他身穿午夜藍長大衣。她記得這件大衣。幾年前，在一場冬季鄉間別墅宴會上，她從書房鑽出來，見到他大步踏進這間豪宅的陰暗玄關。

他的外表總是引人注目，與身高、體格，甚至是靈活的動作沒有太大關係。是他端正的骨架，將動靜之間連接起來，因此當他站著不動時，姿勢挺拔而放鬆；一旦他動起來，每一個動作都散發出宛如純種馬的輕盈與力道。

當時她站在一排粗壯柱子的陰影後，被他步伐間透出的平衡感與力學美感迷得目不轉睛。光是在室內兜轉這樣平凡無奇的動作，都好看得像幅畫。他沒看到她。她先是竊喜逮到機會能盡情凝視他，想像雙手摸遍他那件大衣。然而等他從前門離開後，卻被令人不快的無力感包圍，因爲這代表他永遠不會來到她伸手可及的範圍。

一旦消滅掉蔓生的下巴肉，她肯定會撲向美味蛋糕，但她現在沒有用同等激情撲向他，究竟是因爲她夠理智，還是瘋得太徹底？只有老天知道她有多想摸摸眼前這件曾經遙不可及的大衣。她驚覺他還在等待她的答案，等她承認自己確實想著熱可可和水果蛋糕。

「我在想你的兒女。」這也不算假話。從昨晚開始，她的確數度想起他的孩子。「你們本來準備回堅決谷，他們不介意在倫敦多待一會兒吧？」

「他們很喜歡倫敦。以前到了聖誕節前夕，他們早就回莊園了。他們正隔著窗戶，興奮地偷看外頭的聖誕樹呢。」他微微一笑。

她愛極了這個笑容——差點放棄下一個問題。「我猜你還沒告知他們離婚的事？」

他收起笑容，搖搖頭。「沒有。我決定要在新年後告訴他們。」

「你想他們會有什麼反應？」

「希望和一般孩子一樣難過又生氣。」他看著她。「妳通常不會對我的孩子這麼感興趣。」

他的指尖不再敲打杖頭，轉爲讓手杖在兩手之間傳來傳去，幾乎就像拋接皮球般。他靈活的手勢宛如魔術師，但這只是在隱藏他的坐立不安。

「我想這是因爲我在思考你是否期盼我在他們的人生中扮演更重要的角色。」

他僵住了。「我昨晚和妳說的那些話，給妳這種印象嗎？」

「不是的。你想想我們先前在堅決谷爲了某種目的而成爲情人。」

他勾起一邊嘴角。「我怎麼忘得了呢？」

她的心臟一震。她繼續進逼：「那件案子結束後，我問過爲什麼我們不能繼續當情人，你說或許是因爲我只要在床上擁有你的身體就夠了，但其實不是這樣的。你承受了好幾年的不開心，因爲你的期望超出一個女人能夠給予的限度。你不會讓自己重蹈覆轍——特別是爲了我。」

「你不久之前還秉持著這樣的立場。現在你願意再走上那條路嗎？」

他正眼凝視著她，以談公事般的嚴謹口吻回應：「先前在堅決谷，我被迫當著兩名警官的面承認我愛妳，而那時妳喬裝成另一個人，在我旁邊聽得一清二楚。我不喜歡告白，要不是情勢所逼，我絕對不會這麼做。既然話都說出口了，我不想更進一步付出。若妳無法給予我同等的愛，那我寧可不和妳發展出這樣的關係。」

「但現在……」他的嗓音變得柔軟。「我想我沒有那麼堅持了。現在無論妳用什麼方式愛我，我都樂意接受。」

她感覺身旁有個直徑五十呎的大鑼被人全力敲響，那股衝擊震得她五臟六腑一起移位。「你的假設太大膽了！你竟然假設我愛你。」

「妳不愛我嗎？」他冷靜地迎擊。

她垂眼盯著自己的雙手，什麼都沒說。

他抓著手杖，往車廂地板輕敲。「我說過了，無論妳用什麼方式愛我都好。」

第九章

冷街的所在地並不是歷史悠久的城區。三十年前，此處還是一片農地，不過近年其位於海德公園南側的地理位置獲得矚目。石砌牆面搭配潔白灰泥，面對倫敦的髒空氣，勤於保養的門面看起來相當體面。

這區住宅的魅力不只是占地更廣，也具備了貴氣舊屋所欠缺的特色。英古蘭爵爺在貝爾格萊維亞區的宅邸建在花園廣場旁，透過屋前窗戶便能享受美妙的綠意。

冷街一帶的建築則是背對著一片狹長的綠地，形成一道障壁。一排排屋子間的縫隙還裝設了鑄鐵柵門，只有住戶能踏入後方的花園。

他們在一道柵門前下車。姓藍伯的年輕警員守在門邊。英古蘭爵爺遞上蘇格蘭警場核發的許可函，而正當藍伯要幫他們打開柵門時，福爾摩斯突然開口：「英古蘭爵爺和我要先在花園外側繞一圈。」

這一區目前沒下雨，氣溫上升了幾度，但風勢也更加強勁。英古蘭爵爺得要緊壓帽緣，不然帽子可能會瞬間飛走。「昨天我還希望公園裡的蛇形湖能早點結冰，不過今天看來不太可能。」

她環視周圍。「你的孩子喜歡溜冰，對吧？」

他多看了她幾秒，默默欣賞她以獵人般的眼神觀察環境。他曾以爲自己難以忍受表白愛意後等待判決的時間。一旦跨出了這一步，他卻獲得了奇特的解放感。他亮出了手中的牌面，不用掛記要如何繼續玩下去。

「他們很愛溜冰。如果我沒記錯，奧莉薇亞小姐也有這項嗜好。」

「莉薇亞很會溜冰，她以前教過我，唉，可惜我的平衡感簡直就像是在冰刀上放一袋麵粉。」

他忍不住笑出聲。

「現在想來，我眞是佩服她在我身上付出的耐心。我不喜歡她希望我嘗試的任何事物；她對蛋糕也沒有任何興致。」

那是因爲她毫不懷疑妳的愛。因爲她知道在妳身旁可以安心。

我過了這麼多年才體會到其實我也一樣，在妳身旁就能放心。

兩人幾乎同時停下腳步，她望向一棟屋子旁的灌木叢底部，而他的視線則是投向人行道的邊緣。鈕釦。和崔德斯探長那件大衣上殘存的釦子一模一樣。

封閉式的花園長約七百呎，寬約一百五十呎。三十一號和三十三號差不多都在西側長邊的中段。英古蘭爵爺與福爾摩斯目前的位置在南側短邊旁的人行道上，旁邊是另一扇進出花園的柵門。如果崔德斯探長就是在此處遇襲，那麼當時地上應該能找到一些血跡，可惜宴會後下了不少雨，足以沖掉所有痕跡，只留下鈕釦。

福爾摩斯從她的小提袋裡取出鑷子，撿起鈕釦，用手帕包好。他們繼續繞著花園外圍走完一整圈，沒有看到其他值得留意的線索。

回到三十一號和三十三號之間，藍伯警員幫他們開門。一踏進花園，首先映入眼簾的是修整得乾乾淨淨的大片草坪，綠色草葉邊緣稍稍泛黃。四處可見高大的懸鈴木，光禿禿的枝枒看起來有些蒼涼，不過看得出經過妥善的打理。小樹叢和灌木叢零星點綴在各處，只要忽略列在綠地邊緣的住宅，倒是與鄉間莊園的綠地有幾分相似。

一條鋪著卵石的小徑貫穿草坪。福爾摩斯踏上路面，往草坪深處走了三十呎左右，轉過身觀察與案情關係匪淺的兩棟屋子。

「從三十三號可以看清三十一號屋內的動靜。」她說：「反之亦然。」

兩棟屋子之間留了一線通道，而設計師決定運用這個優點，在相對的牆面開窗通風。

藍伯警員前去打開三十三號的門鎖，站在後門旁打手勢要兩人進屋。

「藍伯警員，警方抵達時，後門開著嗎？」福爾摩斯問道。

「小姐，沒有。只有前門開著。」

她看了看後門周圍。「聽說這棟屋子無人居住？」

「小姐，目前還沒有房客入住。」年輕警員證實道。「今年夏天起就無人承租。」

她挑眉。「可是門前的踏墊看起來挺新的。」

英古蘭爵爺注意到當她想鼓勵對方繼續說下去時，表情會更加生動。相反地，若她希望對方別再撒謊，臉色會越來越陰沉。

離開很可能被人看穿眞面目的蘇格蘭警場後，她撤下顯老的妝容和道具。他喜歡看她以原本的面貌展現生動的眉眼，效果和誇張的髮型神似。

像忠犬般熱心的藍伯警員沒讓她失望。「因爲三十一號的隆斯代小姐偶爾會使用這一棟屋子。」

「三十三號也是隆斯代先生的財產？」

「是的，小姐。」

這樣的安排不算罕見。比如說華生太太在自家附近也擁有幾棟房子，包括上貝克街十八號在內。身爲該區住戶，對周遭房價瞭若指掌的人，很快就能找到划算的房產。把投資標的放在自己的眼皮底下，管理起來也就輕鬆不少。

她戴著手套的指尖點了點自己的下巴。「隆斯代小姐把三十三號做什麼使用？」

「前任房客把閣樓改造成畫圖工作坊，聽說隆斯代小姐就用它來萃取什麼東西。」藍伯警員搖搖頭。「可惜裡頭被翻得一團亂，滿地碎玻璃。在布萊頓探長和攝影師看過現場之後，三十一號的傭人已經把閣樓整理乾淨。」

而且閣樓的門還中了兩槍。

英古蘭爵爺感到指尖刺痛。福爾摩斯則是輕輕嘖了一聲，表達不滿。

三人踏進這棟排屋的用餐室，將它安排在一樓後側是常見的設計。家具都蓋上大塊白布，餐桌和椅子堆在一角，櫥櫃擱在另一角。地板也鋪了防塵布。

「我知道最先尋獲屍體的員警是從前門進屋，那之後的警方人員都從哪邊進出呢？」

「小姐，就我所知也是前門。」

藍伯警員往屋子深處漫步，毫不懷疑他們一定會跟上。福爾摩斯卻跪下來檢查防塵布。用餐室開了三扇窗，兩扇對著花園，另一扇正對三十一號。只有第三扇窗的窗簾敞開，帶著水氣的午前日光流洩進來，可以看到門戶緊閉、彷彿正深切哀悼的三十一號。

英古蘭爵爺拉開另外兩組窗簾。

現在室內的光線足以看清滿地鞋印，沒有哪個特別顯眼、格外泥濘，但看得出全是男性的靴子——警方人員往後走，看看花園，又回到屋裡。

他憋住呼吸，希望不會看到女士——崔德斯太太——的纖細鞋印。沒有，不過有幾個鮮紅血滴直直朝著屋子深處延伸。

是帶著傷的崔德斯探長嗎？

福爾摩斯蹲在餐桌旁，掏出她的放大鏡，那是他幾年前送給她的生日禮物。他也跟著蹲下，她把放大鏡遞給他。

乍看之下，這塊防塵布平凡無奇，就算用了放大鏡也看不出半點異樣。直到他幾乎把臉貼到地上，同時還得留意別擋住光線，才看到她要他看的東西。

幾根淺棕色長髮，在卡其色的防塵布上接近隱形。

崔德斯太太正是一頭淺棕色長髮。

兩人起身，互看一眼。她從他手中收回放大鏡，來到他認爲是血跡的痕跡旁。他們順著血跡離開用餐室，來到中央樓梯前，一道血腳印從樓上延伸到樓下。

他想起崔德斯探長的鞋子，看起來像是在血窪裡踏過。

「一路到閣樓大致都是如此——幾滴血跡、一道血腳印。」藍伯警員從二樓高聲說道。「兩位想先看看凶案現場嗎？」

凶案的發生地是三樓某間臥室，福爾摩斯小姐花了點時間檢查門板，上頭還留著被人狠狠踢開的痕跡，接著注意力轉移到防塵布上用粉筆畫出的人體輪廓。

「這些線條——就是被害者倒下的位置嗎？」

「沒錯，福爾摩斯小姐。這個是隆斯代先生，這個是蘇利文先生。」

隆斯代先生的輪廓離門比較近，一大片乾涸的血跡染遍他身下的防塵布。另一灘面積較小的血跡顯示蘇利文先生前額槍口的位置，就在被白布蓋起的床邊，腦袋落在面對三十一號的窗戶下。

一道深紅色足跡伸向位於床鋪相反側、面對街道的兩扇窗戶下。崔德斯探長沾滿血的鞋底再次浮上英古蘭爵爺的腦海。

「警員，你昨天是否正巧也在現場？」

「是的，小姐。發現屍體的人不是我，但我是當時從威爾斯警局前來支援的人馬之一。」

福爾摩斯以右手虎口托住下巴——想要引出更多情報時，她的小動作也會變得更豐富。「所以你在死者被移走之前，有看到他們是如何倒在地上嗎？」

「拍完現場照片之後，我也有幫忙移動屍體。」

她請藍伯警員示範死者倒地的姿勢。他乖乖照辦，躺在防塵布上，不過沒直接躺上粉筆線範圍內，生怕血跡還沒乾透。

他模仿隆斯代先生臨終的姿勢，仰躺在地，一手伸直，另一手蓋在中槍的胸口上。幾呎外的蘇利文先生則是縮了起來，雙腿彎曲，一手壓在身體下，臉頰幾乎貼上防塵布。

「一盞迷你提燈就穩穩放在這裡。」藍伯警員補充道，拍了拍蘇利文先生屍體上方的窗台，也就是正對三十一號的那扇窗。

眞是太莫名其妙了。根據隆斯代先生倒地的姿勢，凶手應該要面對房門。但若把病理學家的見解考慮進去——蘇利文先生踉蹌後退，倒下時後腦勺撞上窗台，那麼凶手得要從門邊往內開槍。

如果隆斯代先生是第一名被害者，如果蘇利文先生當時也在房裡，他不會試圖逃向房外，被凶手往他背後開槍嗎？那他怎麼會是額頭中槍呢？

如果先遇害的是蘇利文先生，那隆斯代先生爲什麼會任由凶手走到他面前，槍口抵上自己胸口？還是說隆斯代先生晚來一步，沒有親眼看到他外甥遇害的瞬間？

「崔德斯探長當時人在哪裡？」福爾摩斯問道。

警員指著面向街道的兩扇窗。「他們說他躲在床後，握著手槍瞄準進門的警員。」

福爾摩斯繞到床鋪的另一側，往上扳起其中一扇窗。她雙手扶著窗台，靠向窗外看了一眼。

「爵爺大人，你手腳比我俐落。」她口中說著，讓到一旁。「你想你有辦法從這扇窗離開屋子嗎？」

這裡是三樓，不過這棟屋子的門面做了不少裝飾，窗戶上下側都有突出的構造，這是整排房子共通的設計，與左鄰右舍彼此相連。

他不用費太多工夫，就能攀著窗外的突出處，垂降到二樓的小陽台上。接下來如果想跳上人行道，他得要躍過屋前由柵欄圍起的一小塊區域，而柵欄內是通往僕役地下出入口的階梯。不過這也不是太大的挑戰。

在一般狀況下。

「要是能看清楚下面的狀況，那就不成問題。不過那天晚上霧氣不是很重嗎？」

所以崔德斯探長才會躲在窗邊，但沒有離開房間？因爲濃霧加上夜色，他看不清窗外的地勢？

英古蘭爵爺轉過身，發現福爾摩斯正在細看蓋住床鋪的防塵布。「可以請兩位男士幫我掀起這塊布，讓我看看下面是什麼模樣嗎？」

他們照著她的指示動手。

他對她佩服不已。她讓警員站在床鋪的另一端，雙手將防塵布高舉過頭，完全看不見她是如何拿放大鏡觀察床墊。

他和警員將防塵布蓋回床上，沒有過問她在找什麼。或是她是否達成了她的目的。

「我可以速寫一下房間的擺設嗎？」她向警員發問。

「小姐，我沒有理由阻止妳。」

她不是一般人眼中的卓越藝術家；她確實沒有往這條路發展。到了某個年紀，幾乎每一家的小姐都能用水彩畫出像樣的作品，然而他從沒見過她交出像花瓶或是鄉間風景之類的簡單作品。但她確實擁有製圖專家的技術。沙灘上的觀光客忙著描繪海景時，她交出的卻是如同藍圖一般精確的船隻與更衣小屋外觀。有一次她送給他一張鸚鵡螺剖面的素描，捕捉了它美麗而繁複的構造。那張圖他還留著，和她大部分的來信一起收在堅決谷更衣室深處的文件夾裡。

不到幾分鐘時間，福爾摩斯已經畫好這間臥室的詳細縮圖，包括窗戶的位置、死者的姿勢等。她將素描本收回容量不小的手提袋裡。三人走出臥室，藍伯警員準備往樓下走去。

「警員，我們不進閣樓嗎？」

「喔，閣樓又鎖起來了。三十一號的管家柯特蘭太太問布萊頓探長說能不能再把閣樓上鎖。她說放著那扇門不鎖讓她滿心恐慌，她相信隆斯代小姐的心情一定比她更糟。布萊頓探長答應了。」

「好吧。」福爾摩斯說：「我想現在英古蘭爵爺和我該去三十一號打擾了。」

□

三十一號的女主人容貌美麗出眾。

她的非洲血統體現在淺棕色的肌膚和髮質上，而歐洲血統的象徵則是那雙金綠色眼眸。那雙被她哭腫的眼眸。

「隆斯代小姐，抱歉在這個悲傷的時刻唐突來訪。」

隆斯代小姐捏著手帕，襯著絲棉混紡的黑色喪服，滾了黑邊的潔白手帕格外顯眼。「希望我能把情緒控制得更好，可是失去伯父的衝擊太大。我不敢相信他已經走了。」

「我們深感遺憾。」福爾摩斯說。

「今天我不斷走到他的書房門外——想和他說說話——接著想起他已經離我們遠去。即使到了現在，我還是期盼看到他走進屋裡，問起出了什麼荒唐事。」

她口中的「荒唐事」，肯定是指覆蓋每一扇窗戶和鏡面的黑布，使得客廳的氣氛不但陰鬱，還帶了點肅殺。空氣中還殘留著聖誕樹的清新木質香氣，不過聖誕樹——以及其他爲了聖誕節或是她的亮相晚宴設置的裝飾品——全都消失了。

隆斯代小姐抹去剛從眼角滑落的淚水。「抱歉，我平時不是這麼沒用的。」

「隆斯代小姐，千萬不要爲了妳的情緒道歉。」福爾摩斯說：「有人用最殘酷的手段帶走妳深愛的親人，妳的反應再正常不過了。」

「福爾摩斯小姐，謝謝妳。」

一名僕人端上茶水，隆斯代小姐替兩人倒茶。

福爾摩斯往自己的熱茶裡加了牛奶跟方糖，隆斯代小姐則是把手帕塞進袖口，說道：「福爾摩斯小姐，我答應在這個時刻與兩位見面，是衝著夏洛克．福爾摩斯的名聲。從今年夏天起，我們一直待在倫敦，而我被他在薩克維命案中高明的隔空推理迷住了。因此，儘管我現在不該見客，還是想聽聽那位偉大智者對於這次事件有何見解。」

英古蘭爵爺相當感激隆斯代小姐巧妙地避談堅決谷一案，畢竟那也是夏洛克．福爾摩斯立下的大功之一。

「隆斯代小姐，容我提醒一下。」福爾摩斯說：「妳口中的偉大智者已經接受崔德斯太太的委託，查明當晚的眞相。」

「我已經知道這件事了。不過我相信只要夏洛克．福爾摩斯執意要查出眞相，那麼眞相絕對逃不過他的掌心。他可是遠近馳名的大偵探啊。」

「隆斯代小姐，感謝妳的推崇，夏洛克肯定會無比感動。」年輕女子眞誠的崇拜在福爾摩斯唇邊掀起笑意。「就我所知，這件憾事就發生在妳身爲主角的宴會當晚。」

隆斯代小姐嘆息。「起初我對這場宴會毫無興致。擁有這樣的外表，只要踏出家門，就會被人盯著瞧。特地安排這樣的場合，整晚都要接受旁人的目光——我想不出有什麼事比這還要難堪。」

「可是伯父說什麼都不願意更改，他的堅持實在是難以理解。我們能處得如此融洽，其中一個原因便是我們都喜愛平靜的生活，全心全意追求知識與創新，而不是花時間與外人相處。」

「他突然宣布這個消息，完全不是他平時的作風。他不是個獨斷的人，通常會徵詢我的意見。但這回他鐵了心，不給我反駁的機會。」

隆斯代小姐捏起方糖罐的小夾子，遲疑地盯著它看。

「妳剛才已經加了兩顆糖了。」福爾摩斯說。

「謝謝妳有注意到。」隆斯代小姐尷尬地勾起嘴角，放下夾子。「我說到哪了？對，如此倉促的決定也令我心神不寧。如果要被人盯著看一整晚，應該要給我多點時間打理儀容，準備足夠搶眼的禮服，同樣地，我還得找時間請人指導我跳舞。」

「妳當晚一定是美極了。」

隆斯代小姐的表情介於微笑與痛苦之間——她在社交界的初試啼聲將永遠蒙上謀殺案的陰影。「我們找人做好漂亮的禮服，伯父親自教我跳舞。」

她眼中浮現懷念之情。「我都不知道他的舞技如此高超。當時我第一次從他口中得知，他學跳舞都是為了爭取某位熱愛晚宴的年輕女士青睞。他也贏得了她的芳心，可惜她在兩人成婚之前病逝。他說那件事對他影響極大，眼睜睜看著生氣蓬勃、熱愛生命的人在短時間內逝去。」

「但願那時我更專心地把他的話記在心上。沒錯，我聽進了他的話，可是我同時為宴會而感到焦慮不已，煩惱自己是否有辦法忍受旁人的目光，煩惱會有多少人赴宴，煩惱有沒有哪位男士願意邀我跳舞。」

她喝了一小口茶，搖搖頭。「現在想起來，我的煩惱都是些微不足道的小事，但當時它們就像雪崩一樣可怕。若我知道他會離開得這麼早……我怎麼可能想得到呢。我以爲我們能安靜平穩地一起生活，直到他衰老而死。」

福爾摩斯停頓了幾秒之後才發問：「除了他突如其來堅持辦這場宴會之外，在宴會前幾週，他是否還有任何異狀？」

隆斯代小姐臉一皺。「福爾摩斯小姐，那陣子我很少見到他。」

「是嗎？」

「伯父他名下有好幾個專利發明。多年來，我一直接受他的教導：數學、物理，特別是熱力學、工程原理等等。不過我的眞愛一直都是化學，他對此深感遺憾，因爲他不喜歡化學實驗造成的異味。我們在鄉下的別墅有個獨立小屋，他幫我改造成實驗室。在城裡，我的目標轉爲製造精油和其他萃取物，發現我相當喜愛這種香氣怡人的化學產物。最近我打算增加產量，因此借用了空屋的工作坊——」

「妳是指三十三號？」福爾摩斯低喃。

「是的，三十三號。那是我反對舉辦宴會的另一個理由：我忙著設計新器材、調整溫度及成分。」

儘管她神情哀戚，英古蘭爵爺還是從她語氣中聽出對這項事業的興奮、對實驗成果的自豪。

「宴會的日期越來越近，我更想逃去三十三號的工作坊。因此除了舞步的練習時間，我很少和伯父碰面——但我卻沒有專心陪他。」

隆斯代小姐再次雙眼泛淚，她用指尖抹去淚珠。「抱歉。」

「請別爲了過著妳和隆斯代先生希望妳擁有的人生致歉。」英古蘭爵爺極少聽到福爾摩斯以如此溫柔的嗓音說話。「既然妳無法告訴我們晚宴之前的事情，那麼在宴會當下，妳是否注意到什麼不尋常的地方？」

「可惜我沒戴眼鏡的時候視力接近全盲——今天原本要戴的，可是我一直在哭，不斷把眼鏡摘下來，現在我不太確定它在哪裡。」隆斯代小姐感傷地笑了笑。「當然了，屋裡的每一名女性都堅決反對我戴眼鏡出席宴會，就連伯父也認爲我最好暫時擱下眼鏡。」

「我可以看到站在我正前方的人長什麼樣子，不過一旦超出五呎範圍，視野便開始模糊。如果某人離我十呎遠，我只能從裝扮和髮型分辨對方是男是女。假如多加注意，或許有辦法從禮服的顏色及剪裁分辨不同的女性。但在這個距離，我眼中的男性幾乎一模一樣，特別是身形服裝類似的人——他們幾乎都穿同樣的禮服參加晚宴。」

「妳完全沒有注意到妳伯父、蘇利文先生，或是崔德斯太太在宴會上做了什麼嗎？」

「有時候我可以認出伯父那頭茂密的白髮。至於他的體型——他這幾年略顯福態。我想崔德斯太太當時身穿剪裁相當保守的禮服，幾乎全黑，只套著薰衣草色的手環——她還在爲她哥哥服喪，要不是爲了幫我們充場面，知道我擔心沒有多少人出席，她大概不會來吧。」

「他們兩人不時前來關切我，至少在崔德斯太太離開之前是如此，她說那麼多蠟燭的火光令她的頭痛惡化。至於蘇利文先生，那天晚上我們極少碰面。晚餐時，他沒有坐在我旁邊，之後也沒有邀我跳舞。他離我遠遠的，我根本分不出他和其他男士，所以眞的不知道他在晚宴上的行動。」

提到這個表親，她聲音中的溫度頓時下降不少。英古蘭爵爺很好奇蘇利文先生怎麼會惹得她如此不快，相信不是以崔德斯太太對他徹底改觀的方式。

福爾摩斯不可能錯過她的語氣變化，但她只問：「在妳看來，妳伯父當時心情如何？」

「焦慮又興奮——和我一模一樣。」隆斯代小姐的拇指輕輕摩挲骨瓷茶杯纖細的把手。「昨天蘇格蘭警場的人也問了我類似的問題，像是宴會上有什麼値得一提的事情。當時與現在我唯一想得到的，就只有我看到有人從後門進入三十三號這件事。」

原本細細研究招待餅乾的福爾摩斯抬起頭。「請說得更仔細一點。妳是否碰巧記得當時的時間？」

隆斯代小姐搖搖頭。「我的禮服沒有口袋放懷錶，也看不到角落那座老爺鐘的鐘面。」

「妳的曲目卡【註】呢？要是知道妳沒跳到哪首曲子，或許就能估測時間。」

「我們沒有印曲目卡。我們很少接觸這種娛樂，想到這個細節的時候已經太遲了。崔德斯太

譯註：主辦者會預先列出曲目，在舞會前發給客人。女士可以事前決定每支舞的舞伴並記在曲目卡（dance card）上。

太要我們安心，說小型聚會不一定要印曲目卡。她說她會告知陪同年輕小姐出席的女伴，讓男士們知道該怎麼做。她還說可以交給樂隊決定要演奏什麼曲子。沒有事先規畫的舞伴，我也不用擔心必須整晚接連跳舞。宴會途中，我找了個藉口告退，溜去後院吹吹風。」

「妳記得妳去後院的時候，正在演奏什麼樣的曲子嗎？」

「抱歉，我對曲調的記憶很差。」

大型舞會往往會事先安排好曲目與舞步，要跳多少首方塊舞、多少首華爾茲、中間穿插多少滑步和波卡。但他們既然讓樂隊自由發揮，就算隆斯代小姐記得當時飄出屋外的旋律，樂手可能也想不起他們是在何時演奏出那首曲子。

面對這個額外的難題，福爾摩斯臉上沒有絲毫憂慮。「花園裡不會冷嗎？」

「還滿冷的，不過屋裡非常溫暖，能接觸一下新鮮空氣讓我相當開心。我站在草坪中間，仰望天空，當我回過頭時，剛好看到有人進入隔壁那棟屋子。」

「妳離屋子有多遠？」

「大約四十呎。」

「隔著這個距離妳看得到嗎？」

「可以看到一點動靜。我在暗處的視力不差，這排屋子又都是白牆。就著宴會的燈光，我至少看得出白牆前有個陰暗人影。」

「妳認為那可能是誰？」

「完全沒有頭緒，根據輪廓判斷，我只覺得那是女性。」

「有人進入三十三號，妳不認為需要提高警覺嗎？」

柯隆斯代小姐清清喉嚨。「福爾摩斯小姐，我已經二十四歲了，不是什麼都不懂的小女孩。柯特蘭太太和我提過社交場合有時會發生某些事。當然了，在鄉間宅邸比較常見，客人往往會在主人家住上幾天。城裡的住宅就難說了。不過呢，在宴會開始前，我們把屋裡——三十一號——的臥室全都上了鎖，就是為了防止這種事情。」

「因此，當我看到那名女性走進三十三號時，就往這方面想——這事要偷偷摸摸的，但不是犯罪。那棟屋子裡沒什麼好偷的——至少沒有什麼能輕易帶走的小東西。三十三號屋內的房門也都鎖著，只留下連接用餐室和正廳的門，方便我進出閣樓。閣樓還上了兩道鎖。」

所以閣樓的門才會中了兩槍嗎？

「看到那名女性進入三十三號的當下，我頭一個想法是不能引起旁人注意，否則可能會引發天大的尷尬局面，甚至是醜聞。於是我馬上回到宴會場地，生怕有誰出來找我，看到不該看的事。」

「不過，我確實想把這件事告知我伯父，但是還沒找到他，就被拉去跳了幾支舞。之後我和我的朋友葉慈小姐聊了一下，接著才找到他，向他提起有個人進了隔壁的屋子。」

「有個人？不是女性？」

「雖然我很確定，但若直說那人一定是女性，好像有點武斷。」

「隆斯代先生的反應如何？」

「他好像……好像沒有我預期的那樣焦急。他教我別多想，要我回去好好作舞會的女主角，這種小事就交給他處理。之後我再也沒想起這段插曲，直到……發生了那些事。」

她低頭看著在膝頭緊緊交握的雙手。福爾摩斯拿起一盤餅乾，遞到她面前。出乎英古蘭爵爺的意料，他自己的食欲會隨著情緒壓力漲退，但隆斯代小姐捏起一片餅乾，吃下去，看起來冷靜多了。

「謝謝妳，福爾摩斯小姐。」她說。

「沒有什麼東西比美味的椰子餅乾還能支撐妳走下去。」福爾摩斯自己挑了一片餅乾，咬下一口。「妳回到屋裡時，有沒有看到崔德斯太太，或是蘇利文先生？」

「都沒有——我忙著跳下一支舞。」隆斯代小姐微微一笑。「只要不被舞伴帶著撞上其他人，跳舞其實滿有趣的。無論如何，我只看得清眼前的事物。」

「在妳看到那名女性進入三十三號，到起了濃霧、客人開始離開之間，妳估計過了多久？」

隆斯代小姐微微皺眉。「抱歉。我很不擅長估測時間。碰到無聊的事，我會覺得度秒如年，相反地，要是沉浸在喜歡的事物裡，時間一眨眼就過了。」

「請別擔心。」福爾摩斯的嗓音無比可靠。「那請妳說說妳最後一次見到蘇利文先生和妳伯父時，他們各自在做什麼。」

「我好像看到蘇利文先生在某一支舞開始之前，和崔德斯太太說了些話。等到那支舞結束，我看到她和另一名女性在一起。」

「最後一次見到我伯父，就是在我提起有人跑進三十三號的時候。他問我玩得開心嗎，我說是的，比我預期的還要有意思。聽到我的回答，他咧嘴一笑，說：『看吧，我就說一切都會很順利。』那是我最後一次看到他活著的樣子。」

「之後一直到宴會結束，妳都不需要他的協助？」

「宴會前他曾跟柯特蘭太太還有我預告他會盡量撐著，但可能無法熬到收場。所以宴會結束後沒看到他，我以爲他直接回房休息了。」

福爾摩斯保留了一點空檔，接著柔聲問道：「然後有人敲門？」

隆斯代小姐像是要調整眼鏡位置似地，一手伸向太陽穴。隔了幾秒，她才想到眼鏡不在臉上，連忙收手。「我躺到床上，怎麼都睡不著。那天晚上太興奮了。充滿驚喜。我很意外能夠如此順利收場。我覺得——我知道這樣說很膚淺，但我覺得……雖然還無法獲得接納，但我超越了見到我的人的期待，讓大家接受我不再是天方夜譚。」

「明明不是什麼值得說嘴的事……我能夠逃避社交的原因之一，是我知道自己受到很好的保護，在這棟屋子裡，我受到伯父的守護與包容。換到其他地方，我不知道自己會得到什麼樣的評價。所以那場宴會是我第一次感受到或許我有辦法獨自與外界交流——而且不會太丟臉。」

她對自身定位的渴求撥動了英古蘭爵爺的心弦。回顧過往，他作了許多糟糕的決定，就爲了尋找被眾人接納的可能性。而她要面對的阻礙比他還要多上許多。

「後來我總算睡著了。」她繼續道：「感覺我才閉上眼睛，屋外就鬧了起來。我昏昏沉沉，什麼都不知道，睜開眼睛發現外頭還是一片黑。我們的管家柯特蘭太太在我床邊，說了一堆我當時無法相信，現在依舊無法相信的話。」

「聽到她說警方要求我們派個人去隔壁認屍，我愣愣看著她好一會兒。她說她去就好，可是我說不行，如果真要有人去，那也該是我。接著我去敲伯父的房門，打開來一看，發現他床上空蕩蕩的……而且鋪得整整齊齊，沒有人睡過的痕跡。」

他只能想像她當時是如何懷抱著信心，來到她伯父門前，打算向柯特蘭太太證實隆斯代先生在自己的床上睡得安安穩穩，他創造維護的小小世界依舊和平。

然而看到整齊的空床，她的信心肯定被敲得粉碎。

「我回到自己的房間，換衣服，拿了鑰匙——那時候還不知道這些鑰匙根本派不上用場。」隆斯代小姐一臉茫然，語氣虛浮，彷彿是在轉述陌生人的體驗——彷彿這樣才能把話說完。「然後，柯特蘭太太跟我一起來到三十三號。抵達時，警方問我們是否知道這間屋子的閣樓裡有什麼。我告訴了他們我在工作坊裡做的實驗。他們說裡頭的東西都毀了。」

「我——」她揚手抹臉。「我根本顧不了工作坊。接著有人指著崔德斯探長，問我是否認識他。我只能點頭。我太震驚了，沒有懷疑他來這裡幹嘛。在我向警方確認伯父和蘇利文先生的身分之後，下樓又見到他，我還是沒去多想他或許與這件事有關。我甚至問他是否知道發生了什麼事。他搖搖頭。」

福爾摩斯從容地喝茶，吃掉剩下的半片餅乾。「妳想爲什麼會有人要殺妳伯父？」

「我不懂。我伯父他——他是個很好的人，善良又慷慨，內心充滿了愛。光是想到崔德斯探長可能犯下這個案子，我腦中就一片混亂，無法理解其中邏輯。」

她上身稍稍往前傾。「告訴你們，我伯父非常希望崔德斯太太能成功。他認爲那些經理主管完全不該阻撓她。他們的工作應該是協助她，而不是把她趕出名正言順屬於她的公司。」

「他向妳提過考辛公司裡的事？」

「沒有說太多。不過有時候開完會，看他一副心灰意冷的模樣，我就會問他發生了什麼事，他跟我說他不樂見崔德斯太太的處境。」

「有沒有那麼一點的可能性，是他裝成崔德斯太太的盟友，實際上也是反對她？」

隆斯代小姐一臉不可置信。「不，他完全不是這樣的人。如果他不認爲崔德斯太太該踏進考辛公司，他會親口告訴她。」

至少崔德斯太太把他視爲盟友的決定沒錯。

英古蘭爵爺吁了口氣。或許他不該爲了這點保證而寬心，可是崔德斯太太這輩子已經接連遭受男性辜負，他一點都不希望隆斯代先生也是那種男人。

「他在她身上看到她父親生前的某些氣質。」隆斯代小姐信誓旦旦地說道：「他對考辛先生評價極高，即使他是汲汲營營的生意人，卻還是擁有令人敬佩的慷慨心性。他認爲考辛先生的兒子沒有遺傳到那些特質，但崔德斯太太是個機智與感性兼具的女性，更擁有高尚的性情，唯有如此才能在商場上成功，同時保有正直的靈魂。」

「受到她邀請擔任顧問時，他開心極了。他認定她是她父親眞正的繼承人，期待能重振考辛公司。」她再次熱淚盈眶。「或許未來眞能如此。或許我能代替他見證那一天的到來。」

□

隆斯代家的管家柯特蘭太太帶福爾摩斯和英古蘭爵爺看過冷街三十三號其他房間，藍伯警員保持禮貌的距離跟在後頭。

正如隆斯代小姐所說，在凶案當晚，這棟屋子裡的所有房間都鎖著。布萊頓探長前來徹底勘查犯罪現場時，柯特蘭太太親手幫他開鎖。

「柯特蘭太太，妳是否知道有誰擁有三十三號全部的鑰匙？」福爾摩斯問道。

「全套鑰匙在我手上。」柯特蘭太太晃了晃手中的鑰匙串。「隆斯代小姐手邊有前後門和工作坊的鑰匙，隆斯代先生也是。」

福爾摩斯看過每一間房，確認警方沒有漏看重要證據。房間數量不少，他們花了一點時間。英古蘭爵爺有時看她工作，有時跟另外兩人閒聊。藍伯警員很感激三十一號提供源源不絕的熱茶、餅乾、三明治。柯特蘭太太跟他說隆斯代小姐儘管悲痛萬分，還是召集了屋裡的僕役，安慰大家，保證他們不用擔心生計。

等福爾摩斯看完四樓的最後一間房時，對柯特蘭太太說：「我得知巡警發現前門開著。隆斯代小姐在宴會途中看到有人從後門進屋。」

柯特蘭太太咕噥一聲。「喔，老天。福爾摩斯小姐，我不介意承認這件事太讓人痛心了。痛心疾首。我當眞不知道這兩扇門怎麼會開著。每天晚餐前，等隆斯代小姐回到家，我都會來檢查三十三號的門戶。昨天爲了張羅宴會，她沒踏出家門一步，不過到了六點半左右，我還是來看看這裡的狀況。前門、後門、僕役的出入口都鎖得好好的。」

「妳、隆斯代小姐、隆斯代先生，只有你們握有三十三號的鑰匙？」

「確實只有我們。」

「妳有沒有想過爲何主臥室的門開著，而其他房間的門都還鎖著？」

主臥室就是案發現場。如果只有柯特蘭太太能開關所有的房間，那麼就連隆斯代先生都不該進得了臥室。

柯特蘭太太再次咕噥。「福爾摩斯小姐，我眞的摸不著頭腦。隆斯代小姐上閣樓途中，都會經過這間房門外，她說這扇門一向都關得緊緊的。我每個禮拜都會把這棟屋子徹底巡過一遍，可以保證我每次都要打開這間房的門鎖。」

福爾摩斯點點頭。她算不上充滿活力，但在必要時能夠擠出強大的精力。然而英古蘭爵爺擔心她自從回到英國之後，是否有好好休息過。

就算是成天躺在床上的夏洛克，肯定也會累的吧。

通往頂樓的樓梯狹窄陡峭。

「喔，我眞的年紀大了。」雖然柯特蘭太太上樓梯的腳步不見半點艱辛，但她仍喃喃抱怨。此處的空氣被濃郁刺鼻的精油占據。迷迭香、玫瑰、薰衣草這些英國典型的香調。同時還有艾草、穗甘松、沒藥，令人徜徉在聖經雅歌的世界裡。

還有明顯的酒精味。

閣樓的門板不大，要一腳踢開不算難事，可惜樓梯口的空間太狹窄，不能讓人做那麼大的動作。內嵌式門鎖的位置開了個不規則的洞。原本的板釦鎖零件發黑扭曲，掛鎖也被轟掉了，後頭的木板也是一樣悽慘。

他們替新的掛鎖換了副板釦。柯特蘭太太打開平凡無奇的門板。

出乎意料的寬敞空間映入眼簾。

外頭又下起雨了，不過多虧玻璃天窗和幾面大鏡子，工作坊裡還算明亮。柯特蘭太太說明這棟屋子目前沒有接上瓦斯，然後點燃幾根蠟燭，插在鏡子前的幾處金屬燭台上。一瞬間，房裡被溫暖的金光包圍。

工作坊的形狀類似啞鈴，門邊的空間因爲被樓梯占去，是最狹窄的一塊，宛如連接兩側房間的走道。

幾張工作檯排在這條走道牆邊。隆斯代小姐的器材原本應該都在這裡，現在空蕩蕩的檯面令人感傷。

福爾摩斯漫步到花園那一側的空間，這個角落布置成休憩區。不久之前，此處應該是個舒適的場地，低矮的層架上排著書本，寫字桌正對著美麗的窗景。

英古蘭爵爺想像自己的兒女若來到這間工作坊，夏天屋外林木蓊鬱，會讓他們相信自己來到森林裡，住在樹梢之間。

但現在架子化爲碎片，被人丟擲撞傷的書本在地上疊成好幾堆。寫字桌看起來像是有人拿撥火鉗使勁揮舞地砸出凹痕。

「以前這是個可愛的閣樓。」柯特蘭太太哀悼似地說道：「我不認爲隆斯代小姐能理解這裡發生的事，我不怪她。我也沒辦法。你們絕對想像不到我們掃掉了多少碎玻璃。」

閣樓裡的氣味比樓梯間淡了一些，或許是因爲窗戶大開——工作坊裡冷得像冰窖，每個人的呼吸都帶了霧氣。

「家具不是前一組房客留下的吧？」福爾摩斯以指尖探測寫字桌上一道特別顯眼的刻痕。

「不是。決定不再出租這棟房子之後，隆斯代小姐就從隔壁把東西搬過來。」

英古蘭爵爺繞到工作坊另一頭，面向街道的一側。這裡布置成另一個工作區，椅子旁放了一塊熨板。柯特蘭解釋說這是給隆斯代小姐的貼身女僕用的，她會在這裡陪她，利用時間完成自己的職務。原本還有放縫紉和編織工具材料的籃子，但兩個籃子都被徹底毀壞，內容物混著各種沙土碎片，根本無法搶救。

「雖然隆斯代小姐並不需要人陪，但畢竟這裡是空屋，隆斯代先生和我都堅持她不能獨自來此。」

工作坊原來是僕役的住處，用薄薄的隔板隔成一個個小房間。那些隔板沒有全部拆除，在女僕的工作區附近還留著一個隔間。

「前任房客把這裡當儲藏室用。印象中他留下了幾箱過期的藝術雜誌。那些雜誌昨天早上散落一地，箱子被人往牆上甩。」柯特蘭太太打開儲藏室的門，讓英古蘭爵爺和福爾摩斯確認裡頭空無一物。「隆斯代小姐的伯父要送她的聖誕禮物也摔碎了。那是一串美麗奪目的珍珠項鍊，襯著她的膚色肯定好看極了。」

福爾摩斯轉向她，一手按住心口，挑起一邊眉毛。「隆斯代先生已經將禮物交給隆斯代小姐了嗎？」

明顯誇大的表情神態，顯示福爾摩斯不只希望管家繼續說下去，她的好奇心也真的被挑起了。

「是這樣的，她和隆斯代先生往年都是這麼做，把對方的禮物藏在屋子裡，通常是對方房間的某個角落。每年都會換地方，從來沒有重複過。隆斯代小姐多半會在十二月中開始找禮物的所在，不過今年她要分神忙晚宴的事。」

「昨天早上，她認屍之後上樓查看，在一片混亂中看到四分五裂的項鍊……隆斯代小姐的表現很好——她沒在警方面前流下半滴眼淚。可是我哭了。我跟她一起上來，實在是無法忍著不哭出來。」

柯特蘭太太又擦了擦眼角。英古蘭覺得自己的眼窩一陣刺痛。

福爾摩斯又看了儲藏室一眼。「可否請問為什麼會有這麼濃的酒味嗎？」

「喔，那個啊。」柯特蘭太太感傷地笑了笑。「隆斯代先生喜愛美味的白蘭地，隆斯代小姐想試試能否為他釀出同樣的美酒。不過她的一切努力全都泡湯了。」

兩人的聖誕禮物在一場突如其來的暴力中化為烏有。隆斯代小姐未來還會度過更多聖誕節，還有更多禮物，然而她伯父躺在充滿福馬林氣味的停屍間裡漸漸腐敗，再也等不到節慶和禮物了。

□

踏出三十三號，英古蘭爵爺向夏洛特保證晚點和她會合，兩人要一起去拜訪考辛太太，之後便向眾人道別——他得負責與當晚的宴會賓客談話。他腳步輕快，長大衣下襬隨風飄揚。

「喔，這位男士怎麼連過街都如此瀟灑。」柯特蘭太太對於他舉手投足間所散發出的優雅尙未免疫。

夏洛特無法反駁。「妳該看看他走過大理石廳堂的模樣。」

而且他是我的。這串字眼不受控制地浮上心頭。

他是她的——這點兩人都知道。可是她是他的嗎？兩人投入的程度一樣嗎？

她又欣賞了他的背影好一會兒，這才跟著柯特蘭太太回到三十一號。

回到手邊的案子上。

「柯特蘭太太，妳應該比任何人都清楚隆斯代先生的日常習慣。可以幫助我更了解他一點嗎？」

管家帶著夏洛特在一樓四處兜轉，當晚的宴會會場就在這裡。她打開一扇門，裡頭是擺滿了書本的書房，看起來很少人使用。「我知道這樣聽起來很怪——隆斯代先生沒有什麼規律的習慣。他會在早上六點到九點間起床，看他昨晚幾點睡。他通常要等到起床後才會決定當天行程。有時候問隆斯代小姐有沒有興趣上個課，或是出門散步，她要不欣然答應，就是說她當天已經有安排。」

夏洛特認爲這是很理想的生活方式。不過……「這會不會對你們的工作造成困擾？」

「不會，我們不需要在他起床的瞬間送上盥洗用的熱水，也沒有其他類似的雜務。」柯特蘭太太帶她走過樓梯口，來到後方的用餐室——三十一號和三十三號的格局雷同。這整排房子很可能使用了同一組內部設計。「他不排斥等待，喜歡意料之外的事。他早餐一向簡單，廚房不用每天幫他在不同的時間煎蛋。晚餐則是固定在八點吃——在鄉下的話就是七點。挪動晚餐的碗盤對僕役來說有些麻煩，他這個人總是盡可能不造成旁人不便。」

夏洛特望向用餐室掛著黑布的窗戶，爲這名深受敬愛的男子感到些許心痛。「所以他在自己喜歡的時間起床，晚餐八點吃。中間的空檔不是散步就是教隆斯代小姐熱力學。還有別的嗎？」

柯特蘭太太擺好在夏洛特眼中已擺得很完美的餐椅。「他會閱讀。他每天細看報紙上的小告示——自從二十年前認識查爾斯・包貝吉先生之後，他對解碼一直充滿興致。他有時候去大英博物館的閱讀室，有時候和隆斯代小姐一起聽演講、看展覽。他們偶爾會去看戲。他會自己去城裡各處逛街，看店家有沒有什麼有趣的新玩意兒。他不時出門見見老朋友。」

她越說越慢，似乎是在重溫過往時光途中，越來越難承受失去他的痛苦。

爲了讓她平復心情，夏洛特移到面對三十三號的那扇窗前，掀起窗簾，假裝確認兩間屋子用餐室之間的視野。她已經看過三十三號的每一扇窗，計算過從三十一號看過來會是什麼模樣。

「如此不規律的作息一直持續到他過世嗎？」

柯特蘭太太過了一會兒才回答：「這個嘛，倒是有點不尋常。他過世前幾個禮拜，作息突然變得相當規律。我們早就習慣早晨悠閒的步調，他突然每天六點半起床，讓我們很是驚訝。」

夏洛特放下窗簾，轉過身，輕微的興奮令她心頭一陣騷動。「妳認爲原因可能是什麼？」

柯特蘭太太忙著調整爐架上的小飾品，皺起眉頭。「不太清楚。就剛好某天他起得早，之後又連續早起。他吃完早餐、打點好出門的裝扮、走路去閱讀室。只要是去閱讀室，要到午茶時間才會回來。頭兩天，我們深信他不會養成習慣，沒想到竟然持續了三個半禮拜。」

「直到他毫無預警地過世。」

「是的。」

夏洛特更加心癢難耐。「他有沒有記錄個人行程的筆記本？」

「目前在蘇格蘭警場那邊。他們說等到研究完畢就送回來。」

可惡。她現在就想看到。「一收到筆記本，請務必通知我。」

兩人繼續四處探看。逛完了一樓，她們來到二樓，宴會也有使用到這個樓層。接著是這段視察的眞正目標：隆斯代先生的幾個房間，根據柯特蘭太太的說法，內部擺設完全沒動過，保留了他下樓去主持晚宴時的模樣。

三樓全是屋主的地盤——隆斯代小姐也擁有一整層四樓的空間。他的臥室算是整潔，至於書房就……

夏洛特不會刻意整理自己的個人物品。她的床柱通常會掛上一條襯裙或襯衣。桌上往往被一、兩個空盤占據，那可是她動腦時的寶貴能量來源。床邊桌上肯定擱了一堆雜物，舒舒服服地躺上床時，她一點都不想爬下床找字典、剪刀，或是里梅涅小姐從巴黎買回來給她的高級糖果。

然而隆斯代先生的書房卻讓夏洛特覺得自己稱得上井井有條，跟那些堅持在盤子和水杯間要保留固定距離的僕役沒有兩樣。

書架上下兩層間的空隙被更多書本塞滿，筆記本和卷宗塡滿剩餘的空間。並不是只有一兩個區域密度過高；每一面牆上的書架都以同樣方式擠得毫無空隙。

不過，至少這些硬塞進書架的物品保住了架子應有的形貌。反觀旁邊的書桌，早已遭到吞噬。

如果書房中央那座如同山丘的物體可以稱爲書桌——那麼法務信件就是構成這頭巨獸的牙

齒，厚實的鳥類學圖鑑和化學分析書籍則化爲牠的腳掌。

「隆斯代先生有他自己整理書籍文件的方式。」柯特蘭太太連忙解釋。「他知道自己手邊有什麼東西、要去哪裡找到它。」

這位男士的心智運轉方式與常人大相逕庭——夏洛特比大多數人都了解這一點。即便如此，柯特蘭太太的辯護還是稍微缺乏說服力。她清清喉嚨。「柯特蘭太太，妳知道書房裡每一樣物品擺放的位置嗎？」

「抱歉，這我就不清楚了。」柯特蘭太太滿懷歉意地說道：「除了隆斯代先生本人，沒有人能碰他書桌三呎範圍內的任何東西。就算有什麼東西掉下來，我們也只能放著不管。」

掉下來的東西太多了，從四面八方將桌子徹底掩沒。

「好吧。」夏洛特說：「既然他已經不在人世，我可要好好調查一下他的所有物。」她捲起袖子。柯特蘭太太先是嚇得無法動彈，過了半晌也加入她的行列。

近期的報紙、從夏天放到現在的報紙。跟律師和代理人的通訊信件。私人書信。一大堆書。甚至還有一本相簿，裡頭是年輕許多的隆斯代先生，對著鏡頭站定，背景是某間工廠從無到有的各個興建階段。他身旁多半還有另一名年輕男子，柯特蘭太太認出那是老考辛先生，崔德斯太太的父親。

「他桌上通常會擺這些東西嗎？」夏洛特問道，朝著種類繁多的物品比劃。在她們的努力之下，桌上的雜物堆已經蔓延到地上，書房裡幾乎沒有立足之地。

柯特蘭太太被舊照片激出的淚光還沒收起。「抱歉，我無法斷定，畢竟隆斯代先生不准我們整理書桌。上頭總是擺了好幾層東西，我根本不知道最底層放了什麼。」

「如果他把吃了一半的食物留在桌上呢？你們也不會處理嗎？」

「喔，他不會給我們惹上這種麻煩。」柯特蘭太太神情激昂。「他從來不會在這裡吃東西。」

這眞的是幫上大忙。

夏洛特拉開的第一個書桌抽屜和書架一樣爆滿。文具、刻了名字的鋼筆、鉛筆、更多信件、硬幣和紙鈔，另外還有數十種小東西。

「老天爺！」柯特蘭太太驚呼：「幸好我之前沒開過這個抽屜，光看就要心悸發作啦！」

就連夏洛特心頭也湧現逃離此處的衝動。調查堅決谷命案期間，她見過英古蘭爵爺的私人空間，井然有序、一塵不染，讓她很想躺在他更衣室的地毯上至少大半天，什麼都不做，只要欣賞整齊的衣物就好。

她從下一個抽屜裡挖掘出螺帽、用黃色信封裝好的一把橡實、一個裡頭塞滿光滑瑪瑙和碧璽珠子的抽繩小絲袋。

這些半寶石件隨著一只嵌了金絲的黑玉胸針，表面打磨得閃閃發亮。胸針中央是個蓋著玻璃片的凹洞，裡頭裝著一綹以金線綁著的髮絲。

緬懷故人的珠寶。

胸針背後應當要刻上死者的名字與生卒日期，或者至少留個姓名縮寫和忌日，然而這些資訊全被磨掉了。

夏洛特將胸針遞給管家。「柯特蘭太太，妳之前看過這件東西嗎？」

柯特蘭太太將胸針在手中翻來覆去。「完全沒有。以前我有看過這袋石子——印象中是隆斯代小姐滿久以前送他的。」

照著夏洛特的指示，柯特蘭太太拿胸針去給隆斯代小姐看看，回來時還是搖頭。「隆斯代小姐說她第一次看到這個東西。」

「妳想這可能是誰的遺物呢？」

柯特蘭太太再次搖頭。「裡面的頭髮是深棕色的，和隆斯代先生交情好到讓他想在對方過世後保留遺髮的人之中，我只想得到老考辛先生是這樣的髮色。但那也是他年輕時的事了，他過世前幾年已經是一頭白髮——其實那時剩下的頭髮也不多了。」

兩人繼續翻過其他抽屜。之後，她們以淑女不該有的速度退出隆斯代先生的書房，夏洛特問起柯特蘭太太是否知道隆斯代先生把他手邊那組三十三號的鑰匙收在哪裡。在他的書桌抽屜或是警方收集的證物中都沒有看到。柯特蘭太太對此也愛莫能助。

她也不知道隆斯代小姐會不會知道，但她懇求夏洛特別在短時間內打擾她家小姐。「請讓她暫時擺脫與謀殺案相關的瑣事。」

夏洛特不認爲隆斯代小姐能將這起案件趕出腦海，不過她接受了柯特蘭太太的請求，跟著她來到地下室的管家辦公室喝茶、吃椰子餅乾，聽柯特蘭太太講述她在宴會當晚的動向。

身為負責管理的資深僕役，那晚柯特蘭太太忙得團團轉，確保一切運作順利，讓特地為了宴會請來的臨時男僕知道他們該做什麼。她和隆斯代小姐一樣，以為隆斯代先生早就回房休息了——他說過他可能熬不過一整晚。

「在賓客都離開後，我鬆了一大口氣，慶幸起了霧，逼大家早點回家，同時也萬分遺憾竟然是如此收場。這場宴會應當要更加輝煌，讓大家跳舞跳到清晨五點。對僕役來說自然不輕鬆，我們早上還得料理隔天的職務，但我真心期盼隆斯代小姐能擁有如此美好的回憶。我希望每個人都牢牢記住專屬於她的這一夜，所有賓客都被她的美貌震撼，像是明天就是世界末日般盡情享樂。」

夏洛特凝視她半晌。柯特蘭太太的容貌稱不上標緻，但她善良的心性使得她洋溢著可親的氣質。要是有柯特蘭太太這樣的人陪在身邊照顧，莉薇亞關在家裡應該也會舒服許多吧。

「所以妳昨晚幾乎沒睡。」她柔聲說。

「我才剛躺下來，就聽到門鈴聲。去應門的時候我正氣得火冒三丈，也無法相信警察說的每一個字。我直接來到隆斯代先生的房門外用力敲門，深信他會跟我一樣被人吵醒，火冒三丈。但我得要拉他下樓，讓警察看他還活著好好的。」

「沒有人應門。我打開門，發現房裡沒人——我全身的血液都凝固了。隆斯代小姐被我叫醒時，反應跟我一模一樣。她不相信我，衝去她伯父的臥室。」

「最後我們一起到隔壁屋子。太可怕了。如此血腥的場面。」柯特蘭太太深深吸氣。「之後，在三十三號的玄關，我見到崔德斯探長。差點就要撲向他了。我們招待過他。我們尊敬他。眞不敢相信他會對隆斯代先生、對他的妻子做出這種事。」

與柯特蘭太太談完，夏洛特也在地下室的僕役活動區分別和每一個人談話。宴會當晚，每一個人都在一樓四處奔走，誰都沒和主人有過太多互動，因此無法提供任何有用的訊息。

唯一的例外是隆斯代小姐的貼身女僕歐文斯。她同樣膚色黝黑，不過與她美麗的小姐不同，歐文斯相貌平凡、性情內向。她堅稱在宴會前幾天，隆斯代先生變得比以往更加安靜。

感覺像是爲了什麼而焦躁不安。

「他不是那種高高在上的紳士。」歐文斯的視線離開手中縫補的褲襪——夏洛特猜想這是她家小姐的東西。「他沒有叫我們這些僕役恭恭敬敬，也沒有不准我們開口說話。要是他見到妳，會問起妳的家人過得如何、放半天假的時候有沒有做什麼好玩的事。他知道我陪隆斯代小姐去工作坊，也知道隆斯代小姐有教我一些代數，所以他問我有沒有學過解二元一次方程式。有一次，我們聊到多項式因式分解，我跟他說我不介意拆解那些式子——我喜歡解開問題的感覺。但我不懂這東西在我的生活裡有什麼用處。他笑得好開心。」

「可是前幾個禮拜，我感覺他對我視而不見。感覺他無意與隆斯代小姐見面——他之前都很關切她的。」

「原來如此。」夏洛特低喃。

隆斯代先生改變作息後究竟都在做什麼，使得他沒有心力關注他親愛的姪女？

歐文斯咬咬下唇。「請不要和柯特蘭太太說我講了這件事。她不准我們猜測主人的行爲。」

「在他過世後，她跟你們這麼說嗎？」

「沒有、沒有。她只是不喜歡我們在地下室嚼舌根。」

「我絕對不會告訴她的。」夏洛特承諾道。「妳做得很對。如果沒有人提供任何情報，家兄和我什麼都做不了，畢竟我們是陌生人，在案發之後才來到這裡。」

「妳能不能——」歐文斯稍一遲疑。「夏洛克．福爾摩斯先生能不能查出是誰殺了隆斯代先生呢？如果不是崔德斯探長的話？」

崔德斯家的管家葛雷寇太太曾經問夏洛克．福爾摩斯有沒有能耐讓崔德斯探長早點回家。當時夏洛特給了不置可否的答案，因爲她確實不知道是否幫得了崔德斯探長。

然而歐文斯問了個很不一樣的問題。

「可以。」夏洛特說：「夏洛克．福爾摩斯會查出是誰殺了隆斯代先生。到時候別忘了妳也有一份功勞，歐文斯小姐。」

第十章

當天稍早

愛麗絲·崔德斯對福爾摩斯小姐的恐懼超出了應有的限度。這名年輕女士或許只是負責傳達她兄長的見解，但她那雙看似毫無機巧的坦率眼眸，令愛麗絲內臟抽搐。她相信福爾摩斯小姐不只能看破謊言與隱瞞，就算只是稍微扭曲事實，她也察覺得到。

因此她使出了全副心神，格外提防夏洛克·福爾摩斯的另一名助手。

肯定是同樣無所不知、同樣冷酷、同樣無動於衷的人士。

福爾摩斯小姐前去華生太太的馬車請她過來。愛麗絲雙手掩面。雖然她睡了一晚，眼下情勢發展卻早已耗盡她的精力。沒錯，她只能走一步算一步，但到頭來她的努力究竟有什麼用處？

福爾摩斯小姐帶著一名身披寶石藍斗篷的婦人回到車上。她一踏進車廂，周圍頓時大放光明，彷彿被隱形的光暈點亮。

「崔德斯太太。」福爾摩斯小姐說：「這位是我的同事華生太太。華生太太，這位是我們的客戶崔德斯太太。現在我得去和崔德斯探長見面了，就讓兩位好好熟悉一下。崔德斯太太、華生太太，祝妳們今天一切安好。」

福爾摩斯小姐離開後，華生太太輕嘆了一聲，看著愛麗絲。「親愛的，這一切都很不好受吧？」

在福爾摩斯小姐面前，愛麗絲感覺到自己二十八年的人生中累積的每一個錯誤、每一個短處全都無所遁形，一切防備都宛如無物。

在華生太太面前，她的慌亂、孤單、痛苦——她這個人——被看得一清二楚。不只是被看見，還獲得溫柔又慈祥的擁抱。

淚水瞬間刺痛她的眼球。她以手帕掩嘴，彷彿這麼做就能擋住向人求助的猛烈需求。

「我——我好無助。」

年長婦人身上散發出同情。「親愛的，妳當然會有這種感覺。維持婚姻、照顧一整個龐大企業，這些責任全都落在妳一個人身上——現在妳還得挽救丈夫的性命。可是妳千萬不能絕望。妳不再是一個人了。我們都是妳的幫手。崔德斯太太，容我稍微吹噓一下，我們是萬夫莫敵的幫手。」

不只是同情，華生太太還散發出強烈的自信。

愛麗絲自然知道福爾摩斯小姐——夏洛克．福爾摩斯會是萬夫莫敵的幫手。然而到了這一刻，她才真正被寬慰的心情淹沒，她很樂意被埋在這份解脫感之下。

更多字句從她口中湧出：「麥唐諾警長來我家通報消息之後，我一直覺得自己走在鋼索上，腳下是無底深淵。只要走錯一步，就會萬劫不復。」

華生太太握住她的雙手。兩人都戴著手套，但愛麗絲冰冷的指尖立刻暖了起來。「親愛的，現在什麼都不用擔心了，我們是妳的安全網。就算妳一時失足，我們還是有辦法接住妳。我們不會讓妳摔下去的。」

她已經好久沒聽到這樣的保證。

她過去幾天的生活，完全可以用走鋼索來形容。在那之前，從今年夏天開始，她就像是困在龐大的迷宮裡，牆面從四面八方包圍她，她被緊緊夾著，得要側身而行，幾乎無法呼吸。她很清楚無論自己每一步走得多艱辛，都無法擺脫這份苦行。

她啞了嗓子。「我已經不知道該怎麼做了。」

「親愛的，妳不需要什麼都知道。我們一起想辦法吧。」

華生太太移到愛麗絲身旁，將她擁入懷中。愛麗絲今天、昨天、這幾個月來忍住的淚水，全數沿著她的臉頰，流向華生太太柔軟的絨面斗篷上。

「布萊頓探長絕對不會鬆口。他完全相信我和蘇利文先生有不正當的關係。他也相信我在命案當晚到過三十三號。」

「我相信妳和蘇利文先生之間什麼都沒有。」

愛麗絲的良心隱隱作痛。「我可以說蘇利文先生和我之間什麼都沒有發生過。」

華生太太不斷拍撫她的後背，力道輕柔又堅定。「孩子，妳的丈夫當了那麼久的傻子。他沉浸在自己受挫的傲氣之中，導致他儘管身為警官，卻完全沒有察覺妳在考辛公司的困境。就算只有一瞬間，比起崔德斯探長，妳更期待蘇利文先生的出現，那也是情有可原。就算只有一、兩次，妳想像自己若是嫁給了心胸更加寬闊的男人——像是蘇利文先生刻意裝出的模樣——人生會有多大的改變，那有什麼好奇怪的？」

愛麗絲的淚水打濕了華生太太的斗篷——有沒有任何一點的可能性，讓她可以留著這件美好的斗篷，在她需要安慰與理解時緊緊抱著？「或許這是人之常情，但我覺得起了那種念頭的自己就像出軌了一樣。」

華生太太嘆息。「妳想想，在妳的丈夫以沉默發洩情緒期間，他是否曾經看著別人的妻子，心想要是能娶個更溫順、更聽話的女性就好了？妳想他從來沒思考過，要是他的妻子以他爲天、心裡只有他，他的人生會有多大的改變嗎？」

「我想他肯定這麼想過，可是——」

華生太太雙手搭上愛麗絲的手臂，扶她挺直背脊，直視她的雙眼。「可是妳不認爲他那樣想就算出軌。而且妳還深深慶幸他只是想想——沒有和任何人做出任何事。他沒做不該做的事並不代表他特別高尚；而妳，親愛的，想過自己絕對不會做的事也不是什麼十惡不赦的行爲。既然妳能諒解他爲什麼會有那種想法，那麼也請妳給自己同樣的諒解。」

可是她不知道該怎麼做。在華生太太點出這落差之前，甚至不知道自己拿無比嚴苛的標準來看待自己。「如果我早點認識妳就好了。」

「喔，我想我沒有來得太晚——我會在最需要的時刻出現。」

華生太太用帶著橙花香氣的手帕，拍了拍愛麗絲還帶著淚珠的臉頰。「請告訴我宴會當晚發生了什麼事。告訴我眞正發生了什麼。」

愛麗絲的理智告訴她無論對華生太太說什麼，福爾摩斯小姐隨後也會知道，不過比起向嚴苛的女校長認罪，對慈愛的母親坦言自己的過錯更不需要害怕遭到指責。

華生太太將手帕塞進愛麗絲的掌心。愛麗絲又擦了擦臉頰，覺得自己稍微堅強勇敢了些。

「那是個令人難以忍受的夜晚。我還沒結束為家兄服喪，出席宴會只是因為隆斯代小姐擔心客人太少。她完全不需要這麼煩惱。應邀出席的賓客人數很令人滿意。然而就算在人群之中，我還是無法擺脫蘇利文先生，他老是貼在我身旁，以一本正經的表情小小聲地冷嘲熱諷。大約到了十二點半，我再也無法忍受，到屋後的花園透透氣。」

「那時我看到一名男子進入隔壁屋子，背影與我的丈夫非常相似，但他理論上人不在倫敦。隆斯代先生家燈火通明。隔壁的屋子差得多了。我離得很遠，不確定是不是自己看錯了。」

「然後我起了可怕的念頭。蘇利文先生威脅要向我丈夫撒謊。要是他眞的這麼做了呢？說不定我丈夫說他要出城，其實是為了暗地裡觀察我？所以蘇利文先生才跟得這麼近，營造出根本不存在的親密印象？」

「我想也不想，一路跑到三十三號。我完全沒想到這個舉動有多麼愚蠢。我最在乎的、唯一在乎的，就是不能讓我的婚姻遭到鋪天蓋地的謊言侵襲。」

「一踏進三十三號，我才開始害怕。假如進屋的人不是我丈夫，而是哪個強占空屋的混混，或是闖空門的盜賊？」

「屋裡又冷又安靜。我站在原處，不敢往內多走一步。我幾乎什麼都看不到——無論是誰。早我一步進屋的人拉開了面向隆斯代先生家的窗簾。但是透進來的燈光只讓黑暗的角落更顯陰森。」

「我依稀聽到樓上傳來聲響，心臟怦怦跳。到了這個節骨眼，我萬分後悔自己爲何如此莽撞。腳步慢慢移向後門。」

「這時蘇利文先生走進屋內。『眞巧啊。』他冷笑。『親愛的崔德斯太太，我們原本可以約在有床鋪的溫暖房間裡。妳還眞喜歡危機四伏的刺激感啊。』」

「我試了幾次才成功開口抗議：『蘇利文先生，我就明說了——』」

她無法說下去，雙手掩面。她想冷靜地陳訴自己的遭遇，然而那段回憶令她作嘔，羞愧與憤怒在她喉中灼燒。

華生太太往她手中塞了個金屬小酒瓶。「來，喝一點吧。」

愛麗絲喝了一大口，重重喘了一會兒，鼓起勇氣繼續說下去：「我話還沒說完，他就硬是抓住我，強吻我。我拚命掙扎，腦中滿是反感和恐慌。」

「就在此時，傳來一陣響亮的撞擊聲。至少聽起來像是這樣。蘇利文先生嚇了一跳，鬆開手。我轉身就跑，逃回隆斯代先生家，躲進衣帽間——然後瘋狂乾嘔。」

「妳一定難以想像我當時的心境。驚駭。安心。震怒。強烈的自責。我依稀記得自己照了鏡子，確認頭髮沒有亂得太過分。我應該是在恍惚中重新盤好頭髮，但我的注意力完全不在這上頭。」

「等我終於能踏出衣帽間，便確信自己沒辦法在宴會上多待一刻。反正宴會進行順利，無論我是否在場都沒有差別，於是我以最快的速度告辭。」

華生太太拍了拍她的手背。這個充滿安撫意味的手勢，彷彿是在稱讚愛麗絲能把話好好說完。

她想她的表現應該不差。她想現在自己光是還能挺著，就已經很了不起了。但她這陣子就像在泥淖裡跋涉，幾乎半個人埋在裡頭，還不斷往下沉。她多希望自己展開雙翼，在空中翱翔。

她輕輕搖頭，繼續說道：「回到家之後，我睡不著——拚命回想走進三十三號的那個人是否真的是我丈夫。他人應該在肯特郡鄉間，還要再一天才回家，他在倫敦做什麼？既然他回來了，怎麼都不對我透露半點消息？」

「福爾摩斯小姐——或者該說是福爾摩斯先生——的推測有些失準。我這時就翻出我丈夫最近寫給我的信，而不是在得知謀殺案之後。他告知的動向與郵戳之間的差異，還有他無聲無息地出現在倫敦的可能性——於是我進了他的更衣室。不知道該從何找起，因此我四處亂翻，過了一會兒才離開。」

「到了早上，我總算發現我的珠寶髮叉不見了。接著幾乎就在同時，麥唐諾警長來訪。等到他離開，我才想到如果我的珠寶髮叉掉在三十三號，就幾乎會讓任何人相信我丈夫是在嫉恨之下殺了蘇利文先生。」

「我在家裡四處尋找，只希望髮叉是在我回家之後，因爲當晚的種種神智昏沉而掉落。這時我發現我丈夫的佩槍不在他的更衣室裡。」

想起當時排山倒海而來的驚慌，她的指尖微微顫抖。她喉嚨緊繃，心臟狂跳。

她逼自己直視華生太太的雙眼。「這就是我對那一夜所知的一切。」

□

不知道從哪裡傳來以手搖風琴奏出的〈聽啊！天使高聲唱〉變奏版。兩名路人高聲抱怨倫敦市區內街頭手搖風琴的密度太高。外頭又下起雨了，雨滴規律地敲打車頂。

馬車停在距蘇格蘭警場兩條街外，愛麗絲在車上只覺得精疲力盡，但至少她不再需要向她託付信任的人有所隱藏。可是事到如今，他們會怎麼想她呢？

「記住，崔德斯太太，妳什麼都沒有做錯。」華生太太語氣堅定。

這正是她想聽到的話，但否決的字句不受控制地從她唇間鑽出。「可是我——」

「別再爲了沒有面面俱到而自責了。妳什麼都沒有做錯。來，照著說一遍。」

愛麗絲不懂如此和善的華生太太是哪裡來的魄力。她披著亮藍色斗篷，雙眼直視愛麗絲，背脊筆直，身上散發出的威嚴完全不下於福爾摩斯小姐。

「我、我什麼都沒有做錯。」

「很好。要是妳先前信任福爾摩斯小姐，第一個跟妳說這句話的人就是她了。」

愛麗絲臉頰發燙。「對不起。」

「關於此事，妳確實欠她一句道歉。假如妳隱瞞重要資訊，我們就算想幫助妳，也是綁手綁腳。不過這些事都過去了。我們的焦點得要回到眼下的正事上。福爾摩斯小姐委託我調查考辛營造公司。妳能告訴我什麼嗎？」

愛麗絲嘆息。「我很想告訴妳問題出在哪裡，可是我手邊只有不完整的文件和間接證據。」

「調查剛開始時往往都是如此。」華生太太鼓勵似地笑了笑。「請說吧，我洗耳恭聽。」

愛麗絲需要一點時間來整理思緒，把心思從羅伯特的危機轉移到自從他遭到逮捕後，順位就大幅下降的事物上。「在我們父親過世前，家兄便已接管考辛公司，前後大約四年。他從以前就對公司的日常營運沒多大興致，家父希望能讓他一點一點習慣，而不是馬上將所有的責任放到他肩上。」

「我努力與考辛公司保持距離——家父不希望我有任何牽扯，而家兄巴納比也不可能聽取我這個局外人的建議。但有時候我心裡不安極了：巴納比不喜歡學習；他討厭被人指正；他痛恨一切暗指他不如家父的言論。此外，他最愛受人恭維——他需要旁人不斷提醒他擁有獨一無二的才智與眼光。」

「換句話說，要在他眼皮底下瞞天過海用不了多少力氣。」華生太太尋思道。

「很不幸，確實是如此。他沒有大肆吹噓自己的功績，這也讓我心神不寧。巴納比熱愛高高在上的感覺。要是公司在他手中蒸蒸日上，與我父親掌權時一樣，他肯定會昭告天下。然而他半句話都沒說，代表情勢相當不妙。」

「所以妳準備面對那些問題。」華生太太語氣中帶著讚許。

愛麗絲飢渴地吞下她的讚許。她覺得自己像個等了太久、總算得到糖果的小孩，全心享受那甜美的滋味。

但她畢竟是個成年女性，深知無論糖果有多美味，也無法靠著吃糖維持生命。

是的，她做足了心理準備，可是真正遇上了那些問題，她究竟做了什麼？

「我想看帳目。我想去工廠視察。我想和供應商還有客戶談談，我希望公司能盡早進行徹底的查核。然而我面對的是滿屋子男人，簡直把我當成逃出搖籃的小嬰兒，要是我膽敢暗指他們沒有完美完成職務，他們就一臉不悅。他們甚至試圖說服我的律師請我放棄那些事情，不然會影響到他們的利益，因爲這會增加律師的工作量，也增加律師費的支出——我不確定他們究竟有沒有達成目的。」

她再也無法直視華生太太的雙眼。或許她是無法面對年幼時的自己，那個小女孩心中唯一的夢想就是加入那間製造火車引擎的偉大企業——火車引擎耶！要是那個小女孩知道長大後的自己把這個夢想變成夢魘，她會有多失望呢？

「我碰得到的只有在家兄書房裡找到的簡略報告，以及顯示資金流動的銀行對帳單——雖然只是總額，無法得知公司內部狀況，不過我還是看得出公司深受現金短缺之苦。」

說出這件事的同時，她再次感受到得知這個結論那天的沉沒感。現金是持續經營的血脈，長期缺乏現金的公司，正如同罹患嚴重慢性病的病患。

華生太太的表情也變得凝重。

「家兄買下了好幾間準備翻新、配合我們公司製程的舊工廠。這筆錢花得太過頭，未來的獲益也不太出色——驗收工廠整修結果的人員自然是全體堅決否認這個結論。他們擠出各種會計問題當藉口，攤銷成本之類的，編理由說明爲什麼收入停滯不前。」

「我知道什麼是攤銷成本。我對於長期註銷成本的作法熟悉極了。我也了解攤銷成本的好處是我們可以少付一點錢給國稅局。可是現金流影響到現下的公司營運，無論用了多少會計巫術，都無法解釋現金流的問題。」

「最好笑的是我擁有的資料太少，無法一口說死。要是眞實狀況完全相反，我當然是喜聞樂見。然而，那些人不但沒有給我實際的證據，還只針對我百般阻撓、抱怨、耍脾氣。現在我深信狀況不對勁，非常不對勁。要不是爲了這個案子，我手下的經理肯定會繼續以高姿態壓迫我。我不否認這點，但沒想到會嚴重到這個程度。」

直到說完，她才意識到華生太太精緻的手帕已經被她捏縐了。

不過華生太太看起來一點都不介意。「我們來終止這個嚴重的壓迫吧？」

福爾摩斯小姐也說過類似的話——**現在妳的機會來了**。愛麗絲當然想這麼做。這是她長久以來的期盼。可是——

「要——要怎麼做？」

「親愛的，還能怎麼做呢？妳必須親自踏入考辛公司，終止這場鬧劇。」

愛麗絲的胃袋一擰。有多少個早晨，她看著自己的鏡影，對自己說今天就要終止這場鬧劇，說今天要成爲考辛公司的眞正主人。

然而「今天」不斷變成改天。

「那……明天？」

「不，明天不能。」華生太太堅定地說道：「今天。現在就去。」

「可是我現在的模樣肯定會嚇到他們！」

「妳這兩天遇上那麼多事，不會有人期待妳看起來容光煥發。」

她要如何向華生太太說明清楚？「他們看得出我哭過。」

就算擺出最俐落聰明的模樣，她的經理們還是把她看得扁扁的，那像這樣雙眼紅腫、臉頰帶著淚痕，要如何出現在他們面前？

華生太太歪歪腦袋。「完美冷靜的外表對妳有過半點好處嗎？」

不然還要給他們更糟的印象嗎？「我不認爲自己有什麼時候完美冷靜過，以前我老是緊張又不耐、一臉挫折。」

「那麼現在完美冷靜又有多重要？」

「要是他們不認爲我外表與態度足夠專業，怎麼能認眞看待我？」

華生太太挑眉。「令尊在掌管公司時，都不曾表現出半點不耐或是挫折嗎？」

愛麗絲嚇了一跳。她爲什麼會被這個極度合理的疑問嚇著呢？「呃……他有時候不太有耐心。」

「妳的意思是他不會忍受愚蠢的行爲。」

「他從來不會待人苛刻，不過確實有話直說。」

「那爲什麼他可以有話直說，妳卻不行？」

總算有個她能輕易回答的問題。「他白手起家，打造出這間公司。面對他雇用的員工，他當然有權力有話直說。」

「那令兄呢？公司不是他建立的，他擁有卓越的交際手段嗎？」

愛麗絲再次一驚，在馬車座位上往後縮去。「沒有，可是……」

她沒有把話說完。

華生太太湊上前。「他是依照令尊的遺囑，坐上公司老闆的位置。妳也是透過令尊的遺囑進入公司。妳認爲妳擁有的權益比不過令兄嗎？」

「當然不是。」

華生太太直盯著愛麗絲，她的眼神再次融合了同情與犀利。「崔德斯太太，我可以說得更明白一些嗎？」

她說得還不夠明白嗎？愛麗絲的胃部一陣扭絞。「當然可以。」

「親愛的，妳或許會質疑自己，妳或許真心相信那些質疑。但是妳的疑慮讓我體會到另一件事——那些人反覆指責妳不該留在考辛公司裡，而他們的評斷已經深入妳的骨髓。」

愛麗絲腦中掀起一陣巨響，接著是可怕的寂靜。很久以前，她曾有過一次這樣的體驗，那就是她得知母親罹患致命腫瘤的那一刻。

這回，遭到診斷的人是她。

「可是我從來沒有認同過。」她語帶懇求，希望這不是真的。

不可能是真的。不可能。掌管考辛公司一直都是她的夢想。

「很少有人能完全不受旁人的意見左右；能做得到的女性更少。或許福爾摩斯小姐是其中之一，可是像我們這樣的平凡人必須不斷努力，不讓自己的判斷被外界的聲音覆蓋。」

愛麗絲總是對自己的判斷極有信心。但如果華生太太說得沒錯，那麼她遵循的，究竟是誰的判斷？

「記得嗎？我說過在妳丈夫的事情上，妳沒有做錯任何事。唉，說到考辛公司，親愛的，妳確實做錯一些事。」

愛麗絲慌得心臟狂跳，然而又期盼聽到眼前這位婦人透露她犯下的錯誤——沒有其他人能教她了。「請說，我在聽。」

華生太太微微一笑，彷彿是慶幸愛麗絲沒有被她激怒。「這世界上有許多人手中毫無權勢。

那不是妳的逆境。妳所處的環境給予妳權勢。妳的家境給予妳權勢。可是妳啊，親愛的，怎麼在妳的下屬面前一副毫無力量的模樣，以爲只要裝得夠溫順、裝得夠久，那些在考辛公司占了一席之地的男人就會接受妳。」

愛麗絲不安地扭動。她可以別開臉，但華生太太的視線拒絕放開她。

「若是考辛公司內部風平浪靜，或許妳最終能獲得他們的接納。關於這點，我不太有信心。我們女性打從出生起，就被人教導美德是我們最重要的資產。我對美德毫無意見——我認爲我已經保有夠多美德了。可是權勢不會爲了美德讓步，權勢只會在權勢面前讓步。」

「經過一段時間，或許妳的美德能替妳招來足夠支持，轉化成權勢。可是妳現在沒有時間了。今天，妳走進考辛公司，不是要靠自己的外表來說服任何人，而是發揮妳身爲考辛營造公司合法所有人的權勢。」

「因此，妳別在乎自己的外表。妳看起來好得很。泛紅的眼眶又怎樣？就算妳臉上還掛著淚，那也沒關係。崔德斯太太，妳懂我的意思嗎？」

愛麗絲呼吸急促，腸胃已經打成了死結。華生太太用了如此強勢的詞句，然而是她要面對考辛公司裡輕視她好一陣子的男人。「我——應該吧。」

「親愛的，這樣不行。妳能理解妳今天的目的不是乞求那些人給妳權勢，而是施展妳自身的權勢嗎？」

愛麗絲雙手顫抖——她又把華生太太的手帕捏成了一團。是的，她恐懼施展那股權勢。但她同時也對權勢本身憂心忡忡。權勢。聽見華生太太如此直白坦然地說出這個詞——感覺像她這樣的平凡女子，不該追求權勢，更別說是擁有權勢了。

像我們這樣的平凡人必須不斷努力，不讓自己的判斷被外界的聲音覆蓋。

這就是她嗎？她吸收了太多旁人的斷言，到最後連自己的腦子都這樣告訴自己？

她挺起肩膀，雙手仍舊抖個不停。「是的，華生太太，我懂了。我是考辛營造公司的老闆。現在我該當個稱職的老闆了。」

□

愛麗絲渾身冒汗。

房裡很溫暖，兩座大型壁爐裡燒著熊熊烈火。房裡坐滿了人——感覺每一名負擔某些職責的主管全都擠了進來。大桌旁坐了十六個人，但總人數肯定有兩倍。

在場女性的人數也比平時多了兩倍。

華生太太進門時，全場的目光都聚集在她身上。她稱不上年輕，但外表依舊奪人心神，那是源自靈魂深處的魅力。她的霧面紅褐色衣裙沒有半點花飾，不過看得出質料上等，剪裁合宜。她臉上毫無笑意，冷靜地打量滿屋子的男人，估測他們的斤兩。

愛麗絲剛才向她簡單分析了眼下的景況。她的對手向心力不夠，存在著兩組勢力不太均衡的陣營。其中一組由已故的蘇利文先生率領，基本上是由她哥哥接管公司後加入的成員組成。另一組人數較少，是過去在她父親手下做事的老員工。還有一部分沒有公開表態的人士，他們不夠團結，算不上是第三方勢力，但人數也不容小覷。

愛麗絲坐上主位，長桌另一頭正對著她的是蘇利文先生的左右手懷特先生。她很習慣看到懷特先生坐在這個位子上：過去蘇利文先生裝成是她的朋友時，他會坐在接近桌子中央的位置，讓她以爲他是她最大的對手。

今天他就是這麼一個角色。

華生太太坐到她的右手邊，過去這個位子都是保留給隆斯代先生。華生太太背後站了兩名壯漢，他們衣冠楚楚，卻還是讓人覺得昨晚可能打過一場拳擊——甚至是更無法端上檯面的比試。

華生太太對她點點頭。愛麗絲深呼吸。

「感謝各位前來。」她的聲音有點尖細，不過她逼自己說下去：「華生太太，向妳簡單介紹，這幾位是我的經理和主管。各位男士，這位是華生太太，今天由她擔任我的顧問。」

華生太太依舊沒有笑，露出優雅的表情，對著眾人盈盈低頭示意。房裡的男士不是點頭，就是微微鞠躬回禮。

「考辛公司遭逢巨變。」愛麗絲繼續說道，命令自己放在桌上交握的雙手不要抖。「隆斯代先生和蘇利文先生已經不在了。在座有不少人曾與蘇利文先生並肩奮鬥多年。有些人與隆斯代先生相處的日子更長。這兩位頂尖人才的離開，是我們共同的損失，然而考辛公司還是得繼續走下去。」

「我們首要的任務就是徹底查核公司的財務與營運狀況。過去六年來，從未執行過任何一次查核，嚴重牴觸了本公司每四年就要查核一次的政策。家兄在世時併購了幾間工廠，雖然大幅提高了產能，卻也帶來——」

「崔德斯太太！」

懷特先生打岔的時機與她預料的一秒不差。

又來了。

「是的，懷特先生？」她冷冷回應，即便喉嚨感到乾澀。

「崔德斯太太，我承認我無法相信方才聽到的一切。蘇利文先生和隆斯代先生遭到妳丈夫謀殺，妳卻若無其事地坐在這裡？」

包括她在內，房裡好幾個人倒抽了一口氣。眾人一會兒看著她，一會兒又望向懷特先生。他的一字一句狠狠擊中她的腹部，可是她不能讓他看穿——或是聽出她語氣的轉變。彰顯權勢的手法幾乎就和權勢本身一模一樣。儘管華生太太要她別在意自己的儀容，也還是盡量幫她打理了一番。

「懷特先生，崔德斯探長目前暫時留在蘇格蘭警場等候訊問。調查仍在進行，我警告你不要貿然給他定罪，他隨時都有可能獲釋。」

懷特先生一副想丟東西的模樣。往她身上丟。「他被逮的時候凶器還拿在手上呢。」

他的黨羽對這句充滿攻擊力的發言興奮極了。另外有幾個人坐立不安地換了換姿勢。

「表象不一定就是眞相。」愛麗絲說：「手持凶器的人有可能只是在錯誤的時間出現在錯誤的地點。同樣地，看似友善熱心的人，可能骨子裡完全不是這麼一回事。」

這已經不算暗示了。死者屍骨未寒，她卻說起對方壞話。那人確實值得唾棄，但她從沒想過要在她的盟友面前揭露事實。

懷特先生的下頷肌肉抽了抽，他也沒料到會遭受如此露骨的抨擊。「無論如何，崔德斯太太，我一直以爲妳是來宣布要脫離考辛公司的。」

她一手按住自己帶來的筆記本。華生太太要她準備一、兩樣小道具，讓手有地方放。「請問我爲何有此必要？」

「因爲妳丈夫涉嫌謀殺本公司的兩名高層人員而遭到逮捕！」

她也想大吼，不過她選擇以更柔和、更從容的語調回應：「因此我的心思就不會放在考辛營造公司上頭嗎？還是說這件事讓公司不再屬於我？」

懷特先生氣得滿臉通紅。「崔德斯太太，在這樣的時刻，難道妳分不清輕重緩急嗎？」

她的手移到筆記本旁的鋼筆上。筆記本是她辦公室裡的備用品，但這支筆是羅伯特送給她的禮物，就在他前往「肯特郡」鄉間的前一天。

他們還沒有把兩人之間的齟齬說開。她知道自己不敢打碎最近那脆弱而甜美的和解狀態，提起前些日子的痛苦與不信任。或許他也同樣恐懼，因此他送的這支筆——上頭刻著考辛公司的商標和她的姓名縮寫——意義更加深刻。

我有一把刻了自己名字的佩槍，他是這麼說的，妳也該擁有類似的東西。

她沒有錯過他的暗示——他把她的工作重要性與自己的工作畫上等號。

她以拇指撫過刻痕。「懷特先生，我心中的輕重緩急是基於責任感而決定的。只要是我有職責管理的地方，那麼我就該出現在那裡。我要爲考辛公司的發展背負最終的責任，所以我來到此處。」

「讓殺害蘇利文先生的凶手之妻坐鎮此處，是對他的莫大侮辱。」

一滴汗珠沿著她的背脊滑落。她讓自己的嗓音更加冰冷。「懷特先生，請記得你是在和已故的蘇利文先生的雇主說話。同時也是你的雇主，別忘了。」

椅腳在地上磨擦出刺耳噪音，懷特先生站了起來。「一派胡言！除了創始人，蘇利文先生對這間公司的付出比誰都多。他是隆斯代先生的親戚。如果公司還不屬於他的話，就太不公平了！」

又一顆汗珠溜下她的背脊。她的腳趾在靴子裡用力縮起，心臟跳得像是從馬拉松跑到雅典報捷的士兵菲迪皮德斯一般。

她撫過筆記本邊緣。「隆斯代先生在離開公司時，將他的股份賣給家父。他沒有選擇交給他的親戚。懷特先生，你對他的決定有任何意見都不重要。蘇利文先生不是股東，而是員工，同時也獲得了優渥的薪水。既然公司在我家族手中，那麼他的員工身分並不值得一提。」

懷特先生咬咬牙。「希望我這句話不會讓妳太驚訝——妳不配待在公司裡。」

即便有華生太太的教誨，即便有親愛的隆斯代先生的勉勵，即便她深知一切——但是她差點就要和他有同感。

看他一臉鄙夷輕視。

「懷特先生，這是最後一次提醒，你正在和你的雇主說話。先生，你爲我效命，而不是反過來要我配合你。」

懷特先生發出不耐的嘲諷笑聲。「妳少了我還能如何？我是這間公司不可或缺的一份子。妳不過是個不知道自己立場的女人。」

長久以來，她總是恐懼著這樣的時刻：公開宣戰，正面衝突，徹底決裂。然而現在總算走到這一步，她發現自己不再害怕了。不，她求的就是這一刻。房裡的任何一個人，就算是懷特先生，但萬萬想像不到她是如此好戰。「懷特先生，你錯了。我很清楚自己的立場。我坐在這裡，坐在這張桌子的主位，至於你的位子……已經不在考辛公司裡了。」

沉默幾秒後炸開驚愕的話聲，桌邊眾人面面相覷，確認自己沒有聽錯。

愛麗絲稍稍轉頭。「華生太太，麻煩妳的手下送懷特先生離開。」

她沒有提高音量，這句話卻響遍房內，令眾人安靜下來。

懷特先生肥壯的拳頭往桌面一搥。「妳這個妖女，妳不能這樣做！」

經過布萊頓探長的淬鍊，懷特先生的謾罵幾乎不痛不癢。她冷冷凝視他。「讓我重複一次：懷特先生，你爲我效命。根據你的反叛行爲以及其他瀆職情事，包含而不限於超過五年沒有執行全公司查核，你已經證明了你對我、對考辛公司都不是最有益的選擇。你的聘約到此爲止。華生太太的手下會送你出去。」

「如果要他走，我也要走！」叫金福德的男子大吼。他是考辛公司的資深工程師之一——也是蘇利文先生陣營的忠實成員。

「崔德斯太太，事情可不能這麼幹啊！」老員工之首波拉德先生高喊。

啊哈，這頭老狐狸總算出洞了，他等到對手遭受迎頭痛擊後才冒出來搜刮好處。

「波拉德先生，我們確實不是這樣辦事的。從什麼時候開始，區區一個經理竟能公開侮辱公司的老闆，卻還保得住飯碗？從什麼時候開始，員工可以怠忽職守，用如山高的藉口，隱藏可能曝露他績效不彰的證據？從什麼時候開始，背負公司營運責任的員工可以鄙棄這樣的安排，不爲提高公司業績努力，當公司面臨危機，他們竟然是開門迎接它的到來？」

波拉德沒料到會有如此直接的攻勢，嘴唇開合了好幾次才擠出聲音：「崔德斯太太，妳是怎麼了？令尊可不會這樣說話！」

「這裡有任何一個人對待我如同對待家父嗎？」

「那是，那是因爲令尊不希望妳待在這裡。」狡猾的老狐狸說道。

如此凶狠的答案直接刺穿她的心。她父親排除她的繼承權，要不是巴納比死時沒有留下孩子，公司永遠不會落入她手中——這個事實將永遠刺痛她，就算只有輕微的痛楚。不過那是女兒與父親之間的回憶。

「我個人相信家父會對我遭受的對待勃然大怒。」她的語氣強硬。「然而家父無法來此平息爭議，因此這間偉大公司的行事標準全由我來決定。」

她環視桌邊眾人，迎上每一雙眼。「各位男士，這是你們撤退的絕佳時刻。我已經忍受太久在這間公司裡發生的惡行，不會繼續下去了。若是比起考辛公司，各位更想爲懷特先生和金福德先生效忠，那請現在就出去，我不會留下任何一個不知道自身立場的員工。」

一片死寂。

波拉德先生愣在原處。兩名男子，會計主任費古森先生和出納主任亞當斯先生推開椅子起身。另一名資深工程師哈雷先生半個屁股已經離開椅面，卻又停著不動。

愛麗絲往後靠上椅背。「各位男士，請不要猶豫，請相信自己的決斷。要是留下來，我就當作你承認我是公司唯一合法的所有人。」

「崔德斯太太，這不是對人說話的方式。」波拉德先生抗議道，這回嗓音中多了一絲眞心的恐懼。「妳將會失去大量人才。」

她的胃部一擰，這確實也是她的顧慮，可是她現在已經不能回頭了。她不會回頭。「人才是可以被取代的，波拉德先生。對於摯愛的親友來說，一個人可能是無價之寶，可是在戰場上，就算主將倒下，仗還是要打。一定會有人接下這份職責。一定會有人完成這份工作——成果往往還意外地不錯。能獲得這份機會，接手的人肯定也會更懂得知恩圖報。」

她再次環視全場。「還有人想離開嗎？」

沒有人開口，也沒有人動彈。

愛麗絲對華生太太帶來的壯漢說：「兩位，請你們送懷特先生、金福德先生、費古森先生、亞當斯先生離開這間公司。」

「妳不該如此粗暴！」波拉德先生哀號。

愛麗絲直盯著他。「他們將會收到薪水和個人物品。波拉德先生，我發現你在我的尊嚴遭到踐踏時毫不在乎，卻努力維護那些最樂於看輕我的人的尊嚴。我未來還要不斷面對你的雙重標準嗎？」

「我……爲什麼、這太……不，崔德斯太太，不會再有下一次。」

「謝謝你，波拉德先生。」她冷冷回應。

房裡眾人目送四名男子離開。懷特先生在門邊轉身，對愛麗絲咆哮：「妳丈夫將被吊死，妳再也沒有臉踏進這間公司。」

她握緊鋼筆，拇指滑過刻印。「我丈夫將被無罪釋放，我將永遠統率這間公司，直到我嚥氣的那一天。」

遭到驅逐的前員工離開了。房裡再次陷入寂靜。詭異又清爽的寂靜。她已經筋疲力盡，卻還是坐得更挺。「好了，各位男士，我們要做的事情可多了。」

第十一章

「奧莉薇亞，妳爲什麼老是把妳的手扭成那種可怕的模樣呢？」福爾摩斯夫人咕噥。「給我停下來。」

莉薇亞正忙著舒緩僵硬的手指，不滿地抿唇，卻還是乖乖聽話。但她其實只是把手垂到膝上，讓坐在下午茶桌對面的母親看不到她在桌布下的一舉一動。

現在還是下午茶時段，但日光已經開始消退。這陣子是一整年中黑夜最漫長的時節，感覺太陽才剛升起，就又飛也似地落到地平線下。若是長久缺乏陽光，莉薇亞就會不時感到憂鬱和倦怠。因爲她和夏洛特在法國度過了美妙輝煌的兩個禮拜，一回到家又孜孜不倦地謄寫她的故事，今年的低潮還沒發作。

今天早上，她起得很早，又在書桌前坐了好幾個小時，導致她必須把自己的手掌反折，減輕手指的疼痛。照著現在的速度，她再過一、兩天就能完成這項任務。之後她要做什麼？她還能拿什麼來塡滿時間？

「老天爺啊，眞的是世風日下！」福爾摩斯夫人鄙夷地說著，丟下手中的報紙。「奧莉薇亞，妳自己看看。某個蘇格蘭警場的探長竟然殺了兩個和他妻子共事的人。」

在她父親無情地離家後，莉薇亞眞想徹底躲過母親的魔掌。然而無所事事又靜不下來的福爾摩斯夫人，需要有人在茶席上聽她說話。即便她們兩人總是和對方處不來，莉薇亞也很認真地想過裝病，但最後還是硬不下心腸拒絕陪伴母親半個小時。

倘若是在史蒂芬・馬伯頓先生身旁，她就能輕易地放鬆心情。夏洛特讓莉薇亞覺得自己夠好，而馬伯頓先生則讓她覺得自己出類拔萃。

一想到他，無法名狀的憂鬱瞬間蒙上心頭。

不行，她已經告誡自己別再想起他了。他們的情誼已經結束。他大概已經抵達晴朗溫暖的安達盧西亞，喝著西班牙美酒。或者是在蔚藍海岸，走在漫長的沙灘上，海水拍打他的鞋子。至於她……她被困在這個冰冷潮濕的北大西洋島國，舉目見不到半點陽光。

她接過報紙——或許倫敦的花邊新聞能給她一點消遣——卻差點高聲驚叫。那個喪心病狂的警官，竟然就是可惡的崔德斯探長！天啊，就算她有辦法在全能天神的背後小聲鼓吹各種復仇計畫，也想不出比這個更悽慘的下場了。

等她看完報導，皺起眉頭。夏洛特不會和這件事有關吧？

「什麼？」福爾摩斯夫人大叫：「這到底是什麼鬼？」

還有比崔德斯探長聳動的醜聞還要不得了的事情嗎？

福爾摩斯夫人瞠目結舌，對莉薇亞說道：「這裡有一張給我的五十鎊支票。夏洛特寄來的。」

□

夏洛特抵達考辛太太家時，剛過午茶時間，英古蘭爵爺在門外等候，一手撐傘，在旁邊街燈的光芒下，他的臉龐被打上了戲劇性的陰影。

「爵爺大人，一切順利嗎？」讓他扶著下馬車時，她低聲詢問。

他把傘舉到她頭上。傘面很大，足以讓兩人保持幾吋距離，不過傘下空間還是給予她如同蟲蛹般與世隔絕的感覺。

「我在想上次一口氣和那麼多人說話是什麼時候。」他挖苦似地說道。「幸好隆斯代小姐的晚宴只是小型舞會。」

她離開隆斯代家之後，也去拜訪了幾名賓客，不過他分到的名單遠遠超越了她。「你知道了什麼有意思的事嗎？」

「有個小小的矛盾之處，我不知道對案情有沒有幫助。隆斯代小姐有個朋友葉慈小姐。她提到在宴會上曾與隆斯代小姐的表親普羅特先生聊了幾句。可是後來我去拜訪普羅特先生，他說完全沒有這回事——那一晚他幾乎都在凝聚勇氣，想和另一名年輕女士說上話。」

兩人來到前門的雨遮下，他收起雨傘，動作優雅俐落。她得要努力忍耐，才不會伸出手搭上他的上臂，感受他做如此平凡動作時的肌肉觸感。

她改爲伸手整理自己帽子上的緞帶。「感謝你來這裡和我碰面。」

他回頭看她，微微一笑。「福爾摩斯，要我明說這是我的榮幸嗎？」

他變了。更加放鬆。她看過他休息養神的模樣，但他從未眞正放鬆過——過去他老是緊繃神經，盡全力配合他其實不太認同的社會常理。但現在他已經作了決定……

現在輪到她戰戰兢兢、小心翼翼……

她別開臉，拉了門鈴。

得知考辛太太家的住址時，夏洛特猜想此處不太可能是她的夫家，她過世的丈夫可是大企業的繼承人呢。現在看到屋內擺設，夏洛特可以確定自己沒有猜錯。

屋主花了不少巧思，讓屋內空間看起來更加寬敞——鏡子、椅背和櫥櫃門板的鏤空設計——卻還是無法掩飾這棟房子不大的事實。

不過，客廳精緻的裝潢、淺綠色搭配柔和的金黃色壁紙，相當優雅。考辛太太高雅的氣質又更上一層樓。某些寡婦會被喪服的氣勢吞沒，抹去一切個人特質，然而考辛太太讓夏洛特想到荷蘭畫家的古典肖像畫，五官分明、懾人心神的臉龐襯著陰暗的背景，往畫框外凝視。

「請問我能幫上什麼忙嗎？」她說起話來直截了當。

夏洛特心頭湧上陌生的侷促。

她知道崔德斯探長總認爲巴納比．考辛和艾琳諾．考辛這對夫妻假惺惺的——要他們選的話，絕對不會讓這個工人階級出身的窮小子當自己的姻親。因此她用了這個薄弱的藉口來請英古蘭爵爺同行，期望能藉由他顯赫的家世來解除考辛太太的武裝，提高她的合作意願。

可惜考辛太太不只是守口如瓶。在夏洛特眼中，她一點都不想與外人打交道。她沒有看他一眼，只是透過對面牆上的鏡子朝他一瞥。他的鏡影稍稍勾起嘴角，像是自顧自的微笑。不只是淡淡的愉悅。

夏洛特清清喉嚨。「考辛太太，謝謝妳。一定是有什麼誤會，讓我以爲妳和崔德斯探長處得不太融洽。」

「我們確實沒什麼交情，我也不抱任何期望。不過我的小姑人很好。我不怎麼欣賞她高尚的性情——個人認爲那更接近愚蠢。可是她待人眞誠——像是我從未有過的妹妹——我願意盡一切力量幫助她。」

從前晚崔德斯太太向考辛太太求援的舉動，夏洛特也做出了類似的猜測——這兩名女性之間發展出眞正的情誼。夏洛特已經把她的觀察結果告知英古蘭爵爺，他知道的和她一樣多，然而聽到她說可能需要他在場時，他還是鄭重地點了頭。

這回，她連他的鏡影都無法直視。

她喝了點茶，咬了口隨意拿起的餅乾。「那麼我就開始問了。請問妳認識這兩名死者嗎？」

「是的，雖然我沒辦法告訴妳太多隆斯代先生的事。他與我過世的公公是要好的朋友，幾乎稱得上是靈魂伴侶了。但他八成對於我過世的丈夫深感失望，而我丈夫對他的態度也沒有好臉色。因此我們很少見到他。不過呢，他曾上門弔唁，讓我相當訝異。事實上——」

伴隨著驚慌的馬兒叫聲和尖銳的煞車聲，響亮的哭號聲在屋外炸開。考辛太太跳了起來，雙手按住心口。英古蘭爵爺也起身，來到窗邊往外探看。「沒事的。」他向兩人報告。「有個小孩跑到路上，不過馬車及時煞住。」

考辛太太小心翼翼地走近窗邊，親眼確認只是虛驚一場。「謝天謝地！」她回到原本的位子上，呼吸仍舊急促。「抱歉，我小時候和家人一起遇到很可怕的馬車意外，讓我的兄長身受重傷。一直到現在，類似的聲響還是會讓我驚慌失措。」

「這是人之常情。」英古蘭爵爺說：「要請人再送一壺茶進來嗎？」

「好的，麻煩您了，謝謝。」考辛太太虛弱地笑了笑。

熱騰騰的茶水送上桌，喝完一杯茶，考辛太太平復情緒，再次致歉後開口道：「剛才說到隆斯代先生，對吧？崔德斯太太常常提起他。對於他的善意，她可以說是無比感激——他是考辛公司裡唯一的好人。很遺憾他已經不在人世。」

夏洛特等著她繼續這個話題，但考辛太太只是垂眼盯著自己的雙手，一手緊抓裙子，另一手焦慮地握起又張開。

夏洛特切入今天的正題：「我昨晚去過崔德斯太太家，正好是她接受布萊頓探長訊問那時。根據妳們的談話內容，我猜妳知道她和蘇利文先生之間的爲難處境。她是在什麼時候跟妳提過的？」

比起夏洛特那時也在崔德斯太太家，考辛太太似乎更訝異她竟然知道蘇利文先生的事。「福爾摩斯小姐，妳究竟知道什麼？」她謹慎地問道。

來拜訪考辛太太之前，夏洛特迅速回家了一趟，碰巧遇到華生太太，以及她從考辛公司帶回來的好幾箱帳目紀錄。華生太太向夏洛特轉告了崔德斯太太的自白。「一切。」她說：「我知道她受到蘇利文先生脅迫，也知道宴會當晚她在三十三號的遭遇。」

「好吧。既然她都跟妳說了，那我就可以直言蘇利文先生的事了。」考辛太太還是猶豫地看了英古蘭爵爺一眼。「愛麗絲——崔德斯太太大約是在謀殺案前一週向我提起蘇利文先生。她不想讓這件事造成我的負擔，但最後還是無力自行背負一切。當然了，我曾經警告她提防蘇利文先生，而她沒有慎重看待我的警告。」

她嘴角勾起嘲弄似的弧度——夏洛特感覺這份嘲弄是衝著她自己而來。「我不怪她，畢竟在她認識我期間，我的判斷力看起來不是很可靠。不過就算是靜止不動的鐘，每隔十二個小時還是會準時一次——我對蘇利文先生沒有看走眼。」

「考辛太太，請問妳是從何得知蘇利文先生的人格缺陷呢？」

考辛太太又瞥了英古蘭爵爺一眼，稍一猶豫。「爵爺大人，非常抱歉，我希望只和福爾摩斯小姐討論這件事。」

他立刻起身。「我在馬車上等。考辛太太，祝妳有個美好的一天。」

如果夏洛特臉皮夠薄，肯定早就面紅耳赤。她用了毫無根據的理由約他同行，卻完全沒顧慮到她要觸及的是極度敏感的話題。

他在聖誕節後還要舉辦家宴，肯定很快就要離開倫敦。在那之後，她不知要等到何時才能再見到他……。

等他關好門，夏洛特撫平情緒，開口道：「考辛太太，我必須提醒妳，英古蘭爵爺是這次調查中的重要成員。妳今天告訴我的事，我很可能要與他共享，頂多說得模糊一些。」

「我了解。」考辛太太來回撫摸裙子。「既然妳是夏洛克・福爾摩斯先生的使者，我並不期待這件事不會傳入男性耳中——只要假裝這是我們之間的密談就夠了。」

「考辛太太，謝謝妳。」

考辛太太垂下腦袋。她突然一躍而起，快步走到窗邊，接著走向正對著窗戶的牆邊，然後又回到窗邊。她一手按著額頭，說道：「抱歉，自從得知崔德斯探長落網的消息，我就一直坐立難安。」

她又來回踱步一陣子，停在自己的椅子後方，雙手緊握椅背。「我好氣他——差點就要衝去蘇格蘭警場，好好揍他一頓。我同時也爲她害怕，我怕她要眼睜睜看著他上絞架。」

夏洛特環視客廳，然後移動到酒櫃旁，從酒瓶裡倒出小半杯艷紅的液體——從直衝腦門的香氣來看，這是櫻桃白蘭地。她來到考辛太太面前，把酒杯塞進她手中。「來，喝一點。」

「謝謝妳。」考辛太太的嗓音有些嘶啞。她喝了一口又一口。「一個月前，我可能會說他罪有應得。可是自從他辦完堅決谷的案子之後，她變得——既快樂又患得患失。福爾摩斯小姐，妳知道我的意思嗎？」

夏洛特搖搖頭。

「她的幸福中混雜了濃濃恐懼，生怕這份美好又會在瞬間遠離。就算是我這個早已放棄相信愛情的人，也開始覺得或許他們總算修正了方向，往同一個方向前進；認為他們現在能夠共同承受狂風暴雨，航進安全的港灣。」

她懇求似地凝視夏洛特。「他能平安無事嗎？他們能平安無事嗎？」

夏洛特只能說出先前對葛雷寇太太說過的答案：「考辛太太，恐怕我目前無法回答這個問題。」

她腦中確實有一套理論，可是無法證實，畢竟警方是在死者身旁逮到崔德斯探長，凶器還握在他手中。

考辛太太沒拿酒杯的手握成拳頭。「那我就說出我知道的蘇利文先生，希望能幫得上忙。」

她放下酒杯，再次開始踱步，手指不斷地按壓太陽穴。「我丈夫極少對我提起考辛營造公司，或是他的手下——他不認為女人該參與這類事務。不過蘇利文先生是隆斯代先生的外甥，與考辛公司的連結也更加緊密。」

「這幾年來，我們和他，以及他的妻子吃過幾次晚餐。第一次餐會結束後，我丈夫說『那傢伙就是個馬屁精，不過留在身邊還挺讓人開心的。』那是我對他的印象，直到今年年初才改觀。」

「我丈夫和我一點都不親近，他要的是好看又有好出身的妻子，而我要的是有錢的丈夫，感覺這是構成婚姻的良好基石。」

她的臉龐蒙上陰影，雙手垂落，佇立在客廳中央。「或許都是因為我不斷地流產。」

「我很遺憾。」夏洛特低喃。

「我也是。」考辛太太輕聲說道。「考辛先生把這視為我的重大失敗，氣得要命。我已經很不開心了，還要被他責怪，自然是更加憤怒。我們還沒到嫌棄彼此的地步，不過現在想想，那也只是早晚問題。」

她又直挺挺地站了幾秒，繼續來回踱步。「在日漸緊繃的關係之中，蘇利文先生登場了。那是今年三月的晚餐桌上，他第一次以熟稔的態度和我說話。我的意思是他一副深知我內心煎熬的模樣。聽到他以隱晦的方式道出我的種種掙扎，妳絕對無法想像我當時有多麼震驚。感覺他完全理解我的痛苦，充滿同情心，有種心照不宣的感覺。他對我低語，說那都不是我的錯。只要看我丈夫一眼，誰都知道問題出在他身上。我得要忍受他的不悅和說教，而面對如此狠心對待卻毫無招架之力。」

她在一架小型直立式鋼琴旁停下腳步，神情略顯恍惚，彷彿是再次對蘇利文先生明目張膽的挑撥離間行徑震撼不已。「考辛先生和我幾乎不碰這個話題。聽蘇利文先生侃侃而談，我真的嚇著了。我心下竊喜，卻又對自己感到羞愧。聽到考辛先生被說得像蠢蛋一樣，我心裡忍不住浮現險惡的喜悅。」

她搖搖頭。「我沒有幫我丈夫辯護，也沒有制止他，這肯定讓他壯了膽。下一次我們見面時，他又說起我丈夫的壞話，而我再次聽得津津有味。有些毒藥嚐起來無比甜美，對吧？」

「第三次，他——」她咬咬下唇。「第三次，他在那些固定台詞之後對我求歡。我不想懲罰我的丈夫嗎？那就把他當成復仇的道具來用吧。」

夏洛特一點也不驚訝，只是爲考辛太太的孤單處境感到難過，這使得她逃不出蘇利文先生的魔爪。

考辛太太毫無笑意地乾笑了一聲。「這倒是把我嚇得心慌意亂。我不愛我的丈夫，但我了解自己的義務。我嚴正拒絕了蘇利文先生，結果他突然變了個人，用各種難聽的話來罵我，接著馬上去和我丈夫談。想到他會對考辛先生說出什麼話，我差點氣到中風。」

「不過就我所知，他什麼都沒說。之後我丈夫過世，他的律師告訴我說他只留給我極少的遺產，不想給我更多——讓我再嫁給其他的有錢人。」

她掀起鋼琴的蓋子又放下，掀起又放下，臉上的懊惱轉爲茫然，然後是認命。她緩緩回到原本的位置坐下。「看過考辛先生的遺囑，我收到了一封沒有署名的信件，上頭用打字機打著：『妳是不是後悔沒在我給妳機會的時候給他戴綠帽？你們這兩個窩囊廢。』」

她眼中燃起怒火。「我恨他拿我的痛苦來取樂。等我察覺崔德斯太太將要與他共事時，我請求她務必提防這個人。我感激她對我的付出，可是我們當時還不夠親近，而且如此私密又屈辱的事情，我怎麼樣都說不出口。要是我向她坦承一切，或許她會更加留意。妳肯定知道他的手法吧？假裝能理解她的苦處，藉此贏得她的信任，最終卻還是要欺壓她。」

她喝光那杯櫻桃白蘭地，顫抖著吸了口氣。「我不該這麼說的，但對於蘇利文先生的死，我一點都不遺憾。無論是誰殺了他，都是幫了我們大忙。」

□

夏洛特一踏出考辛太太家，英古蘭爵爺馬上鑽出馬車。

她沒有臉紅，也沒有其他反應，不過喉嚨與胸口湧現同樣由羞赧引發的高溫。他的笑容完全無法幫她降溫。他的帽緣在他臉上投下陰影，卻只使得嘴唇弧度更加惹眼。

她還不習慣見到他如此火力全開、毫無戒備的笑容，或是臉上不加掩飾的喜悅。

或許她感受到的那股瀰漫到全身上下的熱氣，不只是源於羞赧。

他伸手扶她上車時，握著她的手的時間超出了應有的限度。

對於身為情人、前一天才熱吻過的兩人，不過是稍微多牽一下手，而且雙方還都戴著厚實的手套，眞的不該想歪，然而另一股熱流從她的指尖直接竄上肩頭。

「抱歉，浪費了你的時間。」他還沒坐定，這句話就脫口而出。

「剛好有幾位宴會客人住在附近，我就順便去拜訪一下。」他敲敲車廂頂，告知車夫可以出發了。「考辛太太家隔壁就是其中之一，所以一點都不麻煩。」

「可是——」

「我很高興能再見到妳。」

這句話不算什麼——他以前也對她說過類似的話——但是從來沒有這麼輕鬆，毫無保留的坦率。

她完全不知道該如何反應，無論是言語還是情感。他都沒有逼迫她，但他真的變了，這樣的改變……感覺她就像是熬了無數個冬季的種子，被人種進溫暖的土壤，澆上充足的水分。她的心中好像有什麼東西膨脹萌芽，從內側爲她帶來極大的壓力。

她簡單轉述崔德斯太太今天早上向華生太太說過的話，以及方才從考辛太太口中得知的過往。

他陷入沉默，凝重的沉默。「我也曾遇過這樣的人，但我是擁有後盾的男人，因此對他們的惡劣手段幾乎免疫。世上與考辛太太和崔德斯太太處境類似的人可就沒這麼好過了。想到那些財富地位遠遠不及她們的女性，以及她們面對的蘇利文先生的同類，我就忍不住難過。」

她凝視著他。對他而言，權勢並不是征服的同義詞，而是需要謹慎使用、負擔責任。他仔細關照與自己有過交集的每一個人，有時甚至賠上自己。

「妳不認爲考辛太太的應對助長了蘇利文先生的惡行嗎？」

他堅定地搖頭。「只要是人，心裡都會有弱點。弱點不等於惡意。若真要我說，我可以說她作出了不太正派的選擇，但不會用她犯下的錯誤來合理化蘇利文先生的手段。」

「很高興你這麼想。」

他望向馬車窗外，臉上浮現若有所思的表情，然後又回頭看她。「我以前對妳這麼說過：有許多事情我明明可以理所當然地欣然接受，是妳讓我開始質疑那些事。不過我還沒說過我很慶幸自己這麼做了。如果沒有妳，我會和現在完全不同，而且是比現在還要低劣。」

夏洛特花了一點工夫才理解心中那股奇異、飄飄然，卻又讓她有些不安的感覺是什麼。她被稱讚了，但她不覺得自己有這麼好。

兩人的視線相交。馬車轉了彎，車上的提燈搖搖晃晃。路旁有個小販高聲兜售新鮮又芬芳的聖誕花圈。

她覺得自己應該要說些什麼，但究竟要如何回應如此意義重大的告白呢？她舔舔嘴唇，張開嘴，說出口的卻是：「我……我真想知道蘇利文太太是什麼樣的女性。」

□

蘇利文太太是個嬌小豐腴的女子，眼神四處亂飄，擱在膝上的手指交纏又鬆開，一副驚弓之鳥的模樣。

她整個人被喪服吞噬了。在包著華麗襯墊的椅子上，她看起來活像是一大堆擱在椅子上的衣服。

事實上，這間客廳的花稍裝潢也差點將她淹沒。牆上掛滿了大大小小的圖畫，像是一塊塊馬賽克磁磚似地填滿四面牆。家具的木頭表面也幾乎不見蹤影，全都被鑲嵌飾品、金銀花草、鍍金女神像給堆疊覆蓋。

夏洛特見識過布置得更狂野的屋子，莉薇亞的評論是「妓院加上馬戲團」。蘇利文太太的客廳沒有透露出任何設計概念，只讓人覺得彷彿走進了拍賣會的倉庫，隔天就要舉辦盛大的公開拍賣，商品堆得雜亂無章。

夏洛特喜歡這房間，連蓋在窗戶鏡子上的黑布也無法消除這份俗麗。她不禁想到英古蘭爵爺肯定猜得到她對此處的喜愛，唇邊勾起一抹笑意。

可惜他沒陪她進這間屋子，而是前去拜訪下一組事發當晚的賓客，只說若是他結束得夠早，就在冷街會合，那是她今天排定的最後一個行程。

「蘇利文太太，感謝妳答應見我。」夏洛特說：「抱歉，在這個悲傷的時刻上門叨擾。」

「沒關係的。」蘇利文太太年近三十，嗓音卻與少女無異，若是被誤認爲孩童也不意外。「大家不讓我這個寡婦做太多事。我姊姊來幫我顧小孩，我母親負責應付訪客，蘇利文先生的表親會安排好葬禮事宜。除了哀悼──還有穿上一件又一件喪服──我在這個悲傷的時刻，沒有其他事情要做了。」

夏洛特挑眉──對陌生人如此坦白的人，往往希望對方能有點反應。「原來如此。」她裝出難掩滿心震驚的語氣。

看來她的反應正中紅心。蘇利文太太湊上前。「福爾摩斯小姐，我能爲妳做什麼？」

「呃……對，我代表家兄夏洛克．福爾摩斯來此，他同意協助崔德斯太太查出本案眞相。」

「嗯，這我知道。福爾摩斯先生的來信說得很清楚。希望你們能查得比警方還要徹底。那個霍威警長來這也沒問什麼問題，特別是我，因為我沒有參加那場宴會。」

正如夏洛特所料，這名女子需要關注。既然她丈夫不斷與旁人的妻子勾搭，可以合理推測他沒在自己妻子身上投注足夠的感情。

「或許霍威警長不想在如此敏感的時刻冒犯妳。」

「哈！」蘇利文太太不屑地擺擺手。「他才沒這種心思呢。他對我毫無興趣，只問了幾個我無法回答的問題，比如說蘇利文先生那天晚上幾點出門、他是否認識崔德斯探長什麼的。」

有意思。「妳不知道蘇利文先生當天幾點出門嗎？」

「那天他沒有回家，一定是下班後就直接過去了。」

「這是常見的安排嗎？」

蘇利文太太聳聳肩。「他沒帶我出席社交場合也不是新鮮事了。我想他是覺得我太笨拙了，配不上那些他想套交情的上流人士。」

夏洛特不會用笨拙來形容蘇利文太太，但她看得出蘇利文先生是如何蔑視她爭取注目的舉動，更何況她也沒有吸引眾人目光的美貌。

「蘇利文太太，妳說妳不知道蘇利文先生是否認識崔德斯探長？」

「他從沒提過和那個人見過面。可是我丈夫也沒跟我說過太多。」蘇利文太太可憐兮兮地說道：「既然我都已經笨了，妳不認為他至少不該讓我太無知嗎？」

夏洛特還在思考要如何回應時，蘇利文太太誇張地嘆息。「說不定霍威警長之所以沒有多問，是因爲我丈夫顯然是意圖染指其他男人的妻子而遭到殺害。」

夏洛特先前爲蘇利文太太的發言擠出震驚與不悅的表情，而現在她擺出瞠目結舌的模樣。吸引旁人注意並不容易。如果蘇利文太太想靠揭露私事來達成目的，那她自然就要拋出更加不爲人知的細節。夏洛特有些訝異她竟然這麼快就說到重點。

她輕聲驚呼，讓蘇利文太太感覺自己的宣言達到了效果。「蘇利文先生沒有——沒有親口跟妳說過他『意圖染指其他男人的妻子』吧？」

「喔，有啊。」蘇利文太太坦然的語氣，就像是證實她丈夫昨晚帶了一束花回家送她似的。她捧起繡框，把針頭戳進框上的手帕。「我丈夫是個罪惡的男人，而且還對自己的罪惡得意洋洋。」

夏洛特輕輕拉開領口的象牙浮雕胸針，清清喉嚨。「那麼『其他男人的妻子』指的是崔德斯太太嗎？」

「沒錯。可是她不想讓他稱心如意，所以他跟她說要在她丈夫面前造謠。」蘇利文太太的針頭換了個角度刺下。「我老是說他總有一天會被人宰了，做出那種事情，肯定不會有好下場。他就是瞧不起神聖的一夫一妻制，無論是自己還是別人。我向他說過上帝會找個被他激怒的丈夫來懲罰他。」

即便在如此感傷的情境，夏洛特仍不相信蘇利文夫妻之間的關係僅止於無助的妻子手足無措地面對丈夫狼心狗肺的惡行。蘇利文太太的能量與自我爲何能不受那個擅長攻擊旁人弱點的男人摧毀呢？

她再次清清喉嚨。「蘇利文太太，妳不認爲或許該向崔德斯太太示警，讓她知道妳的丈夫心懷不軌？」

「可是他對任何人都心懷不軌，我該警告全世界的人嗎？」

夏洛特把眼睛瞪到誇張可笑的程度。

蘇利文太太心滿意足地繼續說下去：「而且他還是個說謊精。只要遇上哪個充滿魅力的已婚女子，都會跟我說他要去和對方搞外遇。我花了好幾年才搞清楚他只是想取笑我聽到之後的反應。他有時候會找上對方，有時候不會。成功的機率更低。我自己都不確定他是眞的要出手，還是說著玩的，那我該先去警告誰呢？」

夏洛特看過不少變了調的婚姻，但沒有一對夫妻像蘇利文一家這樣既互斥又相吸。

她裝出試探般的語氣：「蘇利文太太，妳不在乎妳說的話會損害蘇利文先生的名聲嗎？」

蘇利文太太哼了聲，針頭狠狠刺進手帕。「我丈夫早就沒什麼名聲可言啦。看到報紙把他寫成那樣，我差點笑出來。英俊又受歡迎？哈！他還在學校的時候，那張臉可能還過得去。受歡迎什麼的，我看大家只是敢怒而不敢言，就怕跟他撕破臉。」

夏洛特又把臉擰成一團，臉頰的肌肉開始痠痛。「蘇利文太太，容我問一句——妳丈夫不想帶妳出席宴會，只是因爲妳『笨拙』嗎？」

「他說崔德斯太太會獨自出席，如果我也在場，會給他的離間大計扯後腿。」

黑色的幾何滾邊在白布上漸漸成形——蘇利文太太正在繡治喪用的手帕。

「妳什麼時候注意到他沒有回家？」

「我沒喝鴉片酊就睡不好，但要是喝了鴉片酊……會睡得有點太好。那天晚上我沒有別的事做。他不在家。孩子們洗過澡睡了。我在自己房裡吃了簡單的晚餐，看了點書，最後喝了鴉片酊——沒必要熬夜等他回來，然後想著他有什麼盤算，把自己折磨得半死。反正他一回來，那張嘴是什麼都關不住的。」

「但沒想到是我的女僕敲我的房門把我吵醒，說警察在門口，要和我說話。」

「妳剛才跟我說的話，也跟警察說過了嗎？」

夏洛特眞想看看霍威警長的表情。不過身爲經驗老到的執法人員，他可能連一根睫毛都不會動。

「我只說我丈夫不喜歡崔德斯太太，反正我確實知道的也只有這個。他完全沒把她放在眼裡，說她不該踏進考辛公司，試圖自己處理公務。」

蘇利文太太回答時，臉上飄過一抹算計——或許蘇利文先生認定他的妻子笨拙，但她很清楚要如何挑選聽眾。

現在來到了夏洛特最感興趣的問題了。「蘇利文太太，妳對妳丈夫的死有什麼感受？」

新任寡婦雙眼一亮。「我一點都不難過。或許晚點才會產生哀悼的心情吧，不過現在我只覺得震驚。我以為像我丈夫那樣的惡人，肯定能長命百歲，他們的惡意簡直成了護身符。誰想得到他會英年早逝呢？或許上帝真有長眼。或許世間的壞胚子都該小心點。」

第十二章

夏洛特來到下一站——謝天謝地，是今天的最後一站——冷街三十一號，她要測試隆斯代小姐的視力。不過向蘇利文太太告辭之後還有一點時間，於是趁機去了趟崔德斯家。

崔德斯太太不在家，不過她的管家葛雷寇太太指了指附近的一處公園。那是座占地不大、四周以鑄鐵柵欄包圍的公園，在這個時段，在斷斷續續的雨中，只有崔德斯太太一個人，身上披著雨衣，走在狹窄的小徑上。她的馬夫兼男僕的寇克瑞守在柵門旁，留意她的安全。

「福爾摩斯小姐！」看到夏洛特時，她驚呼道。「一切都還好嗎？」

「沒有任何問題。」夏洛特跟上她的腳步。在馬車上或是客廳裡坐了大半天之後，能到外頭走走眞是不錯。「恭喜，我聽說了妳今天在考辛公司的重大斬獲。」

來自鄰近街燈的光芒只夠照亮崔德斯太太有些顫抖的笑容。「總算能發揮一點魄力，我不否認確實是暢快極了。妳請華生太太來幫忙，實在是感激不盡。其實是她跟我說回家後要出門散步一會兒，說我得好好發洩一下整天累積的緊繃。」

「華生太太這個盟友的價值無法估測。」夏洛特誠摯地應道。「今天下午見到她時，她已經開始審閱考辛公司的帳目了。」

似乎是受到腦中思緒刺激，崔德斯太太加快了腳步。「她趕得及嗎？布萊頓探長跟我說他要——他要在聖誕節之前正式起訴崔德斯探長。」

「我們正以全速調查。」夏洛特一手搭上崔德斯太太的手臂。「可以請妳讓我看看府上的幾樣東西嗎？」

崔德斯太太深呼吸了幾次。「那我們回去吧。」

兩人離開公園。寇克瑞維持著禮貌距離，遠遠跟在後頭。

「我也要多問幾個關於宴會當晚的問題。」夏洛特說道：「我能理解這是個讓人不快的話題，不過可以請妳回想一下，蘇利文先生在三十三號非禮妳之後，讓妳得以脫身的契機究竟是什麼？」

崔德斯太太咳了幾聲，回頭望了寇克瑞一眼。他已經離得夠遠了，但她還是壓低嗓音。「那是一聲巨響，把蘇利文先生嚇了一跳。所以我才有辦法逃走。」

「什麼樣的聲響？可以說得更具體嗎？」

「呃……要我猜的話——請別忘記我當時完全慌了——真要我猜的話，我覺得更像是樓上某處有扇門狠狠被甩上。整棟房子幾乎因此而晃動。」

「妳確定嗎？」

「在那種狀況下，我只想得到這個。」崔德斯太太皺起眉頭。「我不只一次納悶到底是什麼狀況——或是誰——能弄出那道聲響。我在心裡自問那是不是我丈夫，畢竟我闖進那棟屋子也是爲了他。可是我……我……」

「可是妳不希望那是妳丈夫，因爲那只會進一步坐實布萊頓探長的理論——崔德斯探長在盛怒之下殺了蘇利文先生。」

崔德斯太太將雨衣前襟拉得更緊，彷彿是突然感受到寒意，不過她的語氣相當堅定。「後來我不認爲那是他。如果眞的是他，如果他知道是我，一定會趕來隆斯代先生家，確認我是否平安無事。」

這名女子擁有堅不可摧的信念。

正如英古蘭爵爺。

夏洛特到現在才察覺到這一點，過去她還不習慣把這樣的詞彙放進腦海，但他把他的信念放在她身上，放在她這個不一定能全盤理解人類情緒的女子身上。

「我會好好記住這點。」她說：「那是妳最後一次見到蘇利文先生？」

「是的。」

崔德斯太太明顯鬆了一口氣，即便蘇利文先生再也無法侵擾她。

「還有隆斯代先生——妳最後一次見到他是在什麼時候？」

「回到三十一號之後，我碰巧看到他在跟管家柯特蘭太太說話——他們離我躲藏的衣帽間很近。」

「是在妳躲進衣帽間之前，還是之後？」

「之前。我當時還想著不希望他們看到我，他們也眞的沒有。至少隆斯代先生沒看到。」

沉默降臨。兩人的靴子此起彼落地敲打著濕答答的人行道。吹起一陣寒風，晃動街道兩旁光禿禿的樹枝。她們走過一間在窗邊放著鮮艷聖誕樹的屋子，屋裡有人用鋼琴彈起〈平安夜〉，樂聲輕細而清脆。

崔德斯太太咬咬上唇，恐懼與好奇心相互拉鋸。「福爾摩斯小姐，可否請教妳問這些問題是爲了什麼？」

「我想知道製造出那道巨響的人是否有可能就是隆斯代先生。若眞是如此，我就能猜測他和蘇利文先生在妳離開之後發生了激烈爭執。」

「什麼？」崔德斯太太提高嗓門。

她匆忙看看四周，才激動地小聲追問：「妳這是在暗示蘇利文先生隨後拿我丈夫的佩槍殺了隆斯代先生？」

「假如崔德斯探長沒有殺他們，現場也沒有其他人行凶的跡象，那我們得要考慮這個可能性。」夏洛特提出自己的論點。

當然了，冷街三十三號的屋外柵欄上卡了一塊碎布，可能就是凶手離開現場時不愼留下的證據。但要說服蘇格蘭警場，可得耗費一番工夫。

「那蘇利文先生又是怎麼死的？」崔德斯太太眼中滿是懷疑與不解。

「他有可能自殺。」

「不，他不會這麼做。」崔德斯太太說得篤定。「假如他眞的射殺了隆斯代先生，一定會盡全力脫罪，而不是自殺了事。他這個人心裡只有惡意與虛榮，不會爲了一時驚慌而走上絕路。」

雖然夏洛特提出了這個情境，但崔德斯太太的論點則是有證據支持。蘇利文先生並不是死於近距離槍傷。也就是說，槍口並沒有抵著他的額頭，他殺的機率還是比較大。

兩人來到崔德斯太太家後方，她打開門，焦慮地低聲詢問：「福爾摩斯小姐，妳還有想到其他可能性嗎？」

夏洛特搖搖頭。「全都不值得一提。」

崔德斯太太露出不屈的微笑。「沒關係，還有時間。離聖誕節還有三天呢。」

她領著夏洛特來到崔德斯探長的更衣室，裡頭整理得很好，夏洛特一眼就能看出他平時會把佩槍收在哪裡。

夏洛特低頭觀察那個抽屜，裡頭只有一盒沒開的子彈，包裝紙邊緣還黏得死緊。

「葛雷寇太太說她有跟妳提到崔德斯探長問起屋裡是否有東西遺失。」崔德斯太太說：「我和她都認爲這把槍在他上回出遠門之前就不見了。妳也看得出來他沒有帶走子彈。打算用槍的人一定會連子彈一起拿走的。」

她的語氣中帶著一絲哀求，即使她很清楚蘇格蘭警場只會主張他從別處取得彈藥。

夏洛特關上抽屜。「可以把他近期從外地寫給妳的信交給我嗎？」

崔德斯太太意識到夏洛特不打算針對子彈發表意見，眼神暗了幾分，但她還是維持平靜的語氣。「那些信被布萊頓探長帶走了。不過我可以給妳信封——我把所有的信都拿出來，不想讓警方發現郵戳和他的信件內容不一致。」

夏洛特在門邊等著，穿上大衣——她得立刻前往冷街三十一號，不然就要遲到了——崔德斯太太拿著信封回到一樓。她把信封收進口袋。「崔德斯太太，今天早上在蘇格蘭警場跟崔德斯探長談話時，他說夏洛克．福爾摩斯只要發揮平時的水準就很足夠了。妳懂他的意思嗎？」

崔德斯太太一愣。「他應該只是希望福爾摩斯先生再次大顯神威吧？」

兩人互相道別。夏洛特握住門把，又轉身直視崔德斯太太的雙眼。「崔德斯太太，我知道情勢看起來相當不樂觀，時間急迫。不過，短短兩三天內可以發生很多事。昨天，甚至是今天早上妳起床時，妳能想像得到自己會在今天獲得考辛公司的決策權嗎？」

「同樣地，目前幾乎沒有證據能證明他無罪，但還是有可能從中得到收穫。或許今天我沒辦法提出可行的理論，但這不代表我明天想不出來。所以，請妳別拿最糟的結果來折磨自己，只要堅持相信我們這些努力幫崔德斯探長洗清罪名的人就好。我從來不會提早給出承諾，可是我總能完成委託。」

她低頭行禮。「崔德斯太太，祝妳今晚一切順心。」

□

莉薇亞關上臥室的門，轉身靠上門板，呼吸沉重。

福爾摩斯夫人從收到五十鎊的震驚狀態中恢復過來之後——竟然還是從夏洛特手上得到這五十鎊！——已經在客廳裡來回踱步了整整半個小時，猛扯頭髮，深信夏洛特受到某個男人的庇護，拿她的身體換取零用錢，真是太罪惡了。

不過，她的道德困境就只持續了這半個小時。之後，她的心思就全部轉向要如何花用這筆錢，好好享樂一番。她口中飄出數十個美妙的計畫，其中有好幾個令莉薇亞瞠目結舌。

去尼斯過冬？福爾摩斯夫人知道那要花多少錢嗎？其實莉薇亞也不知道，但若是到了那處貴族級的渡假勝地，這五十鎊能比兩先令在他們這個小村莊撐得更久，那才是大新聞呢。

她什麼都沒說——不去打擾母親越演越烈的白日夢才是上策。到了最後，福爾摩斯夫人的幻想全數破滅，癱坐回椅子上。「可是我哪裡都去不了，對吧？妳還沒嫁出去，還賴在家裡，也就是說我這個母親得要負起責任，待在家裡陪妳。」

莉薇亞馬上跳起來，只待福爾摩斯夫人的悶氣爆發，衝著她來的冗長訓斥即將揭開序幕。「我還沒開始寫要寄給奧本蕭一家的聖誕卡片！不趕快寫就來不及啦！」她大叫。

然後逃之夭夭。

莉薇亞嘆了口氣，背還貼著門板，雙手掩面。她暫時逃過一劫，但明天她母親的怒火肯定還是會狠狠地燒向她。

或許她該寫封信給夏洛特，但又不想讓夏洛特知道自己的一番好意害得家中雞飛狗跳。

她想不出還能做什麼，橫越房間，從隱密處取出筆記本，裡頭是這篇故事的最後四分之一。

她翻開紙頁，一張照片從筆記本裡飄了出來。

照片上的人是她，她還是第一次看到這張照片。照片中她坐在桌邊，桌上放了一杯杯的葡萄酒和一籃切片長棍麵包，而她則以側臉對著鏡頭。光線不太夠，但足以照亮她臉上的喜悅。

她的心臟一揪。

上個禮拜，在巴黎，她與馬伯頓先生一同度過了幾個小時的時光，在杜樂麗花園和聖心堂探險。他帶著偽裝成厚重書本的間諜相機，拍了幾張她的照片。

後來，他們在一間小餐館歇腳，空氣裡洋溢著香草與燉湯的香氣。她盯著店外熙來攘往的街道，想像到了夏天，沿途的榆樹全都綠意盎然，不知會是什麼樣的光景。

只要有他在身邊，人生總是充滿了可能性。

但他已經離開了她的人生。

他就像是來去匆匆的耀眼彗星，照亮了整片天空。可是無論有多麼明亮獨特，彗星畢竟只是過客。它們從天堂的某個神祕國度來訪，接著消失無蹤，只留下炫目的記憶。

是的，她是該沉浸在悲苦和遺憾之中，她擁有的太過短暫。然而，當她凝視著自己的影像，想起他拍下這張照片後的調皮笑聲，感受到的卻不是悲傷，而是從心臟流向肺葉的冰冷恐懼。

她為什麼要為他感到害怕？拜託，他只是顆流星啊。

她放下照片，坐到書桌前。過了十五分鐘，她才冷靜下來，繼續謄寫稿子。

這回，隆斯代小姐接待夏洛特時，臉上戴著眼鏡，金屬邊框配上玳瑁鏡腳。不過眼鏡很快就被收進她的口袋裡，因爲夏洛特是來測試她在宴會當晚的情境之下能看清多少。

三十一號的窗戶原本都被象徵喪家的黑布緊緊覆蓋，但現在一樓和二樓的窗簾都被拉開，大放光明。隆斯代小姐披著長版黑斗篷，照著她的印象站在花園裡的定點。

夏洛特要她閉上眼睛，每次睜眼時，夏洛特又會布置不同的測驗題目。有時派男僕站在三十三號的後門旁，有時換成女僕，有時半個人都沒有，有時兩名僕人都在。隆斯代小姐瞇細雙眼，幾乎每次都能正確分辨出門邊站了什麼人，除了其中一次，兩名僕人排成一列，她以爲只有女僕在場，因爲她的連身裙輪廓比較大。門邊沒人時她也沒有誤判。

經過一連串測試，夏洛特認定她可以信任隆斯代小姐案發當晚的判斷——一名女子從後門進入三十三號——然後向兩名僕人道謝，而一直在旁邊盯著的柯特蘭太太，則將僕人帶回屋裡。接著，夏洛特走向花園，向隆斯代小姐道謝。

「不，福爾摩斯小姐，我才要感謝妳如此盡心盡力。」她應道。接著，她壓低嗓音，即便周圍沒有半個人。「你們有什麼進展嗎？」

她疑問中的焦慮顯而易見。「妳在替崔德斯探長擔心。」

隆斯代小姐緊張地點頭。「崔德斯太太人很好——我眞的不希望凶手是她丈夫。探長本人也很體貼。我們一起吃飯的時候，他還很認真地問起我的實驗。」

要是崔德斯探長因為殺害隆斯代先生而上了絞架，這兩名女子還有辦法與對方見面嗎？

「我有了一些事證。」夏洛特說：「不過還不確定要如何拼湊在一起。或許妳可以助我一臂之力。妳有空陪我在花園裡走一圈嗎？」

隆斯代小姐雙手按住心口。「喔，我就在等妳這麼說。成天盯著房間的牆壁真是太可怕了。我搞不清楚為什麼悲痛欲絕就要足不出戶，可是柯特蘭太太說伯父才過世沒幾天，我不能出門，就算只是自己在這個庭院裡走走也不行。」

夏洛特相信這名年輕女子肯定很不好受，特別是她投注大量心力的實驗室也在那一夜化為烏有。夏洛特今天喝的茶、吃的餅乾不少，也需要活動一下，才能恢復胃口，以容納晚餐的點心。

花園又暗了幾分──三十一號的黑色窗簾再次拉起，空房的燈光一盞盞熄滅。

「隆斯代小姐，根據妳的看法，妳伯父是否有可能因為他擁護崔德斯太太而遭到殺害？」夏洛特問道。

隆斯代小姐領著她走上一條花園小徑，從口袋裡掏出眼鏡，重新戴上。「或許蘇利文先生可能會因此遇害，不過我伯父不懂得這些把戲。」

「他不需要玩弄權勢，有可能單純因為支持崔德斯太太而喪命。」

兩人經過一棟燈火通明的屋子，隆斯代小姐的鏡片反射燈光。「我──我不這麼想。」

「為什麼？」

「我不質疑他對崔德斯太太的處境有多麼同情，也不會質疑他的正直──他絕對不會表面上聲援她，卻在暗地裡扯她後腿。可是──」她吁了一口氣。「如果我是崔德斯太太，肯定會對他的支持感到──」

隆斯代小姐放慢腳步，戴著手套的雙手在胸下交握，擰成一團。「無論我怎麼說，聽起來都像是在反對這位如同父親般栽培我的偉大人物。跟妳說，我伯父是個成功人士，他工作努力，也獲得了相應的報酬。上天待他不薄，因此他相信每個人都擁有同樣的遭遇──只要照著他的作法，大家都能獲得同樣豐碩的成果。」

「『堅持下去，』他對崔德斯太太這麼說。『要有耐心。終究會有好結果的。』他的建言沒有錯。可是他沒考慮到在自己努力付出的同時，還有老考辛先生當夥伴。老考辛先生是個講義氣的人，他全力確保我伯父不會少拿半分好處。而崔德斯太太身旁只有蘇利文先生和他的同黨。」

換作是別人，或許會用她最後一句話的語氣說：**崔德斯太太簡直就是跌進了龍潭虎穴**。夏洛特早已感覺到她對這名表親沒什麼好感，但現在看來，隆斯代小姐不只是討厭蘇利文先生──她更瞧不起他。

「所以，依妳所見，隆斯代先生雖然立意良善，但是他對崔德斯太太的支持還不夠有力。」夏洛特說。

「是的。」隆斯代小姐將斗篷重新拉好，彷彿是覺得肩膀有些拘束。「他不了解自己的地位與權力──他不知道在考辛公司內外，有多少人敬重他。崔德斯太太不想開除所有反對她的人，因爲怕會影響公司的營運，更何況她還是個女人。但若是他站在她身旁，和她一起處理棘手的人事問題，她就不會遭受到那麼嚴重的抨擊。」

「他沒有那麼做是因爲他認爲自己不過是個退休人士，在公司裡沒有任何立場，不該掀起重大變革。他對崔德斯太太眞的很好，但他給予她的援助還不足以引來殺機。」

她努力維持平鋪直敘的語氣，可是夏洛特聽出了她滿心的挫折。夏洛特想起這個月隆斯代家和崔德斯家吃過兩次晚餐。看來餐會之後，男士們留在用餐室喝點小酒，而女士們則移到客廳，又針對崔德斯太太的處境討論了一番。

小徑帶著她們繞過一片樹叢。「那裡！」隆斯代小姐突然高聲說：「那是我叔父最喜歡的地方。」

夏洛特看到地面隆起了一座小丘。

「妳可能看不清楚。」隆斯代小姐繼續說：「那座山丘上擺了一張長椅，他夏天最愛坐在上面。有些鄰居也同樣喜愛那個位置，最後他們開了會，討論如何分配那張椅子的使用時段。」

「那是七年前的事了。後來我都叫他們長椅密會。我伯父很中意這個名字，也常掛在嘴邊，把它當成我們人生中重要的分水嶺。比如說我問他：『你記得那件事發生在什麼時候嗎？』他會說：『喔，那是長椅密會成立之前十五年的事了。』」

她自顧自地輕笑一聲，但尾音聽起來帶著哭音。

夏洛特低頭看著小徑，直到路面轉了個彎。「崔德斯太太對我說過蘇利文先生騙了她。他假裝關心她，事實上是在破壞她的努力，害她無法掌握自己的公司。妳想妳的伯父會不會得知這件事，然後找蘇利文先生對質？」

「然後蘇利文先生殺了他？」

「姑且不論誰殺了誰。我們還在尋找妳的伯父和他的外甥雙雙遭到槍殺的動機。無論是以前，還是最近，妳有沒有察覺到蘇利文先生和隆斯代先生之間有什麼不對勁？」

「我伯父對蘇利文先生漠不關心。」隆斯代小姐依舊對這個話題感到困惑。「相信蘇利文先生對他的態度深感不滿，但他們兩個長久以來都是如此。」

「隆斯代先生爲什麼不喜歡蘇利文先生？」

「蘇利文先生曾經想拍我伯父的馬屁，但我伯父才不在乎旁人的恭維；他覺得那都是不切實際的花言巧語。」

夏洛特繼續深入這個話題。「既然妳伯父已經不喜歡蘇利文先生了，要是讓他得知蘇利文先生與崔德斯太太之間的不愉快，這份不滿是否有可能惡化成憎恨呢？」

隆斯代小姐停下腳步。「崔德斯太太有跟我伯父說過什麼嗎？」

「沒有，她說在警方問話前，她從沒和任何人提過任何事。可是妳伯父說不定已經察覺到了？」

隆斯代小姐用力搖頭。「我伯父這個人很單純。這是他最大的優點，但同時也是……他最大的限制。他爲人正派，人生也一路順遂，因此往往無法體察到在別人眼中無比明顯的事。」

「比如說？」

隆斯代小姐再度邁開腳步，沒有回答夏洛特的問題。等到她們幾乎走過半個花園，隆斯代小姐才再度開口：「我想——我想我可以信任妳，福爾摩斯小姐。我跟妳不是很熟，可是我感覺得出妳不是個……會被先入爲主的觀念困住的人。」

夏洛特認爲自己的確如此，但她從沒在調查過程中受到案件關係人如此評價。「謝謝妳。」

她的答案更像是疑問。

隆斯代小姐用力吸了口氣。「妳問我伯父有沒有察覺到什麼。只要我們來到倫敦，就會招待蘇利文先生和他太太吃飯。可是這麼多年來，伯父從沒意識到我一點都不喜歡接近蘇利文先生。他不斷和這個毫無感情的外甥見面，因爲蘇利文先生是他最愛的姊姊的兒子，這是他該做的。」

夏洛特漸漸理解到隆斯代小姐爲何猶豫了這麼久——爲何她要等到確定夏洛特不會抱持偏見之後才提出這個想法。

「家父是伯父年紀最小的弟弟。我的外祖父是聖公會傳教士，而外祖母是獅子山的解放黑奴後裔。家母生於自由城，不過大半輩子都在倫敦度過。她在這裡與家父相識、結婚、下葬。」

「家母熱愛閱讀歷史書籍，雖然她在我小時候就過世了，但我還記得她要我一定要了解歷史，無論是個人的、部落的、國家的，最後遍及整個世界。」

「所以在我的成長過程中，我乖乖地研究歷史。最近幾個世紀，黑人的境遇都不太好。於是我轉爲研究大英帝國各處廢除奴隸制度的紀錄。看起來實在是一件普天同慶的好事，正義與人性終將獲得勝利，幾乎就像是童話故事的結局。」

「可是現實生活中根本沒有什麼從此以後過著幸福快樂的日子吧？隨著時光流逝，反對解放運動的勢力越來越龐大。首先是湯馬斯．卡萊爾【註】的論文，質疑非裔後代是否有能力掌握自由。接著是英國國內產生對美國南軍的支持聲浪。近年來，這一派人士提出了在廢除奴隸制度之初絕對不會出現的論點。」

隆斯代小姐先前不斷地望向夏洛特，但是在那段漫長的沉默之後，她就一直面向前方，似乎是對自己選擇信任夏洛特的決定不太有信心。

又或者是唯有如此，她才能忍受自己的話語所帶來的傷害。

「這是我全心投入科學的原因之一。」她繼續說下去：「分子跟宇宙間的力學才不在乎我的血緣，它們也不會在公共論壇質疑我是否有足夠的智商來理解它們。」

夏洛特對這類質疑並不陌生，因為她是女性，但是從來沒有人因為血統而質疑她。如果她的血統和隆斯代小姐一樣，那她有辦法說服社會大眾相信她那個不存在的哥哥是天才嗎？她自己有辦法代表他進行各種調查任務嗎？

隆斯代小姐總算轉身面對她，美麗的面容懇切而緊繃。「我不希望妳覺得我的人生不順遂。我這輩子受到眾人祝福，過著優渥的生活，每天早上起床時都對自己擁有的一切無比感激。然

譯註：湯馬斯．卡萊爾（Thomas Carlyle），蘇格蘭歷史學家。

而，我無法完全脫離歷史的潮流。即便生活如此舒適，我不可能不去擔憂未來社會風氣將如何轉變。我不相信奴隸制度會捲土重來，但也不排除給予我這樣的人卑下名號的可能性，無論是在我這一代，或是我孩子的世代。」

她的語氣平穩，卻讓人能清晰感受到她的苦惱。夏洛特並沒有強烈的情緒，卻也感受到利刃般的恐懼。她無法斷言隆斯代小姐害怕的未來不會降臨。

「蘇利文先生在世時，只要坐在我們家餐桌旁，總會提起貶低非裔的最新理論。他不會把這當成自己的觀點，每次都說：『喔，舅舅，你有沒有聽過伯明罕的這場演講，某某領域的某某教授主張，比起跟歐洲人，非洲人跟動物之間的血緣關係更加接近？』」

「或許只是偶然，但我不這麼想。對伯父來說，或許這是輕鬆的論戰，可是我從未懷疑他真正的目的是激怒及羞辱我。」

「伯父每次都會三言兩語就駁倒蘇利文先生的理論。接著蘇利文先生就會又舉出更多當紅『學者』提供的『證據』。我伯父會接著駁斥下去，建議他腦袋清楚一點，別去關注每一個站在講壇上的庸才提出的愚蠢理論。」

「他永遠不會注意到我坐在旁邊，指節發白，一心只想把水杯丟到蘇利文先生頭上，然後跑回自己房間。」

她的聲音變得好小聲，斗篷在寒風中唰唰翻飛，加上外頭街道上馬車輪子輾過路面的聲響，夏洛特必須豎起耳朵才聽得清楚。

「我有一次問過伯父，爲什麼蘇利文先生對這個話題如此感興趣。『我們不是都很關心這件事嗎？』他困惑地回答：『這是非常重要的議題。對於非裔人士的剝削已經造成太多的悲劇與不公，現在必須要維持正確的論點。』」

「於是我再也沒有提起這件事。他不懂只要蘇利文先生找到機會提出哪個專家的看法，說我的祖先低人一等，我的靈魂就會蒙上黑影。伯父他不懂蘇利文先生秉持的不是好奇心，而是惡意。」

「蘇利文先生厭惡我伯父，因爲我伯父一點都不在乎他。他厭惡我，因爲我過著淑女的生活，而他得要工作賺錢維生，雖然他過得很不錯。他拿我伯父沒辦法，但他可以傷害我。他可以隨心所欲地詆毀我，因爲我伯父絕對不會阻止他的可笑行爲。」

她再次面向夏洛特，眼神中滿是乞求。「拜託，請別以爲我伯父不在乎其他人如何對待我。他在乎極了。只要有哪個僕人對我不禮貌，他就會馬上要對方離開。以前在一場鄉間宴會上，他曾經直接與某個嘲諷我的親戚斷絕關係。」

「不過正如我所說，他的體察能力有限。邪惡不一定是明目張膽的暴行，他看不出經過粉飾的邪惡。」

「所以我不認爲他能察覺到崔德斯太太兩難的處境。他不懂蘇利文先生當著他的面貶損我，也不可能意識到蘇利文先生已成爲崔德斯夫妻之間的隱憂。」

第十三章

夏洛特沒有立刻指示車夫出發。

隆斯代小姐的話語沉甸甸地壓在她心頭。謀殺是醜陋的事；就算最後案情水落石出，無疑也終究會曝露出累積數十年的壓迫與犯行。然而，奪人性命的謀殺本身還不是世界上最醜惡的事。邪惡所在的層級更加廣大，大到足以從帝國王朝的頂端一路往下浸透，融入社會肌理。大到即便摘除了最黑暗的源頭，銘印仍舊無法抹滅，並且延續到數十年後。

銘印的餘波強大到足以在隆斯代小姐與她伯父之間劃下鴻溝。

有人敲敲馬車門，她嚇了一跳。

「妳絕對不會相信路上擠了多少車。」英古蘭爵爺愉快地說著，鑽進車裡，在她對面坐定，舉起手杖輕敲車頂。「我要出租馬車在半哩外放我下車，一路走過來。剛才我一直希望妳會多花一點時間，不然就要錯過妳啦。」

他的視線落在她身上，表情瞬間轉變。「福爾摩斯，妳還好嗎？」

她向他說了方才從隆斯代小姐口中得知的內情。

他沉默了好半晌。他的生父是猶太人，不知是否想起了自己過去因爲血緣所遭受的詆毀？

她等待他開口，但他只是湊上前握住她的雙手。

雖然兩人都戴著手套，但她仍在一會兒之後感受到他的暖意。他的體溫。他的力量。他的勇氣。她的視線從兩人的手移向他被陰影蒙去一半的好看臉龐。

她還來不及說什麼，他已經放開她的手。「那是里梅涅小姐嗎？」

她稍稍側過臉。確實是里梅涅小姐，她追在馬車後頭，一手攬著裙子。

他要車夫稍停一下，到車外扶她上車。

「我想這一定是瓊阿姨的車！」里梅涅小姐微微喘息，興高采烈地說著。

「妳忙了一整天，我們很樂意順道送妳回家。」英古蘭爵爺應道。

里梅涅小姐自告奮勇到花園周圍、冷街三十三號對面的整排住戶遞發夏洛克．福爾摩斯的名片。

從屋主到地下室的僕役都沒放過。

里梅涅小姐吁了一大口氣。「總算完成啦。」

「謝謝。」夏洛特誠摯地道謝。

里梅涅小姐咧起嘴角。「你們眞的要好好謝我。在我報告今天得知的情報之前，讓我先問你們一個問題。案發當晚，在警方發現崔德斯探長跟死者之前，關於進出三十三號的人數，我們已經有定案了嗎？」

兩雙眼睛落在夏洛特臉上，她望向對面的英古蘭爵爺，說道：「爵爺大人，您怎麼想呢？」

她想聽他的聲音。

英古蘭爵爺挑眉，不過還是應她的要求回應：「我承認我對於那些人如何進入三十三號有些困惑。除了隆斯代先生——他手上有鑰匙。至於其他人呢，我們得先假設三十三號的門原本就開著，可能是無意，也可能是刻意；不然就是還有其他人持有鑰匙。」

夏洛特也在思考同一件事，特別是隆斯代先生手上那組鑰匙的去向。今晚原本想問隆斯代小姐是否知道鑰匙的最後下落，卻在聽完她的心底話之後忘得一乾二淨。

「至於那一夜有多少人造訪三十三號——」英古蘭爵爺繼續說下去，「崔德斯探長、隆斯代先生、蘇利文先生這三人自然是鐵證如山。崔德斯太太也親口承認了。我們可以確定這四個人進過那棟屋子。」

「隆斯代小姐從花園看到一名女性進入三十三號。問題在於，就算她的視力可以信任——福爾摩斯小姐方才驗證過了——但是她無法告訴我們看到那名女性的確切時間。如果那人不是崔德斯太太，她就成了三十三號屋裡的第五個人。」

英古蘭爵爺停頓一下，看看夏洛特，又望向里梅涅小姐。「妳對崔德斯太太當晚的動向知道多少？」

「下午我回家了一趟，見到我阿姨。她跟我說了崔德斯太太今天早上告訴她的事情。」里梅涅小姐的語氣不帶情緒。

「那麼妳應該知道我們也該考慮那個狠狠甩門，嚇得蘇利文先生放開崔德斯太太的人。福爾摩斯，妳認爲這個人有沒有可能是崔德斯探長，或是隆斯代先生？」

「我也想過這個可能性。」夏洛特應道：「但傍晚繞來冷街之前，跟崔德斯太太談了一下，她不認爲是那兩人，所以現在我不太確定該怎麼想了。」

英古蘭爵爺等她繼續說下去，發現她無意再開口之後說：「此外，還有那個跳出窗外，大衣被柵欄勾破的人——碎片在警方手上。最後就是撿起崔德斯太太珠寶髮叉的人。」

里梅涅小姐扳手指計數。「所以說除了死者與崔德斯夫婦之外，可能還有四個人。」

英古蘭爵爺用拇指指腹摩挲下巴。「可是我們不知道這幾件事發生的時間點，隆斯代小姐看到的女性可能帶走崔德斯太太的髮叉。說不定甩上門、跳出窗外的人也是那名女性。」

在馬車提燈搖搖晃晃的光芒中，里梅涅小姐的雙眼閃閃發光。「福爾摩斯小姐，妳有什麼看法？」

英古蘭爵爺稍稍傾身，似乎是想把夏洛特的回應聽得更清楚。一股溫暖的喜悅令她有些飄飄然。一直以來，他總是專心聆聽她的發言。

「根據崔德斯太太的說法，被甩上的門在三十三號樓上。在那個時間點，崔德斯太太跟她的珠寶髮叉都在一樓的用餐室裡。她跑出屋外，我們不知道蘇利文先生當時的反應。如果他追了出去，那麼樓上那個人就有機會下來查看，撿到那個珠寶髮叉。」

「不過呢，要是蘇利文先生決定上樓一探究竟，逼得甩上門的人往外跳——感覺那人是拚命要脫身，我認爲對方不太可能回到屋裡，更別說是在黑暗中找到崔德斯太太的珠寶髮叉。」

「說到這裡，福爾摩斯小姐，這件事可能有點關聯。」里梅涅小姐興奮地湊了過來。

「三十三號斜對面住了一位老太太。這位史岱爾太太是個活力與傲氣兼具的女性。她說要不是鄰居都如此乏味，她一定會跟他們多來往一些。」

里梅涅小姐自顧自地點頭，似乎是覺得史岱爾太太的高姿態頗有意思。「不過呢，她似乎沒有外表那樣硬朗，每天都必須準時吃四次藥。她九點躺上床，晚間十一點的藥是由與她同住的外孫柏斯沃先生送來，就她所說，這個孫子是個品德高尚的年輕人。」

「宴會當晚，柏斯沃先生叫醒她，送上十一點的藥。然後他親親她的額頭，關燈離開。史岱爾太太通常會馬上睡著，可是那晚她遲遲沒有睡意，索性起床上洗手間。回房時，她發現對街在開宴會——有幾個隆斯代先生的客人開窗透氣，樂聲一時之間飄向她的房間。她拉開窗簾看個仔細，沉浸在年輕時參加舞會的美好回憶之中。」

「就在她準備拉上窗簾的時候，她注意到對街的動靜。她認爲她看到有人從三十三號跳出來。」

英古蘭爵爺倒抽了一口氣，就連夏洛特也直起背脊。里梅涅小姐對他們的反應相當滿意，繼續說道：「史岱爾太太嚇壞了，連忙拉上窗簾，站了一會兒，重新拉開窗簾，確認那不是自己的幻覺。不過到了這時，街上自然是空無一人。」

英古蘭爵爺皺眉。「她確定那時剛過十一點嗎？」

「她一口咬定她的外孫從來沒弄錯過送藥時間。他總是拿著小鬧鐘在她面前揮舞，要她起來吃藥。那天晚上也不例外。她相信是在吃完藥之後不到十五分鐘內看到那個男人跳出屋子。」

夏洛特想起崔德斯太太的馬夫曾提到他把車停在幾條街外。她望向英古蘭爵爺。「爵爺大人，您找賓客談話時，也和他們的馬夫說過話嗎？」

「有的，可是當天他們都被引導到瀑布巷停車，無法證實史岱爾太太的說詞。」

夏洛特對著里梅涅小姐發問：「史岱爾太太對於跳出窗外的男子有什麼印象嗎？」

「她說他看起來像個惡棍。」里梅涅小姐輕笑一聲。「我想她應該只看到那個人半秒鐘。而且在史岱爾太太眼中，男性大多是惡棍吧。」

「十二點半，蘇利文先生跟隆斯代先生還活得好好的。」英古蘭爵爺以指節撐著下巴。「我原本認定跳出窗外的人就是凶手，但如果他是在死者遇害前一個多小時就跳窗，那麼——」

他一掌拍上馬車座椅。「我只想著外衣被柵欄勾破的人就是凶手，完全沒去思考崔德斯探長爲何執意把自己跟兩名死者鎖在房裡。他肯定是感到自己有性命之憂——當然了，他的袖子還被利刃劃破。若眞是如此，傷了他的人當時很有可能還留在屋裡。」

沉默。車外又下起了雨，街道感覺更加安靜空曠。他們的四輪馬車駛過一間屋子，聖誕樹剛送上門，孩子們興奮地擠在門口。過了下一個十字路口，夏洛特皺皺鼻子，聞到剛出爐薑餅的獨特香氣。

「可憐的崔德斯探長。」里梅涅小姐低喃。「我眞想知道他進那棟屋子究竟是爲了什麼目的。」

□

英古蘭爵爺向兩名女士道別，回家哄孩子睡覺。等他盡完身為父親的責任，返回華生太太家，分頭造訪三間報社的福爾摩斯和潘妮洛剛好也從弗利特街回來。

她們的目的有兩個：詢問是誰刊登那則紅玫瑰紫羅蘭訊息，以及付錢投書這小小的告示。第二個目標不費吹灰之力就達成，但那則充滿惡意的訊息並不是由誰親自前來委託，而是透過郵件投稿，以郵政匯票付款。

三人在用餐室找到華生太太，她正忙著移開滿桌考辛公司帳目文件，騰出位置上菜。

今天晚餐同樣以法國規矩布菜，待麥斯先生回僕役活動區用餐之後，潘妮洛問道：「瓊阿姨，妳有沒有找到什麼不法行為的蛛絲馬跡？」

「可惜沒有任何明目張膽的金錢流動。」華生太太微微皺眉——接著回過神來，撫平自己眉間的線條。

英古蘭爵爺認識華生太太這麼多年，她總是不過度認真，同時也不會輕忽抑制皺紋增生。她不會忍耐大笑的衝動，卻也不時制止自己皺起眉頭。

潘妮洛伸長手臂，假裝把華生太太的額頭皮膚熨平。「好啦，沒事了。」

「親愛的，謝謝妳。」華生太太笑了聲，表情再次變得凝重。「考辛公司的帳目沒有重大疏漏，但如果我是崔德斯太太，看到這些紀錄也難以寬心。我得說崔德斯太太對這種事情相當敏銳，她幾乎看破了公司的財務狀況。」

「然而，這間公司已經傳過一代，一開始出資的金主不再干涉營運，又在不怎麼聰明也沒多少興趣的繼承人手中過了幾年——我們看到的會不會是自然衰敗的現象？」

「在老考辛先生過世後，考辛公司產品的評價似乎不斷下滑。賣量和收入漸漸停滯，公司卻又大動作貸款、翻新旗下的部分老工廠。營運狀況不太好，卻也不至於讓人懷疑它將滾出破綻——目前還沒。」

英古蘭爵爺並沒有期待華生太太能在幾個小時之內查出惡劣的弊案，但他還是有些失望。

「妳覺得帳目是眞的嗎？」

「我不是這方面的專家，不過文件紙張的年份看起來沒問題。十年前的文件稍微泛黃，摸起來比近期的乾燥，墨水褪得更淺。書脊摺痕也挺自然的，看來確實放了一段時間。」

「既然一切看似光明正大，他們爲什麼要阻止崔德斯太太取得這些紀錄？」里梅涅小姐問道。

「到底是爲什麼呢？」福爾摩斯喃喃說著，切開她的牡蠣派。「她的兄長缺乏能力與心力，那些經理大可把一切都推給他。」

「但既然大家都知道他是無能的繼承人，那責任不該落在那些更有才識的人身上嗎？」英古蘭爵爺提問。

「你的意思是他們隱瞞自己的失誤，是不想在崔德斯太太面前丟臉？」潘妮洛尋思道。

「我無法斷言實情。」英古蘭爵爺說：「可是我見識過許多男人爲了自己的面子，做出更愚蠢的事情。」

華生太太和里梅涅小姐默默點頭。福爾摩斯隔著餐桌瞥了他一眼。另外兩名女士沒有她這麼了解他。她們以爲他只是提供從小到大對身旁男性的觀察結果，沒想到他也曾爲了自己脆弱的面子做過種種愚行。

可是福爾摩斯知道——而且依舊以她的方式愛著他。

他對她微笑。

她叉起一塊牡蠣派，放進自己嘴裡。過了一會兒，她的嘴角揚起。

他的心隨之飛揚。

話題馬上轉到其他調查方向，畢竟考辛公司的體質並不是透過討論就能解決的。等到晚餐碗盤撤下，帳目文件再次上桌，眾人一同尋找潛藏的不法情事。

英古蘭爵爺鑽研考古學多年，從查理曼大帝到莎士比亞，他看過許多據傳出自歷史名人之手的信件。

雖然不是眞正的考古學家，但他特別鑽研過筆跡，能流暢寫出好幾種字體，還有辦法在短時間內把旁人的筆跡模仿得維妙維肖。他曾因爲好奇，一頭栽進製紙技術的歷史之中。

他放下翻閱過的一箱文件。華生太太揉揉太陽穴，呻吟道：「我可憐的腦袋。還有我可憐的老花眼。爵爺大人，您可有任何斬獲？」

他搖搖頭。「要是能進一步檢查，或許可以得出不同結論。粗略看過的部分沒有任何刻意造假的痕跡。」

就連可疑的蛛絲馬跡都找不到。

福爾摩斯坐在餐桌另一頭，早已放棄帳目，轉而研究起從崔德斯太太家帶回來的信封，上頭的郵戳與信中提及的地點有所出入。

僕人送來水壺和酒精燈。水還沒煮沸，她就已經細細看過每一個信封。等到壺嘴噴出蒸氣，她拿信封吸了點水氣，軟化黏合紙張的膠水，將郵票與紙張分離。

然而，就算把信封攤平，也找不到絲毫隱密的訊息。郵票背面和下方都沒有寫字，郵票本身也平凡無奇，全是印著女王側顏的一便士郵票。

華生太太嘆息。「今天大家都忙翻了。我們就暫時休兵，好好睡上一晚，明天再繼續研究吧。」

眾人紛紛起身。

「爵爺大人，我送您到門口。」福爾摩斯說。

他停下收拾文件的動作。她以往從沒送過他，他想不出她打算和他說什麼。「沒問題。謝謝。」

沒想到她不只送他到門外，還跟著他一起搭上出租馬車，報出冷街的住址。

來到冷街的某戶門口，福爾摩斯拉了幾下門鈴，直到一名戴著眼鏡的圓臉小伙子前來開門。

「請問是柏斯沃先生嗎？」

柏斯沃先生既好奇又戒備地看著兩人。「請問有什麼事？」

「我是福爾摩斯小姐。」福爾摩斯說：「這位是英古蘭．艾許波頓爵爺。我的同事哈德遜小姐今天下午曾來此拜訪史岱爾太太。」

華生太太僞裝成夏洛克．福爾摩斯的房東或是管家時，總是自稱哈德遜太太。里梅涅小姐幫夏洛克辦事時，對外也是報上這個姓氏。

「啊，是的，我祖母晚餐時提過這件事。是跟隔壁那些……事情有關吧。哈德遜小姐說是幫偵探夏洛克．福爾摩斯來這一帶問話。」

「是的，她來這裡協助我兄長調查案情。」

「幸會，可惜我祖母已經睡了。」

「柏斯沃先生，我們想找的不是史岱爾太太，而是你。」福爾摩斯說道。「可否進屋打擾幾分鐘？」

柏斯沃先生猶豫了幾秒。「啊，當然沒問題。眞是不好意思。」

他正要帶著兩人往二樓客廳走，福爾摩斯卻說：「借用一下你的書房就好。」

柏斯沃先生訝異地轉頭。「可是書房椅子不夠啊。」

「沒關係。」福爾摩斯向他保證。「我們一會兒就走。」

柏斯沃先生困惑地盯著她看，又轉向英古蘭爵爺，彷彿是想確認自己該怎麼做。

「我只是福爾摩斯小姐的助手。」他語氣輕鬆。

柏斯沃先生肯定是判斷最好別跟深夜來訪的陌生人爭執。「請往這裡走。」

「你是律師。」書房原本就亮著燈，福爾摩斯看了一眼就說：「而且業務非常繁忙。」

這不是什麼天大的謎團：英古蘭爵爺也說得出同樣的結論。書房裡的架上堆著滿滿的法律書籍。書桌上被文件和大量法律書籍攻占，墨水瓶沒有蓋好。半盤餅乾跟幾乎全空的茶杯擱在桌旁的架子上。

「大名鼎鼎的夏洛克・福爾摩斯就連助手也如此擅長推理。」柏斯沃先生彬彬有禮地說道：「我想爲兩位奉茶，但僕人都休息了，而我只要碰到火就沒有好下場，他們連雪茄都不讓我點。」

福爾摩斯輕笑一聲。「請別麻煩，我們不是來喝茶的。」

「我可能無法給兩位任何有效的資訊。我一直到昨天傍晚回到家，才從報僮口中得知冷街發生了凶殺案。」

「柏斯沃先生，我不是爲了隆斯代家宴會當晚發生的事情而來。」福爾摩斯小姐鄭重地說道：「我只是想看看你手邊的兩個鬧鐘。」

柏斯沃先生一愣，英古蘭爵爺也一時腦袋打了結。他回想起里梅涅小姐提到柏斯沃先生會在他祖母面前揮舞鬧鐘，讓她知道吃藥的時間到了。

茶杯和餅乾旁邊確實擺了兩個小鬧鐘，一個鐘面朝外，另一個鐘面朝內。朝外的鬧鐘顯示現在是十點四十分，差不多是正確時間。

「可以讓我看看另一個鬧鐘嗎？」福爾摩斯問道。

柏斯沃先生猶豫了。

「如果我沒有說錯的話，那個鬧鐘指著十一點整——永遠都是如此。因爲它沒有每天上發條，或是從來沒有上過發條。」

柏斯沃先生又猶豫了一會兒，才遞上另一個鬧鐘。英古蘭爵爺接了過來。正如福爾摩斯所說，長短針指著十一點整。他把鬧鐘湊到耳邊，沒有半點滴答運轉聲。

柏斯沃先生清清喉嚨。「基本上我會在十一點多上床睡覺，在準備休息之前去叫醒祖母不是什麼麻煩事。可是最近我每天都得熬夜工作。」

「我不是不想準時。第一次打算工作到半夜那天，我調好的鬧鐘在十一點整響起，可是我按掉鈴聲，想說再工作一下就好，卻一頭栽進去，等到我再次抬起頭，發現已經是十二點十五分了。」

他看著兩人，雙手把玩著不會動的鬧鐘。

「這是人之常情。」福爾摩斯語帶寬容。「當我們極度專注時，都會忘記時間的流逝。」

「所以我叫醒她的時候已經遲了。她每次都會問我時間。以前我都讓她看床邊桌上的鬧鐘。那天晚上，我覺得很丟臉，不敢讓她知道，所以調了手邊鬧鐘的時間給她看。」

「隔天我借了她的鬧鐘，想說有兩個鬧鐘總不會再遲吧。可是我太投入工作，切掉了兩個鬧鐘，最後還是遲了一個多小時。我故技重施，調了指針給她看時間。」

他又看著兩人，似乎是在等待寬恕。

但福爾摩斯只說：「反正史岱爾太太也不常用自己的鬧鐘，於是你就把它留在身邊。你不給它上發條，等它停擺後就把指針轉到十一點整。」

「沒錯。」柏斯沃先生不太情願地承認，鞋底不斷地磨擦覆蓋書房大半地面的厚實地毯。

「正常運行的鬧鐘只是用來提醒你，等你下一次回過神來，就該上樓送藥給你祖母。」

柏斯沃先生把鬧鐘在兩手間傳遞，然後又收回到原本的手上。「這也——沒錯。」

他肯定大她好幾歲，年紀與英古蘭爵爺相當。然而看他在她眼前退縮的模樣，英古蘭爵爺想到在姊姊面前乖乖認錯的調皮小男孩。

「柏斯沃先生，你還記得案發當晚是在幾點送藥給你的祖母？」

「抱歉，我不太確定，不過通常是在十二點後。這陣子我都在兩點左右上床睡覺，所以一定是在這之間。」

這又加強了跳窗者就是凶手的可能性。

英古蘭爵爺吁了一口氣。

柏斯沃先生繼續以擔憂與仰慕交織的眼神注視著福爾摩斯。英古蘭爵爺也常如此凝望著她，看到她施展本領，一股喜悅湧上心頭。

福爾摩斯低頭致意。「柏斯沃先生，謝謝你。你方才曾說隆斯代小姐的宴會當晚沒看到什麼，而我說我只是來看看你的鬧鐘。不過既然我們都來了，我想請你回想一下那一晚。我們想問的不是像目擊不明人士跳窗如此驚人的事，而只要是你注意到任何稍稍不尋常的小事，我們都很樂意聽聽。」

「我很希望能幫上兩位。」柏斯沃先生說道：「讓我想想。」

他的模樣又讓英古蘭爵爺想到急著爭取姊姊稱讚的小男孩。

「啊！仔細想想，我記得那天晚上特別煩躁，大約在十一點到十二點之間吧，我離開書桌，在這扇窗戶前站了一、兩分鐘。」

「這扇窗戶」就在福爾摩斯和英古蘭爵爺背後，正對著街道。

「我站在那裡的時候，一輛四輪馬車駛過，停在花園柵門旁邊。」柏斯沃先生繼續道：「漆上黑白色條紋的四輪馬車，滿特別的。我沒等到車上的人下車，因爲當時我突然想到手邊的案子，匆忙回到座位上。」

「大廳的老爺鐘會在十二點整響起。我不一定會聽到，通常是稍後意識到它已經響了，才趕快跳起來送藥給祖母。」

「我剛才說過，那天我對自己生悶氣。要是我在鬧鐘響了之後一直沒離開位子就算了，可是我有起身，走到窗戶前又回來，直到我發現早就過了十二點。」

「總之呢，那晚我上床睡覺前，站在房間窗前，心裡還是想著我的案子。那輛馬車又回來了。當時起了濃霧，只看得到微弱的街燈，但很難看漏那輛漆著橫條紋的馬車。我以爲它是來接之前在此下車的客人。可是馬車沒有停，過了幾分鐘，它從另一頭繞回來。」

英古蘭爵爺跟福爾摩斯互看了一眼。即使在夜裡也能輕易辨識的馬車？他們一定有辦法找到這輛車。

「是什麼顏色的條紋？」

「黑白相間。」柏斯沃先生應道，滿懷期望地望向福爾摩斯。「這個——對你們有幫助嗎？」

他的期望沒有落空。「要先找到那輛馬車才能確定。」福爾摩斯說：「不過眞的是感激不盡，柏斯沃先生，感謝你爲我們的調查指引出嶄新的方向。」

柏斯沃先生眉開眼笑。「眞是太好了。」

「謝謝你。」福爾摩斯又擺出姊姊一般的眼神。「希望你能好好反省。」

柏斯沃先生滿臉通紅。「福爾摩斯小姐，妳說得對。今天晚上鬧鐘一響，我一定會立刻上樓。明天早上我還要爲了最近沒有善盡職責向祖母道歉。」

□

兩人搭上在門外等候的出租馬車，車子才剛上路，英古蘭爵爺馬上轉向夏洛特，吻上她。

「這是爲了什麼？」過了半晌她才開口，呼吸有些不穩。

「沒什麼。只是今天和妳度過了大半時光，讓我非常開心。而且妳要柏斯沃先生交出兩個鬧鐘時看起來迷人極了。」

她感受到從心底竄起的笑意。她這個愛慕虛榮的女人，不過是被人以「迷人」形容，就高興成這樣。

「仔細想想——」他繼續說下去，「我總覺得妳在這種時刻特別好看。妳還記得第一次來到我叔叔莊園裡的羅馬遺跡那次嗎？」

「當然。」就是她以遺跡作爲把柄，向他敲詐了一個吻的那次。

「我問妳怎麼找得到這個偏僻的地方，妳說妳以我丟在側門的雨靴上的碎石子，跟以前莊園地質調查的結果相互比對。」

她還記得。記得一清二楚。她從莊園管理員辦公室「借來」那份鉅細靡遺的調查報告。有了這份資料，她可以輕易判斷他走了哪條路徑，才能在鞋底沾滿紅土，同時又踏過幾乎淹沒靴子的水域。

「我當然對妳有印象——妳老是一直盯著我看。明目張膽的。」他喃喃說著，裹著手套的指尖撫過她的下唇。「可是那一刻……那一刻我有點震撼，不只是因爲妳無懈可擊的邏輯。」

她的心臟一震。她以戴著手套的手勾勒他頸窩的弧度。「艾許，你的意思是當年你吻我，不只是因爲我威脅著要帶整群野孩子來你的遺跡大鬧？」

他朝她貼得更近一些，呼吸吹向她的耳殼，往她的神經末梢傳送喜悅的脈動。「福爾摩斯，我得到我叔叔的許可挖掘那個遺跡。我是最得他寵愛的姪子，而妳是個無足輕重的客人。倘若我只想保住我的遺跡，大可直接向他通報，要他把妳趕出去。」

笑意不斷攀升，最後在她臉上綻開。「喔，天啊。」

他還來不及再次吻上她，就被她搶先一步，一把揪住他，吻住他的唇。

第十四章

羅伯特·崔德斯來回踱步的距離長達好幾哩。

在書桌與書架之間的狹小空間，他繞了一圈又一圈，精神有些恍惚，在快撞到牆面時急轉彎。

只有一個名字在他腦中跳動。

愛麗絲。愛麗絲。愛麗絲。

根據他自身遭受的無情偵訊——心頭最脆弱、最沒有防備的幾處像是被人扎了針——他能想像她碰上了多麼強烈的抨擊。

她的憂愁令他心痛，但是讓他像個壞掉的發條玩具般地在房裡打轉的，還是那股讓他彷彿化爲針插的罪惡感。

他太無知了，有那麼多事情，她決定不向他透露。有那麼多事情，她從來沒有說出口，因爲她比他還要了解他。

他總想給她一切，但那是繞著他打轉的一切，他從未搞清楚她想要什麼。既然他堅信自己足夠了解彼此，他怎麼可能跳出自己的小圈圈幫她設想呢？

一把鑰匙插進門上的鎖孔。他渾身僵硬，心臟狂跳。他希望他們決定把他送回牢房。他寧可整天面對隔壁牢房裡醉漢和無賴的揶揄——以及他們身上混雜的臭氣——也不要在布萊頓探長面前坐上一個小時，光是聞到那人的刮鬍泡味，就讓他反胃。

門開了。

「愛麗絲！」

她瘦了。陰影盤據在她眼下，感覺像是好幾天沒睡。不過她沒像昨天早上那樣不堪一擊。門一關，他立刻衝上前，把她擁入懷裡。

他確信就算門關著，這個房間裡的動靜也絕對逃不過旁人耳目。前一次她來探望時，他刻意離她遠遠的，但現在他再也無法忍受。他把臉埋進她的肩頭，他需要她，需要兩人的擁抱所帶來的撫慰。

她微微顫抖，但背脊挺直，環繞他的手臂強健有力。

「羅伯特，你還好嗎？」

「我沒事。妳……妳看起來好多了。」

她的嗓音裡帶著笑意。「昨天我把蘇利文先生最忠實的四名手下趕出公司了。多虧了華生太太，是她給了我出手的勇氣。」

華生太太？夏洛特．福爾摩斯的華生太太？那個曾經登台演戲、天知道還做過什麼行當的女人？

可是這薄弱的不悅全被寬慰掩埋，他要畢生感激每一個協助過愛麗絲的人。

他稍稍後退，仔細打量她。

她一手按住他的臉頰。「現在我總算掌握了考辛公司所有的帳目。福爾摩斯小姐說它們很重要，要是不去追查，考辛公司很可能——」

他渾身顫抖，以自己的唇止住她的聲音。

她一定是感受到他的顫慄。推開他，想看清他的臉。「羅伯特，到底是——」

「愛麗絲，聽我說。」他在她耳邊低語，祈禱不會有人聽見。「調查考辛公司的時候要非常、非常小心。拜託，妳最好別去查！什麼都別查！」

沉默。

他鬆開手。

「為什麼？」她無聲詢問，面如死灰，眼中滿是恐懼。

他搖搖頭。他不敢說出口。一個字都不敢說。他只能握住她的手，按在他瘋狂跳動的心上。

「拜託，愛麗絲，相信我。拜託，別再查下去了！」

□

「我覺得今天不用化妝就有老十歲的效果。」夏洛特喝著第三杯茶，難過地說道。

莉薇亞擁有即使整整兩天不睡，腦袋也依舊清晰靈敏的能力，但夏洛特對於美容覺的喜愛卻幾乎不亞於蛋糕。昨晚向柏斯沃先生釐清幾件事之後，她以爲迎接她的會是寂靜的屋子，沒想到華生太太和里梅涅小姐還忙著研究考辛公司的文件。

顯然在夏洛特出門期間，華生太太發覺每一間工廠的整修與現代化工程款列得不夠清楚。儘管已經是深夜，她仍馬上梳理了數百份請款單和收據，從各個帳戶裡挖出相關條目，計算出概略的金額。

到了凌晨一點，里梅涅小姐把她阿姨趕上床——剩餘的工作就落在兩名年輕女子身上，夏洛特寫好摘要，配上補充文件，過了清晨四點才離開位子。

現在她和里梅涅小姐正以龜速整理後者在冷街查訪時抄下的筆記。

「韓德瑞小姐來訪，想見哈德遜太太一面。」麥斯先生清清喉嚨，報上訪客的姓氏。

夏洛特跟里梅涅小姐互看了一眼。

昨晚，她們不只登報呼籲社會大眾若有與冷街三十三號命案相關的資訊，歡迎寫信告知夏洛克·福爾摩斯，同時也刊登了另一則小告示，提供優渥的賞金協尋一枚刻著「給我摯愛的R」的珠寶髮叉。

訪客是名年近五十的婦人，她並非獨自前來，還帶著兩個大約八歲和六歲的小女孩。孩子們在一樓客廳裡東張西望。這是華生太太極少使用的正式客廳。她們對場景轉換充滿好奇，等到發現這只是普通房間時，顯得有些失望。婦人打量每一個角落的專注眼神有些絕望，彷彿是來到犯罪現場，而她身旁親近的人在此走上絕路。

「韓德瑞小姐？」夏洛特開口招呼。「早安。我是哈德遜太太，這位是我的小姑哈德遜小姐。」

一看到兩人，韓德瑞小姐臉上掃過純粹的悲嘆，但她沒有失控，禮貌地向主人問好，介紹那兩個女孩是她負責帶的孩子，但沒有透露她們的名字。

韓德瑞小姐的反應令夏洛特好奇不已。她穿著沉悶的棕色連身裙與昨天戴過的黑色假髮，準備以夏洛克．福爾摩斯之妹的身分出門調查。她的外表確實乏善可陳，但不至於引人反感。

「我最喜歡招待小客人了！」里梅涅小姐熱情招呼兩個女孩。「哎，不知道我小時候的故事書跟玩具都收到哪裡去了，不過我手邊有一些最近從巴黎帶回來的糖果。兩位小淑女，要不要來開一罐糖果吃吃呢？當然要經過妳們老師的同意。」

聽到要把她負責照顧的孩子帶開，韓德瑞小姐表情緊繃，可是里梅涅小姐毫無邪念的提議實在難以拒絕。而且夏洛特覺得這名婦人真的很想跟她私下談話。

里梅涅小姐帶著孩子離開客廳，麥斯先生送上熱茶，為兩人各倒了一杯。

他才剛退下，韓德瑞小姐立刻掏出一團用手帕包著的物體，解開打結的邊角，亮出閃耀的珠寶髮叉。

夏洛特仔細檢查髮叉。告示上只透露了一半的特徵，不用擔心有人造假冒領獎金。髮叉上刻著「給我摯愛的R，妳忠實的M」。

蕾貝卡．考辛和莫特梅．考辛，崔德斯太太的雙親。

「哈德遜太太，這是妳要找的東西嗎？」韓德瑞小姐的語氣帶著焦慮與不悅。
夏洛特把髮叉放到茶几上。「韓德瑞小姐，冒昧請問妳是在哪裡找到這個東西的？」
「在公園。」
「喔？哪個公園？」
「我們那邊的小公園，女士。相信妳一定不會知道。」
髮叉在幾盤餅乾和切片蛋糕旁閃閃發亮。韓德瑞小姐看著它的眼中沒有絲毫覬覦。她只是一直看著。目不轉睛。
接著她直視夏洛特。這是自從夏洛特踏進客廳之後，她第一次正眼看她。過了一會兒，她那副心痛欲絕的表情染上了一絲困惑。
「這棟屋子布置得眞好看。」她試探似地說道：「地段也很不錯。這是妳的房子嗎？」
「是的。」
她眼中的困惑更加深刻。「這個……這個髮叉是妳的嗎？」
夏洛特隨性地喝了口茶。「不是。我只是中間人，幫它的主人尋找它的下落。」
「喔。」韓德瑞小姐稍稍放鬆，下一秒又緊繃起來。「請問——請問……」
她的聲音越來越小。「不。我不該問起它的主人。」
夏洛特放下茶杯。「可是我必須問清楚妳拾獲髮叉的時間，以及確切的地點，因爲它是在相當複雜的情境下遺失的。」

韓德瑞小姐緊緊揪住手帕。「不會是被人偷走了吧？」

「我無權透露內情，但是沒有查明這些資訊之前，我無法支付獎金。」

韓德瑞小姐低頭看著膝蓋，一副洩了氣的模樣。「我在羅斯梅路的一處公園裡找到的，離我雇主家不遠。是三天前的早上，帶孩子們出門散步的途中撿到的。」

三天前。早上。宴會當天，然而是在宴會開始之前。

夏洛特身上帶著口袋版倫敦地圖，翻到已經很熟悉的頁面：羅斯梅路就在冷街東側，只隔了四個路口。

「這個公園？」她指著一塊綠地。

「是的，就是這裡。」

夏洛特裝作要向人回報似地，把時間地點記在紙上。「韓德瑞小姐，請問妳找到這個髮叉時，還有注意到什麼嗎？」

韓德瑞小姐搖搖頭。

夏洛特凝視她半晌，接著依照告示的承諾遞上十英鎊獎金。韓德瑞小姐看著那張紙鈔好一會兒，眼中依舊毫無覬覦，只有悲痛。

她喃喃道謝，向夏洛特致意，隨即匆匆告辭。

□

里梅涅小姐回到一樓客廳時，夏洛特站在窗前，看韓德瑞小姐帶雇主的孩子擠進出租馬車。

「妳問出那兩個孩子住哪兒了嗎？」

「有。」里梅涅小姐應道：「她們住在倫格街。」

倫格街與泠街左右包夾著屋後那片私人花園。既然韓德瑞小姐住在倫格街的雇主家，她應該能隔著花園看見三十一號和三十三號的動靜。

夏洛特遞上崔德斯太太的珠寶髮叉，里梅涅小姐捧在手中細看。「韓德瑞小姐那天晚上爲什麼要去三十三號？感覺她不像是趁夜出門享樂的人。」

「隆斯代先生與蘇利文先生陳屍在某間臥室裡，我看過那張床了。或者該說是床墊。上頭留著多次性交的痕跡。」

「韓德瑞小姐？」里梅涅小姐手一滑，髮叉差點落地。「家庭教師不是應該要謹言愼行嗎？如果被逮到了，她不會因此遭到解雇嗎？」

「確實是如此。但有時候再多的嚇阻都無法管住人心。」夏洛特踏入這一行的契機，便是在不夠謹言愼行時被人逮個正著，遭到社會大眾鄙棄。

「可是在開著宴會的屋子隔壁與人幽會，實在是太不智了。」

「沒錯。」夏洛特說道。

里梅涅小姐舉起珠寶髮叉，對著光欣賞。「妳想韓德瑞小姐爲什麼要歸還這個？十鎊是不小的數字，但拿去典當的話，她還能換到更多錢。」

夏洛特舉起手臂伸展筋骨——看了整夜的文件，她的肩膀痠痛難耐。「或許那晚她和她的情人沒有相約。假設她的住處正對著三十三號，她湊巧往窗外一看。加上跳窗的那個，當晚至少有四名男性進入那間屋子。要是她看到其中一人進屋的瞬間呢？光看背影，隔著一段距離，她誤以爲對方是她的情人也是很合理的吧？」

「如果是妳的情人，來到與妳固定幽會的地方，卻沒事先告知，妳會怎麼做？回頭睡覺嗎？」

里梅涅小姐咬咬下唇。「所以可憐的韓德瑞小姐前去一探究竟，在用餐室裡摸索前進時，踢到這個髮叉，蹲下來，把它握在手中，即使在黑暗中也能立刻摸出這是女性飾品，不屬於她的東西。」

「然後慌忙地回到自己房間，深信自己被人玩弄了。」夏洛特將右手手臂橫過胸口——啊，肩胛骨好多了。「韓德瑞小姐今天來此爲的不是獎金，而是想見髮叉的主人一面。」

夏洛特換手伸展。「我不了解的是，她爲什麼毫不在乎謀殺案。」

「這我可以回答。」里梅涅小姐熱切地應道：「那兩個女孩子最近去劍橋參加表親的生日宴會。她們在謀殺案當天一大早就啓程，今天早上才踏上歸途。她們說韓德瑞小姐在牛津火車站買了份報紙，回程路上一直在看那些登報告示。一回到倫敦，她立刻叫了馬車，沒有直接回家，而是來到這裡。」

「所以她還不知道？」夏洛特低喃。「那她回到家可要大吃一驚了。」

里梅涅小姐吹了聲口哨。這個舉動不太淑女，但夏洛特就是喜歡這個不怎麼優雅的小動作。

「妳想我們有辦法向韓德瑞小姐問出眞相嗎？」里梅涅小姐把珠寶髮叉還給夏洛特。

「沒有這個必要。或許我們掌握到的情報，已經足以查出她情人的身分。」夏洛特起身。「泠街在呼喚我。我該走了。」

里梅涅小姐跟著站起。「我也該去大英博物館啦。」

她們還得要確認隆斯代先生是否眞如家中僕人所說，過世前幾個禮拜在閱讀室裡度過大把時間。

門鈴響起，響亮又執拗。兩人互看了一眼。韓德瑞小姐回來了嗎？

麥斯先生領進屋的訪客是崔德斯太太，神情比昨天遭到布萊頓探長訊問後還要憔悴。麥斯先生才從外頭關上房門，她便脫口嚷嚷：「福爾摩斯小姐，我不知道爲什麼——崔德斯探長不肯跟我說原因——他求我不要深入調查考辛公司的帳目。他、他嚇壞了。」

夏洛特倒了一杯干邑白蘭地，塞給崔德斯太太。「我想他一定很害怕，所以才不向任何人透露任何事情。」

「可是——」

「而且也來不及了。」夏洛特冷靜地回應：「華生太太和英古蘭爵爺已經著手調查此事。」

第十五章

莉薇亞爬下架在地面落差處的幾格踏階，小心避開水窪。雨停了，但還有幾處泥濘不堪。她穿著雨靴橫越空無一人的田野，深深吸進冰冷純淨的空氣。

太陽已經升上淺藍色的天幕，平時這幅景象總能提振她的精神，但今天她的心情拒絕振作，心臟沉重得如同鐵砧。

昨夜她夢到了馬伯頓先生——他往伸手不見五指的霧氣中越走越遠，看不到他的臉；她一路追著他跑，呼喚他的名字，但她覺得自己踩著滿地黏膠，叫喊聲也堵在她的喉嚨裡，無論多麼用力，都發不出聲音。

她搖搖頭。那只是一場夢。他人好好的——他怎麼可能會出事呢？

她又爬過一道踏階，來到離福爾摩斯家不遠的路上——她母親正氣勢萬鈞地朝她走來！

莉薇亞一聽見母親翻身醒來，就馬上離開屋子，一心只想盡可能避開福爾摩斯夫人。根據經驗，就算昨天躲過一劫，福爾摩斯夫人今天也不會輕易放過她。

恐慌令她窒息。她腳步踉蹌，真想轉頭就跑——至少她腳程不比她母親慢。

可是她能去哪裡呢？穿著舊大衣與沾滿泥的靴子，口袋裡沒有半毛錢，連在村中餐館買杯熱茶都做不到。

福爾摩斯夫人走得更近，氣得面容扭曲。莉薇亞僵立在原處。

「奧莉薇亞．福爾摩斯，妳跑哪去了？」福爾摩斯夫人大吼。「我被困在這個該死的小村子還不夠，現在還得在大冷天出門才見得到自己的女兒？」

這是怒氣爆發的序曲。不，不只如此，她的交響樂團才剛暖身完畢。

有幸能與福爾摩斯夫人交談的三個女兒當中，漢莉葉塔的腦袋轉得最快，能用花言巧語哄得她開開心心——而且她十多年前就靠著婚姻逃離了這個家。年紀最小的夏洛特擁有置身事外的超然性情，不會讓福爾摩斯夫人的怒火影響心情。

而莉薇亞則總是因爲自尊心太強而難以和母親好好相處，又太過敏感，每次都被深深傷害。

「媽媽，對不起，害妳這麼難受。」她脫口而出。「我眞的很抱歉。」

她母親愣住了，雙腳定在原處。

狼狽的福爾摩斯夫人，比憤怒的福爾摩斯夫人好多了。

「我是說，我看得出妳在這裡有多無聊。」莉薇亞匆忙補上。「這裡有太多不愉快的回憶。妳怎麼可能不想換個環境，隨便到哪裡都好呢？抱歉，我還留在這裡給妳造成負擔，像是掛在妳脖子上的枷鎖。」

一絲眞正的感傷滲入她的字句。她其實能理解母親的處境。她知道跟個自認風流倜儻的男人住在一起是什麼感覺。她們明明在同一條陣線上，福爾摩斯夫人、莉薇亞、夏洛特——有夏洛特這個盟友就贏定了。但福爾摩斯夫人和亨利爵士一樣瞧不起自己的女兒，靠著貶低她們來讓自己高人一等，到頭來跟她的丈夫一樣失去女兒的愛。

福爾摩斯夫人還沒回過神來，眉頭緊緊皺起。

莉薇亞突然想通了夏洛特為何要在亨利爵士收到一百鎊、出門狂歡作樂的隔天，讓福爾摩斯夫人收到五十鎊。不是為了補償她們的母親，而是要幫莉薇亞製造機會。

現在莉薇亞還來得及利用這個優勢。

她走向福爾摩斯夫人。「媽媽，可是妳不用待在這裡，痛苦又無趣。妳想去哪裡就能去哪裡——只要帶我一起走就行。」

她母親用力皺眉，她一點都不想帶著莉薇亞渡假。

莉薇亞深吸了一口氣，抓住福爾摩斯夫人的手臂，把她轉向家的方向，半拖著福爾摩斯夫人往前走。「只要妳帶著我，沒有人能說妳沒盡到母親的責任。母女一起旅遊是再普通不過的事了，這是最完美的安排。妳甚至不用幫我出錢，我存了一點錢，應該買得起火車票，再加上我自己的食宿費。」

「只要離開這裡，我不會要求妳帶我到處跑，或是買什麼東西給我。如果妳不想看到我，妳可以不用見到我——我就留在房間裡看書、吃東西。」

莉薇亞瞥了母親一眼。福爾摩斯夫人拖著沉重的步伐，已經有點喘，但是她沒有被激怒。她的表情……躍躍欲試。

莉薇亞心頭一顫。「媽媽，妳仔細想想。哪裡都不能去，或是想做什麼就做什麼，妳會選哪一個？」

老天在上，誰知道她擁有如此強大的說服力？而且還是在自己母親面前。

福爾摩斯夫人再次皺眉，彷彿是察覺到莉薇亞的提議美好得不切實際。

莉薇亞沒有給她時間釐清疑慮。「倫敦有相當多可靠的住宿地點，對於女性旅客格外照顧，我房間裡有本雜誌就列出了清單。」幸好夏洛特還抱著上學讀書、成爲女校校長的希望時，收集了大量相關資訊。「如果妳想早點動身，比如說明天就走——有什麼必要在這裡久留呢？——那妳可以發電報給幾間旅店，今晚就能得到回覆，最晚也只要等到明天的第一批郵件。」

「倫敦？」在莉薇亞以言語編織的天羅地網中，福爾摩斯夫人首度開口。

她的語氣充滿質疑。不過只要不是她自己的主意，她總會懷疑一下。

「我知道倫敦對妳來說一點都不新鮮了——也不是特別好玩。可是倫敦是最合適的轉運站。當然了，還有購物——想像一下龐德街現在能買到什麼。更別說從倫敦到其他地方，只要一眨眼的時間。隔天就到巴黎。隔天就到愛丁堡。可能性多不勝數。妳不需要帶我一起遠行。如果把我留在家裡，大家都會知道妳自己上了火車，在背後嚼舌根，但要是妳把我留在倫敦，誰會知道呢？」

她母親的雙眼瞪得更圓，罕見的喜悅浮現。接著她臉一垮，抿起唇。「艾波會知道。」

艾波是她的女僕，福爾摩斯夫人出遠門一定會帶上她。她不只要靠艾波幫忙做事，更覺得她堂堂一個爵士夫人，沒有僕人隨侍在側哪像話。

「妳可以告訴艾波說我要去漢莉葉塔那裡住幾天。」

當然了，漢莉葉塔絕不會邀請妹妹到家裡住，但福爾摩斯夫人對此沒有什麼怨言，畢竟漢莉葉塔可是她的心頭肉。

「嗯。」福爾摩斯夫人振奮似地加快腳步。

「這樣艾波還能怎麼做？」莉薇亞打鐵趁熱。「質疑妳的說法？寫信向漢莉葉塔問我是不是在她家？」

「那我要怎麼做？眞的把妳留在倫敦？」

「還記得嗎？妳會把我留在可靠又體面的女士專用旅店。沒有人會知道。這點最棒了。一旦離開這個大家互相刺探私事的村子，就不會有人知道，也不會有人在乎妳做了什麼，或是我人在哪裡。」

「可是──」

「媽媽，妳眞的認爲我會惹上什麼麻煩嗎？我不是夏洛特。我不喜歡和旁人接觸，也不認識哪位男士。我這輩子除了看書跟散步，還做過什麼？」

「我、我要好好想一想。」

幾乎要到家門口了。莉薇亞吁了一口氣。如果她夠幸運，或許眞的有機會跟母親一起前往倫敦。不過至少她讓福爾摩斯夫人消氣，注意力轉向別處。這招還眞不錯。

「在這個時節，倫敦社交界沒有什麼活動。」進了門，福爾摩斯夫人尋思道：「不知道奧本蕭一家是否還在倫敦。妳說他們去哪裡過聖誕節？」

莉薇亞僵住了。奧本蕭是馬伯頓一家來此拜訪時用的假名。與其說是來拜訪福爾摩斯家，更像是他們一家想要親眼看看莉薇亞，因爲史蒂芬．馬伯頓對她如此認眞。

在那之後，才兩個禮拜，他就切斷了一切與她的聯繫。

屋裡點著溫暖的爐火，莉薇亞卻覺得好冷。不是因爲馬伯頓先生的作爲，而是爲了此刻浮上心頭的疑問。

他爲什麼要欺騙她？他疏遠她的眞正理由究竟是什麼？到底發生了什麼事，導致他做出這個可怕的決定？

「奧莉薇亞，妳有沒有聽到？」福爾摩斯夫人的嗓音中帶了點火氣。

「抱歉，媽媽。」莉薇亞擠出微笑。「奧本蕭一家到很棒的地方渡假去了。」

□

考辛營造公司以製造火車引擎聞名，不過位於瑞丁的考辛工廠卻是專精於蒸氣鍋爐和錐形鍋爐的管線。在崔德斯太太重獲公司的控制權之前，她曾來此視察，卻被工頭請走，強硬地說這不是女士該來的地方，她應該要派代理人前來。

崔德斯太太現在派出了她的代理人——英古蘭爵爺、他聘請的專家布隆先生，以及同樣是女性的華生太太。

華生太太穿著一身深灰色，不過從她心底散發出的熱情與活力，依舊令她備受矚目。接待他們的工頭姓弗傑帝，上回把崔德斯太太拒於門外的正是他；他的頭髮半黑半白，身材魁梧，顯然對華生太太很是提防。懷特、金福德、費古森、亞當斯丟了工作的消息，似乎讓他對於女性的介入更加排斥。他小心翼翼地迎接三名訪客，刻意不提起華生太太的性別。

若不是這心思導致崔德斯太太喪失對自己旗下產業的控制，英古蘭爵爺或許會覺得他戰戰兢兢的模樣頗爲逗趣。

他開門見山地說道：「弗傑帝先生，我知道你曾經拒絕讓崔德斯太太進入工廠。」

弗傑帝先生差點被茶水噎到，咳了幾聲。「那是……那是不幸的誤會。」

「請仔細說明那起誤會是如何產生的。」英古蘭爵爺冷冷地逼問。

「我們、呃、我們自然是替崔德斯太太著想。」

英古蘭爵爺挑眉。「弗傑帝先生，你口中的『我們』，指的是誰呢？」

「是我和已故的蘇利文先生。」

「你的意思是蘇利文先生幫崔德斯太太著想，特別告知你不該讓她進工廠？」

弗傑帝先生不太敢對上英古蘭爵爺的雙眼。「是──是的。工廠裡到處都是油污跟煤灰，機器吵得要命，眞的不是女士該待的地方。」

彷彿是在爲他幫腔似地，金屬敲擊聲響遍整個樓層，弗傑帝先生狹窄辦公室的牆面只擋住了部分音量。

英古蘭爵爺不為所動。「弗傑帝先生，你能在法庭上發誓你與蘇利文先生的談話內容，正如你方才所言？」

弗傑帝先生的茶杯停頓在嘴邊。「我為什麼要出庭作證？我與蘇利文先生的死毫無關係。」

「負責此案的警官認為崔德斯探長殺害蘇利文先生的動機是崔德斯太太。若是此案進法庭審理，辯護律師就有必要傳喚每一位曾與蘇利文先生和崔德斯太太互動過的人。你願意站在法官面前，按著《聖經》，說出同樣的證詞嗎？」

弗傑帝先生看起來坐立不安。「呃……」

「請不要拿廉價的謊言來搪塞我。我接受你聽從蘇利文先生的命令行事，但我絕不相信兩位的出發點是對女性的體貼。」

在他的疾言厲色之下，弗傑帝先生漸漸退縮。「爵爺大人，請您一定要諒解，是蘇利文先生提拔我來管理這間工廠。我有足夠的能力，也很努力工作，可是同樣有能力又努力的人很多。他給我這個機會，就是要我對他效忠。」

英古蘭爵爺的呼吸微微加速，但語氣依舊清晰。「這不是蘇利文先生的產業。」

「我懂，可是啊，爵爺大人，經營這間工廠的人是他。我在這裡做了好幾年，從沒聽過小考辛先生的消息，只有蘇利文先生、懷特先生，以及他們的祕書跟我聯絡過。蘇利文先生說只要弄出一點阻礙，崔德斯太太很快就會喪失興趣。一切又能恢復正常，我就可以高枕無憂。」

英古蘭爵爺和華生太太互看了一眼。總算能聽到有意義的情報了？

「你爲什麼會認爲若是讓崔德斯太太親眼看到工廠的內部狀況，你的位置就會有危險呢？」弗傑帝先生的鼻翼和前額布滿汗珠。「爵爺大人，不是您想的那樣。我把這間工廠當成自己的孩子照顧。可是您要知道，我是蘇利文先生的手下。蘇利文先生說要是他待不下去，那麼遇到事情，也沒有人保得了我。」

「你爲什麼認爲他可能在公司待不下去？」

弗傑帝先生不安地望向華生太太，迎上她嚴肅的視線。

「不需要擔心這位女士會驚嚇昏厥。」英古蘭爵爺語氣中帶了一絲不耐。「她陪著夏洛克・福爾摩斯辦案，要是你看到她見識過的場面，恐怕會需要嗅鹽來維持意識。」

弗傑帝先生低頭盯著地板，彷彿是不去看華生太太就能假裝她不在場。「好吧，蘇利文先生跟我說崔德斯太太對他有意思。可是他無法回應她的好意，所以她氣壞了——千萬別得罪女人。他說她在找藉口把他踢出公司，我不能讓她抓到把柄。」

英古蘭爵爺不得不佩服蘇利文先生的厚臉皮與壞心眼。「你信了他的說詞？」

「我……我沒想過要質疑蘇利文先生。可是親眼見過崔德斯太太之後，嗯，我不想說死者的壞話，但我從不覺得蘇利文先生對交友設下多高的標準——我是指對女性的標準。要是崔德斯太太眞的喜歡他，我無法想像他會拒絕。懂我的意思嗎？」

「我完全能理解。」

「可是蘇利文先生說她會插手工廠的事務，想要改變策略、給一堆命令；他這點可沒有說錯，她看起來真的很想做那些事。」

英古蘭爵爺按捺住脾氣。「弗傑帝先生，這間公司是她的。」

「可是，爵爺大人……」

在座沒有人幫他緩頰，弗傑帝先生只好專心一志地猛喝茶。

英古蘭爵爺暗自嘆息，轉向隨行的同伴。「華生太太、布隆先生，如果兩位已經休息夠了，相信弗傑帝先生能帶我們參觀一下此地。」

工廠占地廣達兩英畝，不過大部分機具集中在一間長約三百呎、寬約二百五十呎巨大的磚砌廠房裡，挑高的屋頂有部分鑲上玻璃片。廠房裡幾座熔爐正隆隆燃燒。夏季的廠房肯定是炎熱難耐，但是在這個氣溫接近冰點的隆冬時節，除了燃油和熔鐵的悶窒氣味外，此處不算太難待。

不過機具運轉的噪音能把人逼瘋：研磨、敲打、削尖的雜音，由人力和蒸氣鼓動的壓鉚機更是敲出震耳欲聾的巨響。汗流浹背的工人臉龐被煤炭燻黑，如同工蜂般繞著鍋爐的半成品打轉。弗傑帝帶著英古蘭爵爺、布隆先生、華生太太走過時，他們抬頭瞥了一眼，又迅速讓注意力回到手邊的工作上。

英古蘭爵爺的生父是國內名列前茅的富豪，他的銀行從以前到現在不斷貸出大筆款項，讓企業家興建、翻新工廠。接獲申請後將由銀行內部的專業部門判斷貸款者是否有能力善用這筆錢。瘦得像竹竿、留了一把大鬍子的布隆先生便是其中一位專家。英古蘭爵爺注意到他和華生太太正忙著關注如蜂巢般的繁忙動態，布隆先生的視線主要是追逐著實體資產跑，從覆蓋鐵皮的廠房到蒸氣壓鉚機旁堆積如山的半成品。

在視察過程中，他提出的幾個問題，立刻曝露出弗傑帝先生對於工廠的前身有多麼無知。他接著要求對方提出文件和照片，更是讓這名工頭越發坐立難安。

「抱歉，我沒有拿到這些資料。」弗傑帝先生拿一塊大手帕抹臉。「蘇利文先生把這間工廠託付給我時乾乾淨淨的，簡直和新的一樣，我完全沒想過要問之前是什麼樣子。」

布隆先生沒有多說什麼，等三人回到馬車上，車子駛遠，他才向華生太太索取她帶在身上的帳目估算表，想看看這間廠房翻修的支出。

他仔細研究福爾摩斯寫下的單頁摘要，看了許久，久到英古蘭爵爺和華生太太忍不住互看了好幾眼。華生太太的表情越來越緊繃。

「華生太太，妳認爲這份估算有多精確？」布隆先生總算開口，嗓音低沉得令人不安。

華生太太吞了吞口水。「我承認負責整理帳目的三個人全都不是專業的會計師，不過我們追蹤出每一筆用在這個項目上的主要支出。眞要說的話，我們提出的是比較保守的估測。」

布隆先生再次陷入沉默。英古蘭爵爺和華生太太又互看了一眼，不再追問。

他們在車站對街的鐵路旅店簡單吃了頓飯，待侍者撤下盤子之後，布隆先生說道：「在正式報告結果之前，我必須極度愼重。回到倫敦後，我可以親自檢視那些帳目嗎？」

英古蘭爵爺心一懸。什麼結果？「我必須取得崔德斯太太的許可，但相信她會欣然同意。我現在就可以發電報給她，讓你能盡早看到紀錄。」

在他起身前，華生太太板著臉問道：「布隆先生，我知道你不想草率下定論，但相信你已經有了一些想法。非常具體的想法。」

英古蘭爵爺雙手收在桌下，指甲刺入掌心。

「是的。」布隆先生皺起眉頭。「若要我說出現在的想法，很不幸的，我認爲眞正花在這間工廠上的資金，最多僅有帳面金額的三分之二。很可能只有一半。」

□

「不。」柯特蘭太太斷然道：「在前一組房客退租之後，三十三號的前後門鎖都換過了。他們在這裡住了好幾年，期間不知道打了多少備用鑰匙，乾脆換鎖比較安全。」

她和夏洛特坐在冷街三十一號地下室的管家辦公室裡。夏洛特此行的主要目的之一是領取隆斯代先生的行程記事本，蘇格蘭警場剛退還了這項證物。「那麼房地產仲介呢？我猜你們應該有請人來幫三十三號招收房客。」

「之前確實請過一位。在前任房客搬離之後，完成了室內維修清潔——徹底清過所有管線、更換壁紙之類的。這時隆斯代小姐發現了那間閣樓，深深愛上裡頭的布置。」

「等到三十三號的裝修工程即將結束，她問隆斯代先生可否在下一組房客遷入之前，借用閣樓的工作坊看書。小姐很少提出要求，於是他二話不說，馬上答應。他請仲介找人看房時要預先說一聲，好讓隆斯代小姐能提早離開三十三號。」

「後來隆斯代先生察覺到小姐對閣樓的喜愛，要我找仲介康威爾先生討論，只要是我們在倫敦，都希望能讓小姐自由使用工作坊。因此他的律師向康威爾先生說在我們回鄉下之前，這棟屋子暫時不招租，也請他把鑰匙還給我們。康威爾先生非常可靠，但我們還是不想冒險。」

柯特蘭太太湊上前，表情懇切。「福爾摩斯小姐，鑰匙全在這裡了。」

是嗎？「沒錯，隆斯代小姐的鑰匙在她手上。」夏洛特說：「但我們還沒看到隆斯代先生的鑰匙。」

「相信一定是在他書房的某個地方。」柯特蘭太太說：「現在我可以先給妳看看我保管的鑰匙。」

她起身，打開牆上上鎖的鑰匙櫃。裡頭所有的鑰匙都仔細附上標籤，其中兩串標著三十三號，一串大，一串小。

「妳曾把這些鑰匙交給別人嗎？」

柯特蘭太太正要搖頭，突然停住。「仔細想想，今年九月，住在倫格街的諾維區太太匆忙來拜訪隆斯代先生。她是個寡婦，人很好，只是有些錙銖必較，畢竟她手邊就只剩那棟房子和年金了。」

「她叫了煤炭，可是當送炭的馬車來時，卻發現她家的煤倉口打不開。煤炭公司說她必須付這趟運費，等煤倉口修好，煤炭送來，還要再付一次運費，因爲他們確實把貨送到了，煤倉打不開又不是他們的錯。」

「我剛才說過了，諾維區太太不是個花錢大方的人，她來問隆斯代先生能不能幫忙收下這批煤炭。可是我們也才剛收了一批炭，煤倉已經滿了。諾維區太太接著提起三十三號的地窖，那裡還是空的，所以我們最後還是收下了她的煤炭——還付了錢，因爲這批炭已經是我們的了。」

「那天我發燒臥床，隆斯代小姐自己來我這裡開鑰匙櫃——要開煤倉必須用到大串的鑰匙。我以爲她親自去幫諾維區太太開門，不過事後她把鑰匙放回櫃子裡時，跟我說隔壁的門都鎖好了，還說她是把鑰匙交給諾維區太太，而諾維區太太讓她家的僕役長處理一切。」

夏洛特心跳加速。「鑰匙在諾維區太太手上放了多久？」

「差不多一個小時吧。」柯特蘭太太的表情變得有些不安。「她不可能拿我們的鑰匙做出什麼事吧？」

「不，我敢說她沒有亂來。」夏洛特說。

至於她家的僕役長，可就難說了。

□

夏洛特想和隆斯代小姐談一談，可是她的姑姑剛抵達倫敦，她已經去陪這位隆斯代先生僅存的手足哀悼。夏洛特回到華生太太的馬車上，參考了里梅涅小姐昨天訪談的筆記後，請華生太太的馬夫羅森移動到附近街上。接著她寫了一封短信，請羅森前去投遞。

親愛的伍哈洛先生，

隆斯代先生遇害當晚，我相信你人在冷街三十三號屋內。我的代理人就在窑尼瓦巷四十八號外頭的四輪馬車上，希望能請你與她一談。

誠摯的，

夏洛克·福爾摩斯

在等待期間，夏洛特拉上車廂所有窗簾，從手提袋裡取出一塊水果蛋糕，一邊思考一邊咬下一口。就算沒有蛋糕，她還是有辦法思考推理，不過手上有蛋糕就像是往火爐裡潑灑煤油一樣。而且今天出門前她才睡了不到四個小時，想讓火繼續燒下去，多灑一點煤油是必要之舉。

吃完第一塊蛋糕，她心中天人交戰，思考是否要接著吃第二塊——或是晚點再來補充能量——這時她聽見腳步聲停在馬車外。

過了整整一分鐘，門上響起兩聲急促的敲打。

「請進。」

打開馬車車門的男子年約三十五歲，高大健壯，容貌出色。他身穿僕役長的黑色裝束，衣服燙得整整齊齊，一絲不苟。要是換上更時髦的裝扮，一般人可能會把他當成上流社會的紳士。然而他不像那類習於受人敬重的人，欠缺穩固的自我意識。他不斷眨眼，肩膀往前捲，戰戰兢兢，缺乏自信。

「妳、妳不是哈德遜小姐。」

他還記得以假名拜訪這區住戶的里梅涅小姐，當時她連各家的僕役都沒有放過。

「確實不是。我是福爾摩斯小姐，夏洛克．福爾摩斯的妹妹。伍哈洛先生，請進，幫我關上門。」

他小心翼翼地看看四周，以驚人的速度完成夏洛特的指示。「福爾摩斯小姐，我不知道妳爲何寫那封信給我，我眞的沒有——」

「倫格街三十六號的韓德瑞小姐曾在當晚去過冷街三十三號，因爲她以爲看到你進了那棟屋子。」

伍哈洛先生像是被賞了一巴掌似地瑟縮了下。「韓德瑞小姐不可能——她、她沒有——」

「她確實沒向外人提過這件事。可是她進入三十三號時，在用餐室地上找到一件東西，一枚女士的珠寶髮叉。可以用數十種方式來解釋那件飾品爲何會出現在空屋裡，但她認定你一定是在那棟屋子裡與別人見面。」

伍哈洛先生愣愣地盯著夏洛特看。「太荒謬了。韓德瑞小姐博學多聞，善良又耐心，她願意花時間與我相處——我無法形容心中有多麼感動。她怎麼可能會認為我約了其他人到屬於我們的地方見面呢？」

這串話從他口中飆出，過了幾秒，等他意識到自己說了什麼，整張臉紅得幾乎要滴出鮮血。

「或許韓德瑞小姐認定你與他人有約，是因為她覺得自己不像你這樣年輕又好看。」

「可是我永遠沒辦法跟她一樣聰明又好學。」他咬咬下唇。「希望我這麼說不會為韓德瑞小姐惹上麻煩。」

「我不會為難你們。我不認為兩位和謀殺案有任何牽扯，因此我不打算將你們列入正式關係人。但我希望你能告訴我當晚發生了什麼，你覺得毫無瓜葛的小事很有可能幫助我們走向正確的道路。」

僕役長的嗓音有些顫抖。「妳保證這些話都不會洩露出去？」

「我可以保證。」

他喘了幾口氣，總算控制住呼吸。「好吧。那天晚上我難以入睡，於是到外頭抽根菸。要是被人看到我在前門外頭閒晃，諾維區太太肯定會不高興，因此我站在後門外，往花園裡走了幾步。等我抽完菸，正要回屋內時，我看到一名女性走進三十三號。」

「你確定是女性？」

崔德斯太太？

「是的。三十一號側邊透出的燈光夠亮，我絕對不會看錯對方的身影。」

「那是幾點的事？」

「十一點五十五分，我看到那名女性的時候有看了一下錶。」

夏洛特興奮極了。「你確定？」

伍哈洛先生點點頭。「諾維區太太非常守時，我用的是跟車掌一樣的懷錶。」

他向夏洛特出示懷錶。她拿出自己的懷錶比對時間，思緒往四面八方飛散。

十一點五十五分。伍哈洛先生看到的女性不可能是在十二點半進入冷街三十三號的崔德斯太太。也不會是韓德瑞小姐，因為她在崔德斯太太離開之後才進屋。

「你認得那名女性嗎？」

伍哈洛把懷錶收回背心口袋。「我看到的時候，她已經半個人在屋裡了，所以沒看到她的臉，而且她的動作太快，無法分辨她身上的裝扮，只看得出是韓德瑞小姐常穿的深色衣裙。」

「我很困惑。韓德瑞小姐沒有那棟屋子的鑰匙。只有我有，後門跟主臥室的鑰匙。我不知道她怎麼進得了屋子，也不知道我們明明沒有事先約好，她為什麼要過去。如果不是她，深夜進入那棟屋子的人，還會是誰呢？」

「我想立刻去一探究竟，但就在這時，倫格街六十號的艾德里吉先生跟他的朋友到花園裡散步。他們常常這麼做，不顧當下的時刻，一邊散步一邊爭辯各種話題。不過這次他們沒有四處走動，而是站在花園正中央；要是我往冷街三十三號走，肯定會被他們看見。」

伍哈洛先生的手指扭成一團。「我老是害怕韓德瑞小姐總將會發現我不過是個沒受過教育的鄉下小伙子，這輩子八成不會有更高成就，只能在別人家的地下室裡度過餘生。我以為這一刻終於到了，她決定把我甩到一旁。」

「就在我打算放棄回屋裡時，那兩位哲學家總算離開。我衝到三十三號，發現後門關著，不過沒鎖。我來到三樓某間臥室，韓德瑞小姐和我平時都在那裡碰面，然後——」他再次臉紅。

「我站在門外，聽了一會兒動靜，接著才打開門鎖。」

「當時門鎖著？」他說的正是謀殺案現場的主臥室。

「是，門鎖著。我總是在我們——我們使用完之後把門鎖好。總而言之，看到房裡沒人，我鬆了一口氣。這時聽見樓下有兩個人在說話，一男一女。我聽不清他們的談話內容，可是男性聽起來不懷好意，女性的聲音充滿驚嚇。然後他們突然安靜下來。」

「韓德瑞小姐說她以前遇過這種雇主，絕對不能和對方獨處。在他家住了整整一年，她覺得自己像個難民，追兵總是如影隨形，埋伏在屋子轉角。」

不悅的罪惡感浮上他的臉龐，似乎是為了韓德瑞小姐往昔的痛苦自責。

「我想做些什麼，又不敢直接露面。我突然想到可以發出吵鬧的聲響，於是用力甩上門，然後再輕輕打開。我聽到女性大叫：『離我遠一點！』接著是有人跑出屋子的腳步聲。」

「我又鬆了一口氣，卻聽見有人往樓上走來。」他吞吞口水。「屋裡其他門都鎖著，我如果不想被逮個正著，只能跳出窗外。所以我就跳了。」

「幸好那棟屋子的門面有不少踏腳處，街上也碰巧沒人。從二樓的小陽台跳下去時，我的大衣被柵欄尖端勾住，還好沒有受傷。我扯開大衣，沿著冷街奔跑，找到屋子之間的柵門，爬進花園，回到諾維區太太家，嚇得要命。」

他擱在膝上的雙手緊緊交握，不斷顫抖。

夏洛特給他一點時間脫離湧上心頭的驚恐回憶。「你完全沒和警方說過？」

他搖頭。「要是向警方承認我那天晚上進過三十三號，肯定會丟了工作。我只能靠著這份工作，存個十到十二年的錢，才夠我……此外，我還從那兩人的交談中知道他們的身分。崔德斯太太的丈夫已經懲罰了那個非禮她的男人，對吧？」

這不是崔德斯探長想聽到的答案。

至於夏洛特想要的答案呢？伍哈洛先生承認甩門、跳窗、衣服被勾破的人都是他。他手上的鑰匙是否能引出其他線索？

「如果我想得沒錯，諾維區太太家的煤倉口會故障，是因爲你得知三十三號短時間內不會出租，一旦能取得鑰匙，就有機會獲得你和韓德瑞小姐安全會面的空間。」

伍哈洛先生稍稍變換姿勢。「拜託，福爾摩斯小姐，我知道我做的事不對，可是請別把我當成罪犯看待。我從十二歲開始就替人幫傭，一開始只是個清潔工，我連一根湯匙都沒有偷過。」

夏洛特盯著他看。「可是你複製了不屬於你的鑰匙。」

他垂下眼。「離開雇主家的時候，我會把一切都留下來，但是給鑰匙製模的技術我還帶在身上，也知道要去哪裡打鑰匙不會被人過問。」

「你有讓其他人拿過這些鑰匙嗎？」

「絕對沒有。眞的。」

「鑰匙還在你身上嗎？」

「如果妳需要的話，我現在就可以交出來。」他悶悶不樂地說道：「我不認爲韓德瑞小姐還想再踏進三十三號。」

夏洛特嘆息。「伍哈洛先生，在那一晚之後，你還沒和韓德瑞小姐說過話吧。你離開三十三號的時候相信她沒有辜負你的信任，但是她卻——」

「可是我一直在存錢，等存夠了就要向她求婚啊！」

「她知道這件事嗎？」

他扭扭手指。「我怕她會拒絕。她的出身良好，我家裡沒有半個人像她如此高貴可敬、有資格教育別人家的小孩。」

「伍哈洛先生，你知道韓德瑞小姐爲何對自己抱持疑慮嗎？」

「她不該這麼想。」他的語氣執拗。

「但她就是這麼想了。很少有人會比其他人還要看得起自己。你覺得你配不上她，因爲你不是有錢人。她覺得她配不上你，因爲她已經不再年輕貌美。把你的感受告訴她，跟她說你感興趣的不只是她的學養或是一時激情。不要以爲你認爲理所當然的事，在她心中也是理所當然。」

或許他總算聽進她的話，或許他聽懂了她蘊藏在話語中的期望——她不希望他跟情人之間產生更多誤會。他抬起頭，鄭重說道：「福爾摩斯小姐，我會跟她說的。謝謝妳。」

她迅速寫了張紙條，要他交給韓德瑞小姐。「伍哈洛先生，祝你好運。」

僕役長離開馬車時，嘴裡還是不斷道謝。

夏洛特再次嘆息。她眞的誠心祝福這名男子能有好運氣。肯定是年紀的影響——不然就是英古蘭爵爺的影響——她越來越心軟了。

想到他，她忍不住勾起嘴角。

第十六章

英古蘭爵爺發出電報，布隆先生搭上回倫敦的火車，華生太太總算敢小聲驚呼：「最多三分之二。很可能只有一半！」

她和英古蘭爵爺搭上租來的四輪馬車，離開人聲鼎沸的瑞丁車站。火車的汽笛聲。街頭藝術家活力充沛地演奏手風琴。小販聚集在金屬桶旁烤火，高聲叫賣肉餡餅和烤栗子。

在這片喧鬧聲中，他們的車夫高踞在前方駕駛座上，頭上罩著厚實的毛帽，不可能聽得見車廂裡的交談。

然而華生太太還是不敢以平時的音量說話。

英古蘭爵爺移到她隔壁，一手攬住她的肩頭。

他的接近讓她把滿心焦慮傾瀉而出。「如果我們的計算沒錯，布隆先生的估測也沒錯——他應該是不會出錯——那麼剩下的錢跑哪去了？那可不是小數字啊。而且還只有一間工廠！」

在小考辛先生的任期內，公司併購了好幾間工廠，也做了翻新工程。

「所以蘇利文先生才盡可能阻撓崔德斯太太接觸公司的營運狀況嗎？他作帳拿多餘的錢中飽私囊，對吧？福爾摩斯小姐不是說他家客廳堆滿了高級的擺設？」

「過度裝潢並不代表一個人有罪。」英古蘭爵爺緩緩說道：「不過我同意妳的說法。小考辛先生是個無能的老闆，讓蘇利文先生與他的狐群狗黨掌握大半決策權。倘若他針對崔德斯太太的敵意並不是爲了掩飾他的犯行，那我才要吃驚呢。」

可怕的想法浮上華生太太的腦海。她轉向英古蘭爵爺，抓住他的手臂。「滿天飛的謠言——大家都把崔德斯探長說成妒火中燒的丈夫。可是——如果他其實是在調查這件事，得知蘇利文先生從他妻子的家族偷走數萬，甚至是數十萬英鎊呢？這足以讓任何人陷入——」

她閉上嘴，收回抓著英古蘭爵爺的手，掩住自己的嘴巴。

他們的目的是幫助崔德斯探長脫罪，不是挖掘出更多刺激他殺害蘇利文先生的動機。

英古蘭爵爺皺起眉頭，他當然了解她的最後一句話對崔德斯探長沒有任何幫助。「我不懂的是——從一開始就搞不懂——爲什麼蘇利文先生和隆斯代先生會一同遇害。」

更可怕的想法襲上華生太太心頭。

「如果說——」她的聲音從手掌後飄出。「如果說隆斯代先生的人格完全不是我們所想的那樣呢？如果說他對老考辛先生買下他手中的股份一點都不感激，多年來都憤恨不平呢？他會不會認爲老考辛先生強迫他放掉這輩子最偉大的成就？別忘了，他從未給予崔德斯太太任何實際的協助。在崔德斯太太面前做做表面功夫不是難事，說不定正是他指導他的外甥偷取她的財產。就算他對姪女慈祥和藹，對僕人關懷體恤，還是有辦法對其他人殘忍無情。」

英古蘭爵爺一臉沉痛。他輕輕拉下華生太太掩嘴的手，握在自己掌中。「不幸的是，這個理論同樣把崔德斯探長置於謀殺案的核心——給了他充分的動機。」

華生太太癱軟地靠上馬車的椅背。「可憐的崔德斯太太。換作是我，現在大概已經完全失去理智了。就算我不是她，還是感覺得到絞索不斷縮緊。」

英古蘭爵爺突然笑了。「不久之前我也有過同樣的感受，當時我還是堅決谷命案的頭號嫌犯。我有沒有提過夏洛特小姐來探監時跟我說了什麼？」

華生太太不只直起背脊，還湊上前握住他的另一隻手。「快說。」

「我讓她知道我有多害怕，她說：『請別忘了，我是這盤棋的皇后——而且我絕不輸棋。』」

他迎上華生太太的視線，雙眼深邃而澄澈。「當時她替我撐腰，現在她替崔德斯探長撐腰。她不會辜負他的。」

華生太太感覺自己跟著勾起嘴角。然而——「我以爲堅決谷的命案中，夏洛特小姐從一開始就很清楚冰窖裡的死者是遭到誰的毒手，但是在這次的案子，她肯定和我們一樣摸不著頭緒。」

英古蘭爵爺挑眉，臉上帶著一絲惡作劇似的笑意。「沒錯，親愛的夫人，我們是摸不著頭緒，可是夏洛特小姐呢？她很有可能早就知道發生了什麼事，現在只是要查出背後的原因。」

□

伍哈洛先生離開馬車後，夏洛特細細研究了隆斯代先生的記事本，從十一月的第一週開始，紀錄顯示他去了大英博物館無數次、在考辛公司開了幾次會、到藥房兩趟，還見了他的醫生一面。

既然都來到這一帶了，她向人打聽最近的藥房在哪。兩位店主薩利先生和沃徹斯特先生都認識隆斯代先生，把這位忠實客戶當朋友看待，說只要他在倫敦，每個禮拜都會固定來光顧。

「他有固定的購物清單嗎？」夏洛特問。

「相信是這個東西讓他離不開這間店。」薩利先生指著一排裝滿五顏六色糖果的巨大玻璃罐。「家姊擅長製作甜食，隆斯代小姐對我們的軟糖愛不釋手。隆斯代先生幾乎每次都會買一包她最愛的口味、一包家姊的新作品、幾樣管家託他順道補充的家庭用品，再加上一、兩樣吸引他目光的小東西。」

「薩利先生說得沒錯。」沃徹斯特先生從後場冒出來，跟生意搭檔一起站在櫃台後。「他的目標確實是糖果。可是呢──這麼說可能有點自吹自擂，我們認爲或許他喜歡偶爾和受過科學訓練的人聊聊。」

「這個檸檬口味的軟糖可以包一便士的量給我嗎？」夏洛特指著其中一個罐子。「另外想請問一下，隆斯代先生對什麼樣的話題感興趣呢？」

「喔，各式各樣。」沃徹斯特先生說：「之前他的姪女迷上製作萃取精油時，他就向薩利先生請教過不少問題，薩利先生對酊劑可是經驗豐富。」

「那是某個時期的話題。」薩利先生一邊說著，鏟起亮黃色的軟糖裝進小紙袋。「還有一陣子他和我們討論過癌症藥物。」

「我們當然沒有賣那種東西。」沃徹斯特先生匆忙向夏洛特說明。「隆斯代先生跟我都認同那只是向絕望的患者斂財的玩意兒。」

夏洛特還買了一包薄荷棒——聖誕節快到了，應景嘛。

「隆斯代先生有一陣子挺喜歡薄荷喉糖。」薩利先生秤了重，將紙袋仔細封起。「沃徹斯特先生跟我都很期待跟他聊起一八六八年禁令發布前的光景。當時我自己會做煙火。唉，隆斯代小姐沒機會學到這些啦。」

他的搭檔拍拍他的手臂。「你不是給了隆斯代先生一份配方表，要是他姪女想自己調配顯影劑時就能派上用場了。就算限制爆炸物的使用，化學的樂趣永遠不會消失。」

「這倒是。」薩利先生輕笑幾聲。「看來比起製作煙火，我懷念的其實是青春歲月。」

夏洛特靜靜聽他們聊了一會兒過往的美好時光，欣賞兩人堅定的友情，接著她問道：「兩位男士還記得隆斯代先生最後一次是在什麼時候來這間店嗎？」

「那是他過世前的星期二。」沃徹斯特先生說：「那天薩利先生身體不舒服，只有我顧店。」

「在那之前呢？」

「在那之前，他連續兩天都來光顧，實在是不太尋常。」薩利先生應道：「他說那是因爲前一天他忙著聊天，忘記買東西，回到家才發現不對。」

他微微一笑，笑意卻漸漸化爲愁容。

沃徹斯特再次拍拍他的手臂安慰他，對夏洛特說：「那兩天是再往前一週的星期一跟星期二。」

爲了感謝兩名藥師的協助，除了兩包甜食，夏洛特還買了一塊玫瑰肥皂和一小盒唇膏，同樣都是出自薩利先生那位才華洋溢的姊姊之手。付錢時，她順口問道：「兩位是否知道固定幫隆斯代先生看診的瑞斯頓醫師住在哪裡？」

□

瑞斯頓醫師住得不遠，過了幾分鐘，夏洛特已經來到他家門口。醫師看起來健康狀況不佳，帶著夏洛特進客廳途中，他對著繡了花押字母的手帕咳了幾聲，啞著嗓子請夏洛特原諒他的無禮。

經過幾句噓寒問暖——他幾天前著涼了——夏洛特說明她的來意：「我知道隆斯代先生死於槍傷，而非疾病，但想請教一下，你是否知道他身體哪裡不舒服？」

瑞斯頓醫師往茶裡加了兩湯匙蜂蜜，壓了幾滴檸檬汁，喝下幾口後，嗓音聽起來沒那麼沙啞了。「令隆斯代先生困擾的是生理上的問題，加上難以控制自己行爲的心理障礙。換在其他人身上，這樣的健康問題還不至於被迫提早退休，但是他無法減少工作量，如果哪裡出了狀況，他就要廢寢忘食，直到解決爲止。這樣的脾性對於必須克服諸多工程難題的人來說是再好不過了，可是他的身體需要吃好睡好，接受良好的照顧，無法承受那樣的操勞。」

「如果他已婚，他的妻子或許有辦法調節他的行程。但他是個不懂節制的單身漢，疏忽與過勞幾乎殺了他兩次，最後是老考辛先生判定他必須停止工作。」

「莫特梅．考辛先生？」

「是的，老考辛先生眞的是出類拔萃的優秀人物。隆斯代先生的創新發明是公司的命脈，可是考慮到隆斯代先生的健康，考辛先生放棄了無法估算的可能獲益。隆斯代先生第一次差點毀了自己的健康時，他說他會退休，但他手中還有股份，無法放手不管。第二次，考辛先生以相當優渥的價碼買下他的股份，隆斯代先生徹底與公司切割，到鄉間靜養了好幾年，沒想到還眞的讓他把身體養好了。雖然他永遠無法像我這樣硬朗——我是說平常的我——但身爲他的醫師，我能保證他的健康狀況控制在可以接受的範圍內。」

縱使身旁眾人都認定兩人的情誼堅不可摧，但夏洛特一直沒有放棄隆斯代先生與老考辛先生對彼此的感情並不對等的可能性，然而現在又多了一個人爲他們之間的友誼和交情擔保。

「隆斯代先生近日身體可有微恙？」她問。

「我們定期見面，在我看來沒有任何問題。老實說，要不是我在他姪女的宴會前一天著了涼，那晚也會出席的。」瑞斯頓醫師又咳了幾聲。「這場悲劇害我好得更慢了。」

這房間對夏洛特來說溫暖得很，可是瑞斯頓醫師企盼地望向掛在椅背上的針織披巾。夏洛特起身，拿起那條披巾，交給瑞斯頓醫師。「你剛才提到你們定期見面，是指看診嗎？」

「謝謝妳，福爾摩斯小姐。」瑞斯頓醫師一臉感激，將披巾蓋在大腿上。「我們兩個都是無聊的老頭子——我已經差不多要退休了。他在倫敦期間，我們大約每個月一起聽一次演講。我每個月也會在家開一次惠斯特牌聚，他是固定班底。」

「來我這邊打牌時，我會在開場前或結束後以醫師的身分幫他檢查身體狀況：測測脈搏，看看身上是否有異狀，問他最近如何。有時候我覺得他的姪女對他是最好的良藥。他一點都不想放她一個人孤孤單單的——至少要等到她找到好對象嫁了才行。」

可惜即便他煞費苦心，現在隆斯代小姐還是又成了孤兒。

瑞斯頓醫師陷入沉默。

夏洛特取出隆斯代先生的記事本。對照過薩利先生和沃徹斯特先生的說詞之後，發現隆斯代先生近期光顧藥房的紀錄有些出入，特別是十二月初以來的紀錄。她翻到標註了「醫師」的頁面，拿給瑞斯頓醫師看。「上頭的日期跟時間，與你的每月牌聚一致嗎？」

「是的，固定在當月的第二個星期四下午。」

「他這天有下場打牌嗎？」

瑞斯頓醫師往嘴裡放了一顆喉糖。「沒有，那天隆斯代先生沒有打牌。理論上會有八個人出席，但那天有兩個人臨時取消。我們只能輪流打牌，不過隆斯代先生和莫特雷醫師聊得投入，甚至還出去散步了一會兒。」

夏洛特記得這名字，前陣子辦案時才剛碰過。「莫特雷醫師，是崔德斯太太的家庭醫師嗎？」

「是的，就是他。」

「他們熟嗎？」

「這兩位應該認識彼此，但我不認爲他們有多少交集。」

夏洛特再次看了草草寫在頁面上的「醫師」一眼。「看他們如此熱絡，你覺得意外嗎？」

瑞斯頓醫師又喝了幾口蜂蜜檸檬茶，視線飄向遠方。「牌聚前一天，我碰巧遇到隆斯代小姐。她向我訴說對於宴會有多麼緊張。隔天隆斯代先生的神情異常凝重。我猜他是在擔心自己的姪女。不過後來他跟莫特雷醫師聊開了，看起來對莫特雷醫師說的每一句話都深深入迷。」

「或許我是有點訝異。但身爲朋友兼聚會主人，看到他跟人聊得眉飛色舞，寬慰的心情超越了一切。之後我才有心情享受牌戲。」

他抹抹臉。「現在回想起來，我怎麼沒有更注意他呢？」

□

回華生太太家途中，夏洛特又把隆斯代先生的記事本看了一遍，從一月一日與姪女在新降的雪中乘坐雪橇的快樂回憶開始。

抵達家門口時，她隱約覺得這份紀錄中少了些什麼——那是她早該意識到的細節。然而那段記憶拒絕現身。

肯定是還沒吃午餐，腦袋才會如此遲鈍——已經睡眠不足了，現在又缺乏燃料，她怎麼有辦法好好思考呢？找出罪魁禍首之後，她立刻遁入用餐室。

正當她埋頭享用極度美味的烤牛肉三明治時，里梅涅小姐回來了，手中捧著一大疊從郵政總局收來的信：夏洛克·福爾摩斯呼籲社會大眾來信提供謀殺案的線索，而社會大眾回應了他的請求。

她同樣坐到餐桌旁——不是爲了用餐，她已經在恰當的時間吃過午餐了。兩人分享各自的發現，夏洛特得知隆斯代先生這幾個禮拜壓根沒有踏進大英博物館的閱讀室——儘管他向姪女和管家如此報告，也寫進記事本裡，但入館紀錄上並沒有他的名字。

「閱讀室的職員非常熱心，往回翻了幾個月的紀錄，尋找隆斯代先生的蹤跡。」里梅涅小姐滿意地點點頭。「我們一路回溯到八月，我擱在這裡給妳看。」

她隨後就離開用餐室，因爲英古蘭爵爺的那封電報，她得要準備好資料給即將上門的布隆先生。這位專家視察過崔德斯太太在瑞丁的工廠，現在要來審閱考辛公司的帳目。

夏洛特拿紙巾抹抹手，仔細研究隆斯代先生的入館紀錄。在十一月最後一週前，紀錄都與隆斯代先生的記事本相符。可是在那之後，雖然記事本上寫著他去了閱讀室，閱讀室那邊卻沒有登記他的名字。

她再次握起三明治。又是同樣的問題——他突然造訪藥房的行程並沒有寫進記事本，只有去瑞斯頓醫師住處的紀錄正確無誤。

若是向崔德斯太太求證，會不會發現去考辛公司開會的紀錄也是假的？就算他確實進了公司，日期時間也和記事本上的不同？

夏洛特停下咀嚼。烤牛肉三明治不但填滿她的胃，還給她疲憊不堪的可憐腦袋填滿燃料。現在她知道隆斯代先生的記事本中究竟少了什麼了。

他完全沒有寫到去考辛太太家弔唁的事。

第十七章

考辛太太熱切地握住夏洛特的手。「福爾摩斯小姐，請坐。感謝妳把華生太太介紹給我小姑。昨晚我去拜訪她時，她完全放下了壓在心上的巨石，總算有人給她勇氣，讓她完成早該做的事。」

「勇氣是崔德斯太太自己的。」夏洛特應道，一面坐下來。「妳說得對，但有時候我們就是需要別人推一把——甚至是狠狠踢一腳——才能踏上正確的道路。」

夏洛特點頭行禮。「我們只是想完成崔德斯太太的請託。」不過夏洛特不否認自己對崔德斯太太確實是嚴厲得有些過頭，也因此她能在華生太太面前更快敞開心胸。

「考辛太太，可否麻煩妳再回答幾個問題？」夏洛特繼續道：「上回我應該問得更徹底才對。」

考辛太太幫夏洛特倒茶。「說來也真奇怪，妳昨天離開後，我一直覺得有件事忘記跟妳提起。家母最近身體不適，夾在她的健康和小姑的麻煩事之間，我實在是沒辦法想事情，更別說是好好思考了。不過我願意盡全力協助你們。」

她抬起頭，昨天她只是看在夏洛特幫崔德斯太太辦事的份上生硬回答，現在則是眼中閃爍著希望與激動的光彩。

夏洛特慰問了她母親幾句，接著說道：「或許妳可以說說隆斯代先生前來弔唁那天的來龍去脈。」

考辛太太驚叫：「就是這個！我想到了，當時我正要說明他來訪那件事，外頭就出了馬車差點撞上小孩的意外，我嚇到了，忘得一乾二淨。」

夏洛特認爲自己也有責任。就算當時她的調查目標是蘇利文先生，也不該遺漏任何細節。

「他是在十二月初來訪，完全出乎我的預料。」考辛太太繼續道：「他和隆斯代小姐曾經送來花環致意，也參加了葬禮。他們還寄了弔唁信。他與我丈夫沒有私交，福爾摩斯小姐，妳不覺得他已經盡了一切的禮數了嗎？」

「確實是如此。」夏洛特應道。

「在考辛先生過世超過四個月之後，得知他要親自來向我致意，妳可以想像我有多驚訝。」

隆斯代先生過世前的幾個禮拜，行程有了不少變更，其中一個就是拜訪他幾乎沒打過交道的考辛太太。夏洛特緩緩吁了一口氣。「請告訴我一切妳還記得的細節。」

「嗯，他沒有停留太久，大概二十分鐘吧。至少有五分鐘聊的是天氣，另外五分鐘聊他的姪女。他感嘆她至今尚未正式踏入社交圈，認爲這都要怪他不好。我說希望她佳期不遠，可惜若是有這樣的宴會，我還在服喪，無法出席。」

「話題總算轉到我丈夫身上。隆斯代先生說他多希望自己年輕時並不是成天關在工作坊裡設計機具原型，而是有足夠的智慧，在我丈夫接管公司後，協助我公公引導他。要是他當年這麼做了，或許這幾年我們會是最要好的朋友兼盟友。」

她嘆了口氣。她的輪廓包裹在黑色衣裙裡，再襯著背後的金綠配色壁紙，形成完美的前拉斐爾派雕像。

「我這輩子不斷努力面對我嫁的這個男人的眞面目。隆斯代先生的一廂情願，這個永遠無法實現的想像，莫名地令我感動。我丈夫處處是缺點，但我有比他好嗎？若我知道他會死得這麼早，會不會成爲不一樣的妻子，我們的婚姻會不會更美好？」

她閉上嘴，望向窗外。

正値日落時分，崔德斯探長遭到正式起訴的時間越來越近。

夏洛特進一步提問：「隆斯代先生是否曾提及考辛營造公司或是蘇利文先生？」

「沒有，不過聊天氣時他提到了探長和崔德斯太太。他們前幾天才一同用餐，再過幾天又要餐敘。我還在氣崔德斯探長，沒有多說什麼。」

夏洛特此行的正題來了。「他是否有從此處取走任何物品？」

考辛太太一驚。「妳怎麼知道？」

夏洛特在心裡鼓掌，懸在半空中的心總算落回原處——她到現在才意識到自己有多希望這個理論沒有偏差。「我在他的私人物品中看到一枚悼念用的胸針。」

「就是這個。在他離開前，我們都有些感傷。他問我是否能給他什麼東西，好讓他緬懷考辛先生，比如說紀念性的首飾之類的。於是我把那個胸針送給他。」

考辛太太再次嘆息，纖長的手指按住頸子。「聽說有些人能感應到他們死期將近。我在想……隆斯代先生會不會是其中之一。與我的丈夫和解，幫姪女舉辦時節不太對的亮相宴會——感覺他是想完成一切未了的心願。他是不是知道自己即將離世呢？」

□

在緊鑼密鼓的謀殺案調查期間，想要與總算心意相通的情人感情升溫，最大的問題就是找不到時間發展下一步。

或許這是夏洛特自己的問題。就算不需要辦案，她不認爲英古蘭爵爺會任由「下一步」發生：他對於已婚男子的操守相當嚴格，即使離婚就在眼前，他也不可能降低標準。

因此，儘管前一夜才交換了甜美又熱烈的親吻，他們並沒有滾上舒適的羽毛床墊，共享青春與情欲，反而是到各家報社走跳。夜深了，但這不重要，早報多半要到凌晨才會完稿送印。

他們的目的是再散播一則告示，這回用了簡單的凱薩密碼，經過解碼便能得出：**最美的黑白條紋馬車的主人是否能在傍晚五點半至臨水路的狗鴨酒吧與忠實的仰慕者見面呢？**

由夏洛特駕駛馬車，她和里梅涅小姐在五點出頭抵達約定的地點。到附近繞了幾分鐘，夏洛特將華生太太的馬車停在狗鴨酒吧斜對面，此時這間酒館的生意正興隆。五點十五分，打扮成男性的里梅涅小姐下了車。

以她的身形，女扮男裝的難度遠遠低於夏洛特——不需要墊出假肚子來掩飾豐滿的胸脯。她在人行道上兜轉了一圈，腳步輕盈而瀟灑。

距離約定的時間只剩三分鐘，她再次下車，這回直接站到狗鴨酒吧門旁，擺出迷人的浪蕩姿態，劃了根火柴，點燃雪茄。雖然夏洛特從未在里梅涅小姐的頭髮或是衣服上聞到菸草味，但或許這對巴黎的學生來說是再自然不過的行爲。她微微一笑。就算有華生太太這樣開明的長輩，這位小姐還是暗藏了一些壞習慣。

街上人越來越多，是否有哪輛馬車載著乘客經過此地，就爲了看一眼「忠實仰慕者」長什麼模樣？幾輛馬車經過狗鴨酒吧門口時放慢車速，但沒有一輛車廂漆上顏色分明的橫條紋。

又一輛馬車緩緩停下，那是隨處都叫得到的出租二輪馬車。不過這回有人下了車，一名渾身包得緊緊的女性，臉龐被鑲了毛皮的寬大兜帽遮住。她只遲疑了半秒，便直接走向里梅涅小姐，說了些話，聲音小到夏洛特無法捕捉。

里梅涅小姐彈掉雪茄上的菸灰，拉開嗓門大喊：「抱歉，女士，我耳朵不太好，可以請妳再說一次嗎？」

夏洛特也戴著寬大的兜帽，悄悄點頭表示讚許。里梅涅小姐的耳朵好得很，腦袋也夠機靈，能在眨眼間想出變通的法子。

「我說，先生，」女性提高音量，「可以請你告訴我聖納伯堂在哪嗎？」她的嗓音！

夏洛特雙手握緊韁繩。

「沒問題，女士。」里梅涅小姐高聲說：「往東過三個街口，再往南走一點就到了。」

女性向里梅涅小姐道謝，轉身回到馬車上。夏洛特趁機瞥見她的面容。

正是蘇利文太太。

□

蘇利文太太叫的馬車在離她家兩條街外的地方放她下車。她用毛皮滾邊的披風緊緊裹住身體，步伐有些艱難，差點被人行道的裂縫絆倒。

夏洛特驅車遠遠跟在後頭，把自己的馬車停在蘇利文家幾戶外的路邊。不到兩分鐘，一輛四輪出租馬車接近，里梅涅小姐下了車。夏洛特離開車夫的位子，把厚重大衣交給里梅涅小姐，她已經在外頭凍得太久了。

她也遞上用來取暖的橡膠熱水袋。

里梅涅小姐輕笑一聲。「我越來越喜歡妳替這些熱水袋織的套子啦。」

夏洛特也很喜歡自己親手編織的毛線套。今天用的這個是以聖誕布丁作爲原型：帶著斑點的棕色瓶身代表高溫蒸煮過的布丁，瓶頸下以乳白色毛線象徵白蘭地醬，最頂端是一截紅綠相間的冬青枝，用了一層層細小的織片疊出接近立體的造型。

她差點就要脫口說出她替里梅涅小姐織了一套人體解剖造型的套子，要當作聖誕禮物，幸好在最後一刻忍住。「我要來換衣服了。」

里梅涅小姐套上尺寸特大的大衣，爬上駕駛座。夏洛特溜進車廂裡，確認每一面窗簾都緊緊合上。兩台暖腳的暖爐從車廂地板上散發出熱氣，但是當她剝掉材質粗糙的羊毛外套和長褲時還是瑟瑟發抖。

等她鑽出車廂，已再次化身爲夏洛克．福爾摩斯的妹妹，準備拜訪蘇利文太太。

在華麗閃亮的客廳裡，蘇利文太太幾乎成了隱形人。她對夏洛特的來訪看起來既焦慮又興奮，而興奮的成分似乎大了些。「福爾摩斯小姐，眞是意外！是什麼風把妳吹來了啊？」

「我們已經獲得足夠的調查成果，我想最好還是再和妳談談。」

「喔？」

蘇利文太太雙眼一亮。她是不是同時打了個哆嗦？

「是的。蘇利文太太，昨天我來訪時，妳提到隆斯代小姐的宴會當晚，妳丈夫赴宴前沒有先回家一趟。妳說他一定是直接從公司前往冷街。我這麼說沒有錯吧？」

「呃，對。」蘇利文太太的回應中透出一絲戒備。

「可是呢，直接從考辛公司過去一定很麻煩吧？蘇利文先生早上得要帶著晚禮服進公司。他得要小心翼翼，不讓衣服縐掉。最後還要把上班的服裝留在辦公室裡。」夏洛特邊說邊豎起手指，以誇張的動作計算要點，接著直視蘇利文太太。「這實在不是什麼合理的做法，他下班後乾脆回家一趟不是方便多了嗎？」

「呃……」蘇利文太太以抽搐似的動作撫平裙子。「早上他出門時我沒見到他，所以不知道他有沒有帶上晚禮服。」

夏洛特歪歪腦袋。「我認爲更大的可能性是蘇利文先生在城裡還有一棟住處。妳給他貼上高傲又罪惡的標籤，但我竟然沒想到他可能在外頭養著情婦，眞是太疏忽了。」

蘇利文太太抿緊嘴唇，又翻翻白眼，一副氣餒又不悅的模樣。「這也不是什麼新鮮事啦。」正如夏洛特所料，蘇利文太太很清楚她丈夫金屋藏嬌的惡行。

「所以妳認爲他應該不是在公司換衣服，而是去了情婦的住處，那裡早已放了一套晚禮服，他還能沐浴修臉，把自己整理得乾淨體面？」

蘇利文太太的語氣添上了一絲惱怒。「我說過了，我沒在家裡看到他，不知道他到底在哪裡換裝。考辛公司應該挺剛好的吧。」

夏洛特凝視著蘇利文太太。她先是不服氣地回瞪，卻又一點一點地移開目光。

「蘇利文太太，妳對我們不夠坦白。」夏洛特語氣嚴厲。

蘇利文太太嘴角顫抖，彷彿是被這份指控狠狠刺傷。「福爾摩斯小姐，妳怎麼能說這種話？我已經跟妳說過一大堆內情了。」

「妳也省略了許多事情。根據妳先前的說法，妳是在案發隔天早上被警方吵醒，那麼可以推論這棟屋子的專屬馬車並沒有去冷街等著接蘇利文先生回來，不然妳肯定會更早知道出了事。宴會結束後，他打算如何回家？在凌晨兩點的住宅區叫出租馬車嗎？」

「就算他不帶我出門，也每次都有辦法回家。」

「妳知道不需要擔心，因爲他在外頭有情婦，連著馬車一起養在某處宅邸。他搭著那輛馬車赴宴，也搭著同一輛馬車回到情婦身旁。」

蘇利文太太猛然抬頭。「這種話我可說不出來。」

「爲什麼？妳已經提到他對其他人的妻子垂涎三尺。」

蘇利文太太口沫橫飛。

「請容我在此做個推測。」夏洛特繼續道：「妳沒有提到情婦、她的住處，或是她的馬車，因爲妳希望完全隱瞞這部分。妳大談丈夫是如何十惡不赦，塑造出自己的悲慘境遇，但同時又刻意避談妳那一晚的行動。」

蘇利文太太渾身一抽，指尖陷入裹著襯墊的椅子扶手。「我的行動？我什麼都沒做，一整晚都待在這裡。」

夏洛特微微一笑。「要找到那位情婦的下落並不難。蘇利文先生的律師肯定知道這件事，畢竟他還得處理那棟屋子的相關開銷。只要問到情婦的住處，我就有辦法找她的車夫問話。妳想，要是我問他那晚做了什麼，他會給我什麼答案呢？」

蘇利文太太瞪大雙眼，臉色慘白，一言不發。

「他會說放蘇利文先生下車後，沒在附近等上一整晚，而是爲了賺點外快來到這裡——當然是避開旁人耳目，沒在正門外等——送妳去冷街。」

蘇利文太太抓住旁邊小几上的圓形繡框，上頭還綳著夏洛特昨晚看到的寡婦手帕。「我爲什麼要去那裡？」

「自然是監視妳丈夫的動向。不過妳很快就發現三十三號除了連接一樓用餐室和正廳的門，幾乎每個房間都上了鎖，讓妳找不到窺視三十一號二樓舞會場地的好地方。」

「這、這太荒謬了！」

「或許妳是這麼想的，但還是無法壓抑做出這件事的衝動。有人在那天半夜十一點到十二點之間，看到一輛外表相當顯眼的馬車來到冷街。妳是搭那輛車來的嗎？妳待了多久？」

蘇利文太太拿著繡框的手勢幾乎是把它當成盾牌。「我拒絕回答如此荒謬的問題。」

夏洛特雙手規矩地在膝上交疊。「蘇利文太太，我很想知道妳之後去了哪裡。是直接回家呢？還是搭著那輛馬車去了別處？」

「福爾摩斯小姐，妳的想像力太豐富了！」

「是嗎？可惜憑我的想像力還不夠豐富，想不出妳是如何進入三十三號。妳是否習慣在妳丈夫不希望妳同行時偷偷跟著？他知道妳的這種行徑嗎？」

蘇利文太太丟下繡框。「福爾摩斯小姐，我認爲——」

夏洛特起身。「是的，蘇利文太太，妳要想清楚。先給妳二十四小時的時間吧？在那之後，家兄會派我去拜訪布萊頓探長，告知我們的推理結果，要求他搜查蘇利文先生的另一個住處。」

第十八章

正如夏洛特所料，她一告辭，蘇利文太太馬上就溜出家門，東張西望，活像是偷懶跑去幽會的女僕，而非這個家僅存的主人，來去完全不需要看人臉色。

里梅涅小姐驅車跟上。夏洛特在鄉間鍛鍊駕車技術，里梅涅小姐則是在城市裡學習駕車。在瓊阿姨的監督下，先到公園練車，再換到人車較少的區域。她對夏洛特這麼說。

儘管她相對來說缺乏在幹道上行駛的經驗，不過夏洛特一點都不在意。她的注意力全放在馬車行駛的方向上：她們深入更時髦的地段，庭院更豪華，全是獨棟住宅。

只是路過，還是說蘇利文太太的目的地就在這一帶？

是後者。

蘇利文太太在一間坪數遠遠超過她的住處，也更加華麗的屋子前下車。

夏洛特猶豫了。一般人不會把情婦安置在這種地方。情婦通常住在其貌不揚的宅子，以珠寶盒這個別名來增添優雅的氣息。蘇利文太太會不會只是碰巧來拜訪社會階級比她高一等的人家？

在這個不適合上門拜訪的時刻，還搭著出租馬車？

夏洛特決定碰碰運氣。應門的女僕先是拒絕讓她見女主人，不過聽到夏洛特說她是蘇利文先生的另一個情婦，前來討論後續安排，對方馬上帶她進客廳，態度草率無禮。

這間客廳也是金碧輝煌，不過在某些圈子裡或許稱得上大方優雅——比如說某些近年崛起的暴發戶。幸好屋主沒用各種物品塞滿空間，給了人欣賞設計與配置的餘裕。幾個高大的羊齒草盆栽爲房裡帶來一點綠意，每個桌面、窗台都插上鮮花，無一遺漏。

蘇利文太太從白金配色的沙發上跳起。「福爾摩斯小姐，妳——妳——」

「又見面了，蘇利文太太。可否麻煩妳介紹一下？」夏洛特低聲問候，朝著房裡的另一名女性低頭行禮。

她看起來剛過三十歲，面容標緻，但算不上出眾，身穿得體的居家午茶袍，翡翠綠色的開襟長衫搭配寬鬆的白色連身裡衣。

夏洛特對午茶袍無比嚮往，那是已婚仕女穿來在午後時分招待情人的便裝，光是它的存在，就令人浮想聯翩。既然英古蘭爵爺總算接受了這段關係，是不是該投資一下了？

「福爾摩斯小姐，這位是波特溫太太。」蘇利文太太低喃。「波特溫太太，這位是福爾摩斯小姐，她替私家偵探夏洛克．福爾摩斯調查謀殺案。」

波特溫太太顯然見過世面，沒有顯露出絲毫的訝異或是不悅。她起身與夏洛特握手。「福爾摩斯小姐，我可以保證我跟謀殺案毫無關係。殺害我的金主會影響到我的生計——我對自己的生計可是很重視的。」

「波特溫太太，我相信妳。」夏洛特說道：「我來此只是因爲蘇利文太太拒絕回答她在案發當晚的動向，所以我改向妳提出這個問題。」

「妳說要給我二十四小時思考！」蘇利文太太可憐兮兮地抱怨。

「妳還是可以選擇在二十四小時後告訴我更多。」夏洛特說：「但我並沒有跟妳承諾我要如何利用這二十四小時。」

蘇利文太太嘟嘴。「我不是故意把她引到妳家門口的。」面對與她共享丈夫的女人，她的語氣更加哀怨。

「既然我們齊聚一堂，就像文明人一樣坐下來喝杯茶吧。」雖然蘇利文太太只比波特溫太太小了幾歲，但後者卻幾乎把她當成任性的姪女看待。

那名依舊一臉狐疑的女僕恰好在此時端來茶水和點心，應該是在蘇利文太太上門時就開始準備了。

夏洛特挑了一小塊冰糕，這個點心讓她想起十三歲那年第一次見到英古蘭爵爺的情景。「波特溫太太，這棟房子眞是不錯。」

蘇利文太太皺起鼻子，但沒開口抱怨爲何她丈夫沒有買這樣的房子給她。

「謝謝妳。」波特溫太太說：「雖然這不是我的房子，既然蘇利文先生已經不在了，我也不知道還能在這裡待到什麼時候。」

「妳對他的過世感到難過嗎？」

波特溫太太嘴角勾起嘲諷的弧度。「我們之間只存在著買賣關係。我敢說蘇利文太太受到的影響更大。她對她丈夫抱持的感情……那是我永遠做不到的。」

蘇利文太太沒有開口，看來是還在後悔第一次與夏洛特見面時說了太多。

「喔？」夏洛特問道：「蘇利文太太，妳願意和我多說一些嗎？」

蘇利文太太盯著自己的膝蓋看。「妳問波特溫太太吧。這裡可是她家客廳。」

「暫時的。」波特溫太太禮貌地回應。「這裡只是暫時屬於我。」

夏洛特欣賞波特溫太太挖苦譏諷又不顯尖酸刻薄的態度。「請告訴我蘇利文太太對她丈夫有什麼樣的感情。」

波特溫太太凝視夏洛特好一會兒，似乎是在納悶爲何這名表面上看似道貌岸然的女性，會在墮落女子的客廳裡如此從容。「蘇利文先生是在不久之前買下這棟屋子的。新的情婦就該配上新居。我恰好是他前任情婦卡羅威太太的好友。卡羅威太太想和蘇利文先生分手，而我正巧缺個金主。她向我求助，我從她手中接下了蘇利文先生。」

「卡羅威太太才不想離開，是蘇利文先生厭倦了她。」蘇利文太太認眞地說道。

波特溫太太臉上掛著淺笑，小口喝茶，沒有回應蘇利文太太，繼續對夏洛特說道：「我搬進這棟屋子的時候，蘇利文先生說蘇利文太太可能會上門拜訪。他叫我把她關在門外就好，卡羅威太太跟他過去的歷任情婦也都是這麼做。」

「但我對蘇利文太太很好奇。感覺她很……不屈不撓，我想看看她本人是什麼模樣。等我眞的見到她，領悟到蘇利文先生在她心目中是無比執著的目標。要不是愛得過了頭，我想也不會產生如此執念。感覺更像是——她只在受到他的關注時才覺得自己活著。」

蘇利文太太吞了吞口水。她張開嘴，過了幾秒又合上。

波特溫太太瞥了她一眼，不是輕視，更像是面對未知亞種的標本師。「蘇利文先生並沒有付出同等強烈的情感，但他也不是對她的信念無動於衷。事實上，他有一部分的自我是依靠著這份情感而活。這個男人不懂付出。在公司裡，他可以呼風喚雨，因爲巴納比·考辛先生對他言聽計從，而且他對手下蠻橫無情。在女性面前，他可以買下卡羅威太太和我的歡心，可是我不認爲他特別擅長與女士相處。」

「所以說妻子眞心誠意的注視對他是很重要的，就算他不喜歡只有她對他感興趣、把他放在心上。」

蘇利文太太沒有看著任何一個人，像是領子弄得她不太舒服似地別開臉。

「福爾摩斯小姐，現在我說的一切，都是基於蘇利文太太在我們見面之後不久告訴我的事。」波特溫太太繼續道：「妳也知道母親能狠狠批評自家孩子，但若是聽到別人以同樣的詞語責罵她們的寶貝，又會火冒三丈。蘇利文太太對她的丈夫也是如此。她可以罵他道德淪喪、管不住下半身，而我只能洗耳恭聽、不容附和。」

蘇利文太太究竟對她的丈夫抱持著何種情感？還是說那太過於複雜，無法歸類爲任何一種情緒？「看來妳不只見過蘇利文太太一次。」夏洛特說道。

波特溫太太拉拉領子，又露出淡淡諷笑。「蘇利文太太已成了固定訪客。」

「妳跟我收錢！」她的固定訪客大叫。

「妳丈夫付錢買我的時間，沒有理由讓妳成為例外。」波特溫太太耐心說道。「除了一開始的好奇，我對於你們這對夫妻之間的問題沒有多大興趣。不過妳想要聽眾，我也願意收錢聽人說話。」

這兩名女性的「友誼」並沒有出乎夏洛特的意料。蘇利文先生在世時，蘇利文太太還能向誰掏心掏肺地提起她的丈夫呢？「蘇利文先生知道妳們見面的事嗎？」

「後來還是瞞不過他。」波特溫太太應道。「某天蘇利文太太離開時，碰巧被我的馬夫懷莫看到了。屋裡的僕人是我請的，可是懷莫一直都是蘇利文先生的手下。他向蘇利文先生報告此事，蘇利文先生很不開心。並不是氣他妻子找上門來——只要我能忍受，他就不會過問——而是氣我沒告訴他。」

「『那個女人什麼事情都要管。』他說：『我根本不能在家裡放重要的東西，因為遲早會被她翻出來。現在妳才跟我說她來這裡好幾趟了？』」

「蘇利文太太確實很好奇。好奇得不得了。第一次來訪時，她把整棟房子巡了一遍，包括地下室，之後每次都想知道屋裡有沒有多了什麼。」

「我不介意她的好奇心，因此感覺蘇利文先生太過小題大作。他氣沖沖地批評蘇利文太太總有辦法開鎖，無論是門還是抽屜。他以為她無法染指這棟屋子，但現在他再也沒有半個安全的避風港了。」

夏洛特轉了轉盤子裡的小冰糕，思索波特溫太太的話語。「蘇利文先生是否禁止蘇利文太太再次來訪？」

波特溫太太望向蘇利文太太。「或許他向她提過這件事，但蘇利文太太有她的一套。我只知道最後她不但沒被禁止出入這棟房子，還獲准透過雙面鏡觀看蘇利文先生和我在臥室裡的模樣。我想像之後他們在家裡見面，氣氛應該是……非常地有意思，所以蘇利文先生沒有放棄這個安排。」

蘇利文太太沒有臉紅，只是默默地發怒。

一股不符她作風的笑意湧向夏洛特喉頭——就連她也料不到今晚能聽到這麼多活色生香的內情。「這事發生的頻率高嗎？」

「基本上只要蘇利文先生獨自參加社交活動，就會來我這裡一趟。懷莫會去他們家後門接蘇利文太太。馬車停在活動會場外，讓蘇利文太太看她丈夫一眼，然後送她到這裡。接著懷莫再去接蘇利文先生。」

「蘇利文先生不再擔心讓他妻子進這棟房子？」

「他叫我盯著她，千萬別讓她靠近總是上著鎖的書房。」

「妳跟蘇利文先生忙著……的時候，他是如何管著蘇利文太太？」

波特溫太太勾起一邊嘴角。「妳這個問題真有趣。某次我們完事後，過了幾分鐘，蘇利文先生大聲咒罵，跳了起來。我跟著他往外走，發現他跑到樓下書房門前。蘇利文太太也在那裡。根據他們的互動，我猜他是逮到她拿髮夾撬鎖。」

夏洛特轉向蘇利文太太。「妳會開鎖？」

她揚起下巴。「我成功過一、兩次。」

夏洛特又對波特溫太太說道：「每次事後都要戰戰兢兢地衝出去看自己的妻子是不是又在撬鎖，實在是很煩人吧。」

波特溫太太一副努力忍笑的模樣。「確實。我很想知道下回她待在這間屋子裡時，他會怎麼做。不過下一次他卻一點都不急，等他離開臥室，我聽見他對蘇利文太太說：『蠢女人，妳還想拿髮夾開門嗎？我現在要回家了，妳還要待在這裡嗎？』」

蘇利文太太一動也不動，彷彿化為一座石像。

夏洛特暗自嘆息。「波特溫太太，妳會如何形容他的語氣？」

「雖然他心下氣惱，但愉快的成分大於不悅。」

「然後他們就一起離開？」

「他們就一起離開。」

「這件事發生在什麼時候？」

波特溫太太想了想。「八月。八月初。」

「前一次撬鎖事件又是何時？」

「我想大概再早一個月吧。」

夏洛特起身。「波特溫太太，若妳同意，我想和妳的馬夫談談。」

□

波特溫太太提議把懷莫叫進來，但夏洛特說她想去馬車房找他，看他在熟悉的環境裡會不會比較放鬆。

馬車房的門一開，橫條紋車廂瞬間映入眼簾。實際的顏色應該是藍白相間，不過藍色很深，也難怪柏斯沃先生在深夜裡會看成黑白色。

懷莫小心翼翼地向夏洛特證實在隆斯代小姐的宴會當晚，他送蘇利文先生到冷街三十一號，又回頭接蘇利文太太到同一個地點。

「之後呢？」

懷莫有些遲疑。

「請照實回答福爾摩斯小姐的問題。」波特溫太太說。

懷莫又遲疑了一會兒，才開口說道：「蘇利文太太下了車，她試了試三十三號的前門，然後爬過三十一號跟三十三號中間的花園柵門。」

不屈不撓，這是波特溫太太口中的蘇利文太太。蘇利文太太在這個不得任何人喜愛的男人身上付出了所有時間和心力，她究竟是抱著什麼樣的心情？「你還記得大概是幾點嗎？」

「不太確定。差不多是十一點四十五分吧。」

夏洛特擺擺手要他繼續說下去。

懷莫抓抓脖子。「她進去之後，我駕車繞了花園兩圈。繞到第二圈時，她從三十三號的前門走出來。」

也就是她稍早開不了的那扇門。

「她要我載她回這邊。」懷莫繼續說下去：「我就照辦了。」

夏洛特看了波特溫太太一眼，她點頭附和。「我不記得蘇利文太太回到這邊的時間，應該還不到凌晨一點。」

「請繼續，懷莫先生。」夏洛特說。

懷莫抓抓脖子另一側。「我駕車回到瀑布巷，離冷街只有兩三條街。接近兩點時，三十一號的僕役前來通知賓客的馬車可以回去接人了，因為霧氣越來越濃。我跟在其他馬車後頭，打算停到比較遠的地方。蘇利文先生不介意偶爾被人看到他搭上這輛車，但他也不想太過引人注目。」

「我一直等著，等到其他馬車都離開，他還是沒有出來。我不知道該怎麼辦。我等到三十一號的燈都關了，又繞了花園幾圈，就是沒看到他。我回到這裡，心想他可能是搭其他人的馬車回自己家了。」

他再次偷瞄波特溫太太。

「說下去吧。」她說。

「是的，女士。我向波特溫太太報告這件事，她聳聳肩，可是蘇利文太太很擔心。她說我們該回冷街一趟。波特溫太太反對，說蘇利文太太該回家了，再拖下去，她會在濃霧中迷路的。」

「蘇利文太太上了車，還是想去冷街。我同樣替蘇利文先生擔心，可是霧已經濃到不適合往那裡跑。所以我說我要照著波特溫太太的吩咐送她回家。那天晚上我就做了這些事。」

我和他說過上帝會找個被他激怒的丈夫來懲罰他，蘇利文太太第一次跟夏洛特見面時曾經這麼說過，可是她眞的相信他會遇上不測嗎？雖然他在宴會後失蹤，警方隔天早上來敲門時，她是否眞的那麼錯愕？

兩人橫越後院回主屋途中，夏洛特回頭問道：「波特溫太太，妳的馬車非常顯眼，是妳要求漆成這個花色嗎？」

波特溫太太哼了聲，不過嗓音中幾乎沒有掀起半點波瀾。「蘇利文先生喜愛這種微不足道的暴行。馬車的花色是根據——或者該說是違背他當任情婦的喜好。如果他的情婦喜歡張揚自己是有錢人的情婦，那她會收到端莊的黑色馬車，連一點金邊都沒有；如果這位情婦，和我一樣，希望能低調些，不想讓人一眼就識破是被包養的女人，那他就會選擇格外花稍的馬車。」

「我和他的前任情婦卡羅威太太有點交情，很清楚他刻意羞辱的手段。既然我無法徹底隱藏事實，也不想大張旗鼓宣傳自己就是個墮落女子，於是我向他表示我有多厭惡藍色條紋，妳看，我得到了藍白條紋的馬車。」

波特溫太太用力踢開腳邊的石子。「我喜歡藍色條紋，特別是藍白條紋，但我還是寧願把那些顏色全部刷掉。」

沉的布料。

□

回到波特溫太太的客廳，蘇利文太太還坐在同一張椅子上，上半身往前頹倒，宛如一團黑沉沉的布料。

「蘇利文太太，可否向妳請教幾個問題？」夏洛特問道。

「廚房裡有事要我去關照一下。」波特溫太太說道。她慎重得體的應對無懈可擊。「抱歉，恕我暫時告退。」

「福爾摩斯小姐。」蘇利文太太悶聲回應。「妳應該已經滿足妳的偷窺欲望了吧。」

波特溫太太的午茶袍背後版型寬鬆飄逸，在她背後優雅地飛舞。夏洛特的視線追著衣襬跑，打算也替自己訂做一件美妙的午茶袍。外層得要是紅色或是亮紫色。不對，粉紅色更好。她很適合粉紅色。

等到波特溫太太不見蹤影，她才轉身面對蘇利文太太。「有一些和那檔子事無關的細節還是讓我好奇不已。比如說呢，我很想看看妳是如何對付這棟屋子的書房門鎖。」

「妳——什麼？」

「妳丈夫已經不在人世，誰會阻止妳在那扇門上施展撬鎖的才能呢？」

蘇利文太太挺起背脊，下一秒又再次垂下肩膀。「可是他一定早就拿走不想讓我看到的東西。」

「有可能，不過說不定能在裡面找到其他東西。」

蘇利文太太先是一愣，接著一躍而起。

書房位於一樓，結實的黃銅門把上環繞著東方風的半浮雕，下方有個鑰匙孔，全都鑲在看起來堅不可摧的金屬板上。除此之外，門上還有一顆掛鎖。

蘇利文太太從髮髻裡抽出幾枚髮夾，朝著掛鎖進攻。

「妳對此經驗豐富。」過了一會兒，夏洛特評論道。她自己也在這項技術上花了不少時間，加上精巧的工具，還接受過大師的指導。

「他讓我看的書太無趣了——挖出他瞞著我的事更好玩。」蘇利文太太嘴裡叼著兩根髮夾，音節有些含糊。「如果我看了那些書，說不定他的靈魂就不會直接往，嗯，那種地方去。」

就算眞有死後世界，夏洛特對蘇利文先生接下來的命運毫無興致。「妳喜歡看什麼樣的書？」

蘇利文太太聳聳肩。「很多。我們家曾經有過整套第九版《大英百科全書》，然後某天突然被他清掉，我才把德皮奈夫人【註】的條目看到一半呢。」

這句話引起夏洛特的注意。「妳想他爲什麼要這麼做？」

譯註：德皮奈夫人（Madame de la Live d'Épinay, 1726-1783）是十八世紀的法國女性作家，也是知名沙龍主人。

「他說女人受太多教育不好。」蘇利文太太不屑地哼了聲。「我猜他只是要惹毛我。他也用同樣的理由在屋子裡的各處上鎖。」

「妳不認為他有意隱藏什麼東西嗎？」

蘇利文太太突然僵住，接著從唇間抽出另一根髮夾，若無其事地繼續撬鎖。「他當然藏了東西。如果他在跟我玩欲擒故縱的把戲就算了，但他才沒有那麼多心思提防我。」

「妳會去注意報紙上的告示是因為他對這個感興趣？」

「那則提到馬車的告示是妳登的，對吧？」蘇利文太太把耳朵貼到掛鎖上。「那些小告示已經算不上挑戰了。幾乎沒有人想編出真正的密碼。只要解開夠多凱薩密碼，它們總有一天會變得和放太久的麵包一樣毫無滋味。」

釦鎖啪地彈開。

「做得好。」夏洛特說。

蘇利文太太轉過身，對她的讚賞一臉詫異——幾乎是慌了手腳。她清清喉嚨。「這算簡單了——蘇利文先生喜歡掛鎖。我不知道能不能解開門鎖。」

「沒這個必要。波特溫太太慷慨地允許我向管家借用一些東西。」夏洛特從手提袋裡抽出一串鑰匙。

蘇利文太太看著那串鑰匙的眼神，活像是把它們當成最棒的聖誕禮物。

夏洛特開了門。蘇利文太太衝進房裡，立刻鎖定厚實的桃花心木書桌的抽屜。發現抽屜全都沒鎖，也幾乎空空如也，她的臉垮了下來。

夏洛特從書櫃抽出的皮面精裝書也沒有被挖空，她從另一座書櫃隨機抽了一本書，還是一樣。第三本書同樣完好無缺。

蘇利文太太找到了一盒沒有開過的古巴雪茄，還有一把裝滿子彈的左輪手槍和一盒子彈。夏洛特拉開展示櫃上層的玻璃門，細細觀察放在裡頭的威士忌酒瓶。

「蘇利文先生喜歡雪茄跟威士忌嗎？」

「跟一般人差不多吧。」蘇利文太太喃喃回應，她已經跪在地上，瞇眼往抽屜深處看去。

夏洛特往書櫃下摸索，檢查每一個櫥櫃，甚至翻了翻壁爐。確認過這些地方都毫無機關後，她來到桌邊，桌上有個大理石墨水架、按壓吸墨紙的墊子，還有一本約翰・彌爾頓的《失樂園》。

和書櫃裡的書不一樣，這本書被裁去了好幾頁，每個章節都缺了最後一頁。

「蘇利文先生喜歡讀詩嗎？或是形上學？」

「有一次我看到他在讀莎士比亞——第一對開本。」蘇利文太太搜遍書桌的每一個角落。「可是當我問起他最愛哪齣劇時，他卻說莎士比亞讓他頭痛。甚至有好幾次看他翻閱《聖經》——也沒有更接近上帝。天知道他幹嘛要看彌爾頓。」

夏洛特捕捉到窗外的動靜。她剛才要里梅涅小姐先回家，外頭天寒地凍的，她不想讓這名年輕女子在駕駛座上吹太久風。現在華生太太的馬車繞了回來，由她的車夫羅森駕駛。

車裡坐了一名乘客。

她回頭對蘇利文太太說：「讓我來吧。」

她取出所有抽屜細看，都沒有暗格。她點起隨身提燈，照亮少了抽屜後空蕩蕩的桌下空間。書桌右側最後方的底板看起來稍微厚了些。她伸手往裡面一探，在角落摸到一片厚約四分之一吋、寬約一吋的木片，長度與抽屜格的寬度相等。

她想把它抽出來，但木片黏得很緊。她摸索了幾秒，感覺到頂部有一個小凹槽，將兩根手指勾進凹槽裡，往外一拉。

書桌另一側傳來物體掉落的啪嚓聲。

這條木片肯定是以卡榫連接書桌背板底部，只要一動，背板就整片滑落。

蹲在夏洛特身旁的蘇利文太太跳起來查看，夏洛特跟了過去。

在書桌的另一側，原本被背板遮住的隱藏抽屜露了出來，蘇利文太太將它拉開。只有抽屜左側放了東西：四個厚厚的信封。蘇利文太太打開其中一個，眼睛瞪得老大。「這一定是——一定是——」

夏洛特從她手中接過那疊鈔票，攤成扇形計算金額。「一千鎊。」

下一個信封裡裝了五千美金，幾乎與一千鎊等值。剩餘的兩個信封各是相當於一千鎊的法郎與馬克。

「這……這就是他不讓我進來的原因嗎？」

夏洛特沒有回應，拿捲尺測量隱藏抽屜的尺寸。

「我該拿這些錢怎麼辦？」蘇利文太太低喃。

「當然是留下妳今天欠波特溫太太的談話費，其他全部帶走——我不認爲蘇利文先生的遺囑上有提到這筆錢。」

蘇利文太太只遲疑了半秒，隨即照著夏洛特的提議，在桌上放了好幾張鈔票——看來遠遠超過波特溫太太平時收的費用——再把信封全部塞進自己的手提袋。

夏洛特又檢查了書桌一回，等到確定裡頭沒有其他暗格機關，才和蘇利文太太一起將書桌恢復原狀。

蘇利文太太斜眼瞄向夏洛特，表情異常客氣。「福爾摩斯小姐，妳可以陪我回家嗎？帶著這筆錢穿梭在倫敦街頭，感覺不太安全。」

「我的馬車停在外頭。我可以送妳回家，不過在那之前我還有幾個問題。」

蘇利文太太嘆息。「好吧，我這就告訴妳那天晚上我做了什麼。蘇利文先生說隆斯代小姐的亮相宴會有好戲看了。他說他寫信給崔德斯探長，要探長去三十三號，等著看他的妻子背著他都做了什麼好事，激得他火冒三丈。不只如此，蘇利文先生預期崔德斯探長會闖進宴會，把場面鬧得很難看，毀了隆斯代小姐的大日子，不只撕裂他們夫妻之間的感情，也徹底破壞他妻子和隆斯代先生的交情。」

「蘇利文先生說起謊來就和呼吸一樣容易，我沒有眞的信了他。這種事只是我生活中的消遺。」蘇利文太太歪著嘴唇，一臉放棄一切的絕望表情。「更何況他過去從未預告過這類行爲，惹出眞正的醜聞。我去了冷街，在裙子裡穿了燈籠褲，這樣在必要時就能爬過花園柵門。」

「發現三十三號的前門鎖著，我確實爬了進去。後門開著，屋裡很暗。我在樓層間摸索，希望能找到哪個房間沒上鎖，讓我能看清宴會場地。」

「房間都鎖著。我回到一樓，用餐室的窗戶並沒有直接對著三十一號，但就算是視野不佳，我也看得出蘇利文先生再次騙了我。他說崔德斯太太對他有意思，可是當他接近她時，她恨不得躲到天涯海角去。」

她的鞋尖戳進蓋住書房大半地板的法國地毯，嗓音低得幾乎聽不見。「他爲人惡劣，但我還是希望除了我之外，還會有人在乎他。至少稍微喜歡他一點。」

她輕輕摳著跟喪服配套的黑色縐紗手提袋。「我不想再爬一次柵門，就從前門離開。懷莫送我來這裡。可是過了一陣子，兩點多了，懷莫獨自回來，我開始亂想蘇利文先生這回該不會說了些眞話。他會不會眞的把崔德斯探長找來了？如果說，崔德斯探長的怒火沒有燒向他妻子或隆斯代先生，而是鎖定了眞正的犯人呢？」

「我想回冷街，可是懷莫說太危險了，送我回家。我焦躁不堪，在房裡踱步。我從未想過我丈夫會死——我想像他被崔德斯探長狠狠揍了一頓，倒在人行道上，渾身是傷。但霧氣太重，我沒辦法出門找他，所以我喝了一點鴉片酊，上床睡覺。剩下的妳都知道啦。」

她又想灑脫地撇開腦袋，卻只像個假裝毫不在意的小孩。

「我想請教一下，妳離開三十三號的時候，有關好前門嗎？還是就放著不管？」

「我有關門。小心地把門拉好。」她又摳了摳手提袋。「我們可以走了嗎？還是說妳有其他的問題？」

夏洛特凝視她片刻。「蘇利文太太，妳還好嗎？」

蘇利文太太笑出聲來，眼中卻盈滿淚水。「不知道。就算他謊話連篇、待人殘暴——或許正是因爲如此——他是我人生的重心。我繞著他打轉，就像月亮繞著地球一樣。要是地球不復存在，月亮會有什麼下場？」

夏洛特走上前，牢牢綁緊蘇利文太太手提包開口的抽繩。「我對物理的認知相當粗淺，但我猜想月亮會繼續在太空中飛行，最後找到自己的環日軌道。我們去找屋主，向她道別吧？蘇利文太太，妳現在該回家了。」

第十九章

夏洛特早已料到車上的乘客就是英古蘭爵爺，但看到他站在華生太太的馬車旁，她心頭還是一陣雀躍。他挺拔的站姿完美無缺，唇邊掛著淺笑，只在扶她上馬車時握住她的手幾秒鐘，她依舊感受到高溫隔著手套竄上。

兩人分開還不到二十四小時，她完全沒有過度反應的必要，但是這些過度反應是如此地甜美，她怎麼能抗拒？

車程中，除了替蘇利文太太和英古蘭爵爺互相介紹之外，只聽到英古蘭爵爺低聲致哀。來到蘇利文太太家門口，她轉身向車上的夏洛特、車門旁剛扶她下車的英古蘭爵爺揮手道別，他們低頭回禮。

一回到車上，他沒有立刻接近夏洛特——車廂的窗簾都還開著。

馬車駛離路旁，他拉上一邊窗簾，夏洛特的心再次躍動。

但她沒有陷入這種感覺。「對你而言，婚姻像什麼？」

他一愣，顯然沒想到她會這麼問。「妳不是看得一清二楚？」

「我是看到了，但我從未聽過你對這件事的看法，除了在你渡完蜜月後那一次。」

「啊，那時我耽溺於美好的新鮮感之中——竟然還向妳推薦婚姻的好處。」他伸向另一片窗簾的手垂到座位上。「妳現在爲什麼要問這個？」

她今天太過深入蘇利文太太的婚姻。面對他的婚姻，她常覺得自己彷彿站在路旁，面對一棟門窗緊閉的屋子，只在窗戶碰巧沒關好時匆匆瞥見屋內光景。

「我一直——」她稍稍停頓，很訝異自己竟然不太願意透露這份心情。「我一直想知道。只是你到最近才比較願意坦白。」

他挑眉，似乎也被她的坦率嚇著。他的拇指輕輕摩挲車廂座位上的深色絨布。

這是個唐突的疑問。他有權拒絕回答。不過隨著時間流逝，她還是爲了他可能說出口的拒絕緊張不已。

「我妻子和我漸行漸遠的那幾年，我很少想到我們的婚姻。」他低聲道。「想又有什麼用？錯誤已然鑄成。局勢無法改變。我最大的顧慮是孩子們，不能因爲婚姻變了味，就讓他們受到任何委屈。」

「等到英古蘭夫人離開，等到我得知她跟我住在同一棟屋子裡時都在玩什麼把戲……」他看著她。「妳應該猜得到我的心思往哪裡跑。」

她舒了一口氣，幸好他選擇相信她。她確實知道他當時在想什麼。「想你自己是如何罪孽深重。」

「想我無意間對她造成多大的傷害。」他轉向車窗。「有好長一段時間，我把自己視爲她的救星。然而她的雙親沒給她嫁給有錢人以外的選擇，在她眼中，我不過是個買主，而我們之間的一切僅是交易。即使等到我們婚姻破裂，等到我不再渴求她的情意，她繼續依靠我的支援，清楚意識到旁人把我當成聖徒看待，而她是個沒心沒肺的投機者。」

沉默。她在沉默中聽見不同的聲音。躊躇猶豫的無聲探詢。

「你想問什麼？」她問。

他回過頭，視線卻落在她膝頭。他艱難地緩緩抬起眼。「我有沒有——有沒有傷害過妳？」

她凝視著他——這是個始料未及的問題。他有沒有傷害過她？

「沒有。」她想了一會兒才開口。「你這個人充滿人情味，不是傷害的來源。」

他先是愣了幾秒，接著笑出聲來。「我是什麼？」

「我總是在思考身爲凡人的必要面向——或許是最重要的層面——就是如何面對求之不得的事物。多年來，我相信我沒這個問題，因爲我要的只有獨立自主，達成目標的途徑就在眼前。」

「然後你向英古蘭夫人求婚，娶了她。我成爲凡人。現在我也有求之不得的事物。那是……慘痛的教訓。不過那就是以凡人的身分活下去時應該承受的痛苦。」

馬車從一盞街燈旁駛過，燈光滑過他臉上的驚愕與同情。她想起她從未對任何人提起這個話題，特別是他。

她望向馬車前方的另一盞路燈。「我該問你同樣的問題——或許早該問了。我有沒有傷害過你？」

他輕笑一聲。「以前我確實這麼想。我很怕自己犯錯，特別是當著別人的面。妳比任何人都還要積極地指出我的錯誤。我花了好幾年才領悟過去心中那股煎熬，不是因爲我的靈魂遭到輾壓，而是傲慢自負一點一點消磨的感受。」

沉默。如同雪花般純淨澄澈的沉默。

她拉好剩餘的車廂窗簾，拍拍自己身旁的位子。

他一手按住心口。「老天，好個聖誕奇蹟。」

說完，他坐到她隔壁。

□

夏洛特在泠街三十一號門外下車時，恰好有人推開花園柵門，踏上人行道。是韓德瑞小姐。

她注意到夏洛特，猛然停下腳步。

夏洛特以手勢要英古蘭爵爺稍等，走向韓德瑞小姐，後者擔憂地望向英古蘭爵爺，即便他馬上退到三十呎外。

「韓德瑞小姐。」夏洛特低聲道：「請不要擔心我們會危害到妳的名聲或是妳的雇主。我們唯一的目標是查出隆斯代先生的遭遇，而不是害任何人身敗名裂。」

「謝謝妳。」韓德瑞小姐輕聲道謝。

「希望妳與某人之間的誤會已經解開了。」

聽到這句話，韓德瑞小姐咬了咬下唇，似乎是想忍住笑意。「是的，感激不盡。老實說——老實說，我正要去街角的郵筒寄信。我寫了信要給妳，請妳直接收下吧。」

她又遁入花園裡，應該是直接回雇主家了。夏洛特拆開信封，就著華生太太馬車上的提燈光芒細讀信件內容。

親愛的福爾摩斯小姐，

因為一位友人的請託，我想向妳傳達以下資訊，希望能幫上忙。

案發當晚，我確實進過案發現場的那棟屋子。或許是被煙火聲吵醒，最近這一帶總有人在夜裡吵鬧。或許只是我神經過敏——我即將帶我照顧的孩子去五十哩外參加她們表親的生日宴會，旅行一向不是我的長項。

總而言之，那時我起床喝水，往外看了看——我房間正對花園——那時是一點半。我的視線投向斜對面的某棟屋子，沒想到竟然看到有人走了進去。

妳很清楚我的處境，想必也能理解我的不悅。我不知道為什麼會不顧隔壁人家的宴會正是最熱鬧的時刻，決定親自去看一眼。我換了衣服，溜出屋子，穿過花園。

抵達三十三號時，我發現後門沒鎖。在用餐室裡走到一半，我踢到了某樣物品，跪下來摸索。那個東西的外型完全就是花稍的髮叉，上頭還鑲著人造寶石。

不需要向妳描述當時浮上我心頭的想法。我呆站了一、兩分鐘，耳中嗡嗡作響。之後我迅速離開。

感謝妳的調解，今天下午我得知眞相並不是我最害怕的悲劇。我們的共通友人要我將那一夜的行動全部告訴妳，也就是以上的內容。

恐怕我能提供的有限，那枚珠寶髮叉帶給我太大的衝擊，我完全沒注意到那棟屋子有什麼不對勁。不過呢，還有一件事或許該讓妳知道，雖然我想妳應該早就從其他管道得知蘇利文先生對三十三號抱持多大的興趣。

家父在世時曾於英屬西非總督手下效命，我在自由城出生長大，直到父母雙雙過世，才回到冰冷潮濕的英國，與遠親同住。

來到現在的雇主家之後沒過多久，我遇到隆斯代小姐，她坐在花園的長椅上看西非的遊記書。我們聊了起來，這才知道她母親和我過去曾有幾面之緣——她母親是傳教士的女兒，也在自由城度過童年時光。

因此，我與隆斯代小姐的交情超出一般家庭教師對附近鄰居的限度。也是爲了這個原因，今年七月底還是八月初的某個星期日下午，我踏進花園，看到蘇利文夫婦離開隆斯代家時，特別留意他們的動向。

我從十七歲起就培養出強烈的自保意識。我不認識蘇利文先生，但我一眼就看穿要是我再年輕一點，他肯定會占我便宜。

當天稍晚，我在花園裡遇到隆斯代小姐，向她問起這名男子，畢竟隆斯代家很少參與社交活動，也少有訪客。她說那是她的表親，也慶幸一年只要見他幾次面。知道她不需要常常與這名男子打交道，我覺得寬慰許多。這也使得隔天再次見到他時格外警覺。他從三十三號的後門走進花園，身旁陪著像是房地產仲介的人。

那天下午隆斯代小姐出門聽演講了。我再見到她時，她告訴我說她伯父暫時不會出租三十三號。我鬆了一口氣，決定別提我看到的事情。只要蘇利文先生不會搬到這裡住，對我來說就夠了。

我不知道蘇利文先生造訪三十三號跟他最後死在那處有什麼關係。算不上是什麼線索，但要說是巧合也有些過頭。

希望能幫上妳的忙。

真誠的，

艾妲．韓德瑞

附註：我一開始是打算整封信都不透露自己的身分，一切都以最模糊的詞彙代稱。不過寫到一半，我的想法變了。有那麼多曝露我身分的線索，也沒必要隱藏我的名字。閱畢此信後請將它燒掉。

附註二：案發當晚我的朋友和我離危險那麼近，到現在我還是害怕極了。

附註三：希望妳能找到眞凶。隆斯代先生是個好人。

□

隆斯代小姐跟夏洛特握著彼此的雙手好一會兒。友情的建立有時需要多年時光，有時只需要瞬間的強烈信任，就像前一天晚上這兩名年輕女子之間的交流。隆斯代小姐接著轉身，拘謹地接待英古蘭爵爺。

夏洛特說英古蘭爵爺馬上就得走了，詢問是否能讓他帶走隆斯代先生書房裡的紀念胸針。隆斯代小姐雖然對這請求有些不知所措，但還是點頭應允。她帶著清楚胸針放置處的夏洛特來到樓上的書房，過了幾分鐘，她們又回到客廳。

英古蘭爵爺握著胸針，望向夏洛特。她點點頭。調查宛如進入危險的海域，但他們還是得要全速航行——避開漩渦與礁岩。他也點點頭，向隆斯代小姐道晚安，自行離開隆斯代家。

隆斯代小姐盯著客廳的門看了好一會兒，彷彿是對那只紀念胸針怎麼一轉眼就離開這棟屋子而有些不適應。接著她把注意力轉向夏洛特。「福爾摩斯小姐，難不成今天早上柯特蘭太太看到妳的時候，妳已經開始工作了？」

夏洛特吁了一口氣。「早在那之前我就開工了，可惜到現在還沒辦法收工。」

時間流逝的速度太快。她還沒掌握任何能扭轉崔德斯探長命運的證據。但是改變現況的契機不遠。就在眼前。

「妳一定是又餓又累。」隆斯代小姐說道，綠色眼眸浮現血絲，隔著鏡片傳遞善意。「我請人送一盤三明治給妳。請坐吧。」

夏洛特在客廳裡坐定，但隆斯代小姐還是站著。「我突然想到有東西要給妳看。我這就去拿。」

她跟著送餐的僕人一起進門。雖然光是看到三明治就覺得胃袋一陣扭絞，夏洛特還是先從隆斯代小姐手中接過那封信。

「昨晚看到我朋友葉慈小姐的弔唁信時，想起那晚在我回到屋裡之後，跟她整整聊了四支舞的時間。」隆斯代小姐解釋道：「連那名女子走進三十三號的大略時間都沒辦法告訴妳，我很過意不去，想到葉慈小姐好像一向很清楚什麼時候發生了什麼事，於是我寫信問她是否記得我跟她聊天的時刻。這是她的回覆。」

信上是這麼寫的：

親愛的露意絲，

請別在意。我確實記得在我們說話途中，背後剛好有個人問了時間。是十二點五十五分。希望能幫上妳。

看妳寫到在三十三號一片混亂的工作坊裡找到妳伯父的聖誕禮物時，我忍不住掉了眼淚。這讓我想到在那場宴會上，我開玩笑地問他是否已經藏好今年的禮物。他說當然已經藏好了，雙眼神采飛揚。

我問是藏在很巧妙的地方嗎？他笑了聲，說那是妳最不可能會去找的地方——不然就是一開始就會去找的地方。他叫我千萬別告密。我又問妳找到禮物後是否需要解開密碼，他惋惜地說他已經放棄讓妳迷上解碼，只打算靠著這份禮物給予妳最純粹的喜悅。

再次爲了這件憾事致上我最深的哀悼，也爲妳無法在更美好的情境之下找到禮物感到遺憾。請永遠記得他對妳的愛，也請記得他多年來有妳的陪伴是多麼幸福。

妳忠誠的，

伊莉莎

「這確實很有幫助。」夏洛特說。

或許有些偏離隆斯代小姐原本的意圖，但除了確定那名女子——崔德斯太太——走進三十三號的時間之外，她還有別的收穫。

夏洛特將信件交還給隆斯代小姐，捏起一塊明蝦沙拉迷你三明治。「我記得妳和葉慈小姐談話之後，曾向妳叔父提起那名不速之客？」

「沒錯。」

三明治的餡料清爽微辣。夏洛特給自己一點時間，細細品味以美食充飢的享受。「隆斯代小姐，妳認識在倫格街四十八號工作的韓德瑞小姐嗎？」

隆斯代小姐驚喜地瞪大雙眼。「妳也認識她？她人好好，小時候在獅子山自由城跟我母親是舊識。」

「我從她口中得知她今年夏天曾看到蘇利文先生在仲介陪同之下參觀三十三號，就是蘇利文夫婦來你們家拜訪的隔天。她還沒向妳提起這件事，妳就先告訴她三十三號已經暫停出租，所以她就沒說了，因爲她知道妳不想跟他有更多交集。」

隆斯代小姐臉上的困惑轉爲不安。「太奇怪了，他從沒展現過對三十三號的興趣。韓德瑞小姐看到的眞的是他嗎？會不會認錯了？」

夏洛特點點頭，又拿了一塊迷你三明治，這塊夾的是燉雞肉，醬料滑順，奶香濃郁。

「抱歉，我離席一下。」隆斯代小姐一會兒就帶著一本日記回到客廳，翻了一陣。「我沒有固定寫日記的習慣，可是——」她的手指稍一停頓。「我在七月底寫了一篇。啊，想起來了，我伯父邀請當時人在倫敦的每一名外甥來吃飯。他沒有提過，但那時小考辛先生剛過世，看到摯友唯一的兒子英年早逝，我相信他受到的打擊超出他的想像。」

她的食指滑過紙頁，雙眼左右尋找。「對，確實有聊到這件事。蘇利文太太說她聽說我們的房客搬走了，她想知道我們是否又要出租那棟屋子。我伯父說沒有，他決定就這樣放著，也準備要請律師向仲介告知這項決定。」

她抬起頭。「韓德瑞小姐說蘇利文先生隔天出現在那裡？」

「她很篤定。他有沒有可能知道妳對閣樓工作坊的熱愛？」

「應該是沒有——伯父跟我都沒在他面前提過。」隆斯代小姐緩緩合上日記。「如果他眞的想租三十三號，到底是爲了什麼？」

「可以確定他不是打算住進去。」夏洛特說道。「可否麻煩妳再帶我進隆斯代先生的書房一趟？我還是要找到他的鑰匙。」

□

隆斯代先生書桌上的那座山已經移到地上，用舊報紙墊著。

隆斯代小姐伸出食指敲敲太陽穴。「以前我還知道他的東西都放在哪裡，可是我已經有好幾年沒進書房尋寶了。讓我想想。不對，他沒把鑰匙放在書桌抽屜裡過，通常是在……」

她來到書櫃前，小心翼翼地取出一個閒置的花瓶——它過去曾是書擋，現在幾乎被上下左右的書本吞噬，讓夏洛特聯想到從海岸頁岩露出半邊的化石。隆斯代小姐晃了晃花瓶，沒有半點聲響。她仔細避開地上蔓生的考古基地，沿著書櫃走，又抽出一個花瓶，裡頭也同樣空空如也。

搖到第五個花瓶，總算聽到清脆的撞擊聲，她把花瓶倒過來，一串鑰匙落入她掌心。「原來在這裡啊。」

她左閃右避地回到門邊，把鑰匙交給夏洛特。夏洛特仔細觀察這四把鑰匙，特別是有著修長骨幹和優雅弧線的黃銅鑰匙，上頭沾了點白色粉末。她聞了聞。是薄荷嗎？

藥局的薩利先生曾說隆斯代先生每隔一陣子就會給自己買一些薄荷喉糖。夏洛特查看警方扣留的證物時，他在宴會上穿的外套口袋裡也殘留了些許帶著薄荷味的粉末。

「妳記得妳伯父在舞會當晚是否有把這些鑰匙帶在身上？」

隆斯代小姐摘下眼鏡，拿手帕擦擦鏡片。「在我整裝完畢時，他來看看我的狀況，當時柯特蘭太太跟我在一起。她看了他一眼，大聲嚷嚷：『老天爺啊，隆斯代先生，你口袋裡裝了什麼東西？外套下襬都鼓起來啦！』他笑了笑，說他會馬上拿出來。」

她們拉鈴請柯特蘭太太來一趟。管家來到書房外，證實隆斯代小姐的說法。「確實有這件事，但我看不出他口袋裡裝了什麼。他半個人在走廊上，那裡不像小姐房裡那麼亮。」

之後柯特蘭太太就回去忙她的事，而夏洛特則對現在的一家之主說道：「隆斯代小姐，還有一件事要請妳幫忙，可否麻煩妳帶我看看過去幾年妳和隆斯代先生藏聖誕禮物的地點？」

隆斯代小姐的眼睛在方才戴上的眼鏡後瞪得老大。「全部嗎？究竟是爲了什麼？」

「妳伯父可能在這棟屋子裡藏了別的東西。既然他預期妳會爲了今年的禮物把家裡上上下下搜過一遍，有哪些地方是妳不會想到的？」

「我們之前用過的地方！因爲我們每年都該在不同的地點藏禮物，他每次都遵守這個規則。」隆斯代小姐雙眼一亮，但滿臉的興奮之情又在一瞬間消散，美麗的臉龐蒙上恐懼與驚慌。

「可是他會藏什麼東西？妳想……妳認爲……？」

「無論是幸，還是不幸，我確實認爲他藏的東西與他遇害一事有關，只是還不清楚這兩件事有多大關聯。要是能找出來，我想帶回去好好研究。」

隆斯代小姐一手扶牆，但很快就平復情緒。她把自己的日記往後翻到空白頁，從口袋裡抽出鉛筆，迅速寫了一串清單。

「我們在倫敦過了三次聖誕節，所以先前用過六個藏禮物的地點。」她撕下清單，嗓音緊繃。

兩人從目前所在的書房開始，之前曾在低處的櫃子裡找到禮物。接著是目前沒在使用的育幼室，隆斯代小姐往搖籃下和小教室裡的某張書桌抽屜裡看了看。在她自己的起居室裡，她蹲下來，打開茶几下的櫃門，裡頭堆滿了筆記本和幾個盒子。

「抱歉，我東西也是亂收。」隆斯代小姐眼中再次蒙上悲傷的陰影。「只是我會用盒子裝好，不是隨便堆起。」

夏洛特跪在地上，瞇眼往裡頭細看。她的心臟猛然一跳。「後面那個盒子——妳認得嗎？鑲著象牙的那個。」

隆斯代小姐又看了一眼。「老天爺啊。」她捧出那個盒子。「圖案跟我手邊另一個盒子很像，只是大小完全不同。」

讓夏洛特格外在意的是盒子厚度——或者該說是它比其他盒子都扁上許多。盒子接縫處有個鑰匙孔，不過當隆斯代小姐試著掀開蓋子時，沒有遇上半點阻礙：盒子根本就沒上鎖。

隆斯代小姐將蓋子開了半吋，往夏洛特看了一眼。

夏洛特點點頭。

隆斯代小姐咬住下唇，完全打開盒蓋。裡頭是幾冊小開本的筆記本，大約四吋寬、五吋長。她隨意翻開一本，紙頁上貼著剪報和電報。

她又轉向夏洛特，眼神惶然不安，囁嚅道：「可是、可是這些都是密碼。」

夏洛特吁了一大口氣。「隆斯代小姐，如我剛才所說，我要請妳允許我把這個盒子跟內容物帶走。我要好好研究——不能漏掉半點東西。」

第二十章

夏洛特回到華生太太家時已經將近九點——冷街三十一號並不是她今晚的最後一站。

「英古蘭爵爺差人傳話說妳會晚歸，我們決定等妳回來再吃晚餐。」里梅涅小姐往她手中塞了杯熱可可亞。「英古蘭爵爺請來的專家布隆先生大概在十分鐘前離開。他花了整整五個小時研究那些帳目，還有……他進出都是走後門，說是英古蘭爵爺要他這麼做。」

夏洛特的視線移向沙發上緊緊握著一杯威士忌的華生太太。

「今天下午我們乘車踏過瑞丁各處，想找到對考辛工廠的翻修工程略知一二的人。」她的嗓音虛軟無力。「登記在文件上的統包商是位福克斯先生，他留了一個工業區的住址。我們去到那裡時，發現那只是賣碎石的廠商。我們問了老闆，也在附近問了一圈，得知福克斯先生只是在那裡設置臨時辦公室，工程結束後就撤了。」

「這不是什麼新鮮事，不過這位福克斯先生顯然沒有雇用半個本地工人——這件事可瞞不過大家。他員工似乎大多不會說英文——今天的查訪過程中，有人認爲他們是德國人，也有人認爲他們是波蘭人。他們來到這裡，做苦工，然後走得一乾二淨。」

華生太太喝了一大口威士忌。「這工程的效率與精確程度讓我更加不安。在小考辛先生任內購置的三間工廠中，這是第一間翻修的廠房。他們沒把任務交給過去的合作對象，而是選上這位來去如風的福克斯先生。一般來說這是好事，只是福克斯先生交出的成果，至少以布隆先生的眼光判斷，遠遠不及應有的水準。」

「福克斯先生負責監督這三間工廠的翻修工程？」夏洛特問道。

「是的。」華生太太回應。「他們快馬加鞭趕工，工傷意外相當多。我們跟治療過幾名當時傷患的醫師談過了。他在蘇黎世學醫，自認德語算是流暢。他說其中一人神智昏亂一整天之後過世，雖然他認不出那人的口音，但他在恍惚中喃喃用德語說著：『再兩個，然後去雪菲德，然後就回家。』」

她皺起眉頭——這回沒有揚手撫平額頭的皺紋。

里梅涅小姐來到酒櫃旁，往自己的熱可可亞裡添了幾滴蘭姆酒。她把酒瓶遞向夏洛特，無聲詢問。夏洛特從客廳門邊走向酒櫃，她沒有爲可可亞加料，而是直接倒了一小杯蘭姆酒，仰頭灌下。

「華生太太，你們在那些地方有沒有問過是否有人趕在你們之前問了同樣問題？」

「妳是在想崔德斯探長可能早我們一步來過瑞丁嗎？我們也有想到。」華生太太還是眉頭緊鎖。「可惜沒有，我們找到的人都說沒有這樣的人。」

充滿壓迫感的沉默降臨。

華生太太盯著杯裡剩餘的威士忌。夏洛特靠著酒櫃。應該要說一、兩句話安撫華生太太，可是她也累了。看看她們眼前的工作，今晚才剛剛揭開序幕。

里梅涅小姐率先開口。「我去請人送晚餐。好好吃頓飯對我們都有好處，只要塡飽肚子，一切看起來就不會那麼絕望啦。」

夏洛特忍不住勾起嘴角。這位年輕女士擁有與生俱來的勇氣，搭配豐沛的能量與好判斷力。目送里梅涅小姐去打點晚餐之後，華生太太稍稍挺直背脊——並輕輕咕噥一聲——放下酒杯。「這樣的話，我來把夏洛克．福爾摩斯的信收走。」

夏洛特下午曾看到里梅涅小姐捧著不少信件進屋——那是社會大眾響應夏洛克．福爾摩斯的請求，提供與命案相關的線索。在夏洛特離家後，信件的量少說翻了一倍。沙發前茶几上的小山隨時都有可能崩塌。

「有什麼情報嗎？」她問。

「還沒。」華生太太嘆息。「有點驚人，對吧？我們已經好一陣子沒做這種事了。」

今年深秋，因爲莉薇亞去鄉間莊園宴會，她們離開倫敦，到莊園附近待了一陣子。在動身前，她們登報告知社會大眾夏洛克．福爾摩斯暫時不接案，請靜候公告。

在那之後，她們調查完堅決谷的命案，又去了法國兩個禮拜。今天早報上的告示代表夏洛克．福爾摩斯的事務所重新開張。

「過了好幾個禮拜，恢復以往的日常生活感覺有點怪。」華生太太繼續道。

夏洛特脈搏加速。「華生太太，妳是否還留著過去每一封寫給夏洛克．福爾摩斯的信？」

「是的，怎麼——」

但夏洛特已經走出二樓客廳。

□

書房曾是已故華生醫師的領地。直至今日，沒有人固定使用此處，他的醫學書依舊占據了書櫃的大半空間。不過爲了夏洛克·福爾摩斯的事業，華生太太訂做了幾個抽屜收納寄給他的大量信函。

即使夏洛克·福爾摩斯對外宣布暫時休業，信件還是如雪片般寄來。夏洛特拉開抽屜，取出在堅決谷命案後收到的每一封信。

在那之前，崔德斯探長從未過問他妻子的工作，也與考辛公司的一切畫清界線。是在最近才漸漸改變。

所有信都拆開來看過了——大多由華生太太處理，不過那陣子莉薇亞曾在這裡待過，或許她也看過內容。

站在收納抽屜前，夏洛特先快速掃視了每一封信，接著確認信內地點與郵戳是否有出入。可惜沒有這種狀況。

然而還是有兩封信吸引了她的注意。

這兩封信的字體毫無共通處。一封是正楷字，另一封的筆跡拙劣，看起來寫信者連筆都握得不太好——又或者是用左手寫字的右撇子。

夏洛特之所以多看這兩封信幾眼的原因，不是因爲字跡，而是因爲信中內容顯然另有所本。正可能用左手寫成的那封信乍看之下是年輕男子想請人幫忙解開他情人對生日禮物設下的謎題。正楷字那封更明顯，來信者宣稱她是上了年紀的三姊妹中的小妹，她們住在一起，最近閣樓傳來的規律噪音不斷干擾她們的清靜。

夏洛克・福爾摩斯的第一名正式客戶就是猜不透情人想要什麼生日禮物的小伙子。夏洛克・福爾摩斯最知名與謀殺無關的案子，就是看透年老的三姊妹家中沒有鬧鬼，而是一窩蛀蟲發出敲打聲。

這兩起案件都在夏季登上報紙，那篇報導質疑爲何夏洛克・福爾摩斯曾經大張旗鼓地破解命案玄機，做出戲謔而犀利的推理，現在卻只顧著安慰被蛀蟲侵擾的老太太。

夏洛特對那篇報導毫不在意：它提供了良好的曝光率，讓社會大眾知道夏洛克・福爾摩斯樂於調查家中無關緊要的案子，而不只是震撼全倫敦的犯行。不過她身旁的女性倒是都替她忿忿不平。華生太太和莉薇亞立刻將這兩名來信者的意圖解讀爲對夏洛克・福爾摩斯的羞辱。

換個角度想……

假如這是崔德斯探長的意思，他又擔心有人在背後窺視，或許他是刻意讓這兩封信被人當成惡作劇看待。

究竟是什麼樣的情報值得他如此大費周章，才能確保能送到她手上，只有她有辦法識破僞裝？

她該用蒸氣軟化信封接縫的膠水嗎？撕掉郵票？還是拿熾熱的撥火棍烘烤信紙，看有沒有用牛奶之類遇熱變色的物質書寫？

她沒有採用這些做法，又看了兩封信一眼，往放了地圖集的書櫃走去。

□

夏洛特踏出書房時，英古蘭爵爺正巧抵達。迎上她帶著探詢的眼神，他鄭重地點點頭：他完成了她的請託。

一行人坐下來享用遲來太久的晚餐，夏洛特吃完一碗冒著煙的咖哩肉湯、幾個炸牛肉馬鈴薯泥餅、一大塊淋上酸豆醬的水煮羊排，這才與三人分享她今天得知的情報精簡版。

「福爾摩斯小姐，我無法判斷妳究竟是得到了大量情報，還是大量無用的資訊。」里梅涅小姐聽起來真的是摸不著腦袋。「這個案子就像是《海底兩萬哩》的深海怪物，長了一堆觸手，往四面八方扭曲伸展。」

華生太太打了個寒顫。「蘇利文夫婦的婚姻讓我覺得像是被巨大的章魚捲住。」

她把盤子裡的馬鈴薯泥餅推來推去。「今天我們見識到不少張牙舞爪的觸手。這些真的幫得上忙嗎？」

「對海洋生物專家來說，看到一根觸手就能判斷水底藏著什麼樣的怪物。」英古蘭爵爺說道。

似乎是突然想起什麼似地，華生太太靠了上來。「福爾摩斯小姐，英古蘭爵爺認爲妳已經知道命案當晚的來龍去脈。這——他說得對嗎？」

夏洛特轉向英古蘭爵爺——她很感激他對她這麼有信心。不過她的注意力被放在他面前的聖誕樹幹蛋糕引開，美妙的蛋糕體，巧克力鮮奶油塗抹出樹皮的凹凸感，點綴上蛋白霜做成的蘑菇和眞正的冬青枝。等到她的視線終於落在英古蘭爵爺身上，他看起來像是正努力忍住大笑的衝動。

唉，無論她對葛斯寇夫人的最新傑作有多麼垂涎三尺，夏洛特知道自己要吃得更健康一些。

「我心裡有個不會牴觸任何已知事實的假說。」她又起一顆抱子甘藍，希望這個健康玩意兒的滋味稍微接近蛋糕一些。「這個假說對我們有利，但我沒有足夠的證據能說服警方，也不知道要如何找到更多證據。」

「我們每天都在收集證據。」里梅涅小姐說：「來聽聽妳的假說吧。」

夏洛特咀嚼著抱子甘藍，浸泡在檸檬香芹奶油醬中讓它的美味更上一層樓。「我正在調查隆斯代先生記事本的眞實性。顯然他在這幾週計畫要做某件事。我猜他的計畫與考辛營造公司內部的貪瀆行爲有關，然後崔德斯探長正在協助他完成此事。」

「可是崔德斯太太說他們只見過兩面啊。」里梅涅小姐指出重點。

「那是就她所知。」華生太太代替夏洛特回答。「崔德斯太太最近對她丈夫的動向毫無頭緒。」

夏洛特向華生太太點頭行禮。「正是如此。因爲崔德斯太太不知道，崔德斯探長拒絕透露，我們無法完全確定崔德斯探長究竟爲什麼要進冷街三十三號。是受到報紙上那則質疑他妻子的節操的告示刺激嗎？還是有別的目的？」

「無論有什麼理由，總之他直接進了屋子，和那天晚上的另幾個人一樣。因爲有兩名年輕女士會獨自在屋裡待上好一陣子，這棟房子平時上了鎖。」

「有四個人持有三十三號的後門鑰匙。隆斯代小姐那天沒有接近三十三號。柯特蘭太太傍晚六點半去了一趟，確認所有門都鎖著。附近某戶人家的僕役長手中有鑰匙，但他向我保證，當他抵達時門已經開了。那就只剩隆斯代先生了。」

里梅涅小姐輕輕吹了聲口哨。換在別的情境下，華生太太可能會斥責她的無禮，但華生太太忙著放下刀叉，拉著椅子湊向餐桌。

夏洛特計算她至少要再吃下四顆抱子甘藍，才有資格朝聖誕樹幹蛋糕進攻。幸好她是個成熟的大人，已經越來越能容忍蔬菜，有時甚至覺得某些還挺好吃的。唉，可惜抱子甘藍不在其中。還沒。

「隆斯代先生的晚宴外套，其中一個口袋裡沾著薄荷味的粉末。」她繼續說下去。「他固定光顧一間藥房，裡頭也賣了不少糖果，其中包括薄荷喉糖。類似的粉末黏在他的鑰匙上，他的姪女告知在宴會開始前，他來探望她的時候，外套口袋被什麼東西塞得鼓鼓的，惹得他們的管家不太開心。」

「到了這個節骨眼上，如果還得不出隆斯代先生打開三十三號後門的結論，那就太說不過去了。我再猜測他是在宴會開始前去開的門，這樣才不會影響到他招待客人。他是替誰開門？和我們談過的每一個人都是非法闖入三十三號，因此他只可能替蘇利文先生或崔德斯探長開門。」

「我不斷詢問他是否有可能與蘇利文先生站在同一條陣線上，而他身旁的人全都向我保證他不是那種人。今天早上崔德斯太太衝了進來，驚恐地說她丈夫明確警告她別再深入調查考辛公司的帳目，那時我幾乎確定隆斯代先生開門是爲了放崔德斯探長進屋。」

「如果他沒有親自查過，那有什麼理由如此警告她呢？既然他長時間對她的工作不聞不問，爲什麼現在才要警告她？」

「崔德斯探長爲何涉入此事？最簡單的解釋就是隆斯代先生。但他是工程師，不是會計師。他建議崔德斯太太要耐住性子。就算回歸考辛公司，他能介入的範圍幾乎縮到最小。他爲什麼會突然對考辛公司的財務狀況如此感興趣？」

夏洛特把下一顆抱子甘藍扔進嘴裡，往聖誕樹幹蛋糕又接近一步。但其他人已經沒有心情繼續吃下去，三雙眼睛緊盯著她看，讓她覺得自己有義務咀嚼得更用力——端起水杯把一切迅速沖下去。

她咳了幾聲，拍拍胸口。「我相信他在無意間找到了某樣東西。應該就是這個。」

手提袋跟著她一起進用餐室，她從裡頭取出在隆斯代小姐房間裡找到的嵌著象牙裝飾的玫瑰木盒，遞給華生太太。

里梅涅小姐和英古蘭爵爺離開座位，移到華生太太身旁。華生太太按著盒蓋，一臉猶豫，彷彿眼前的是潘朵拉的盒子，一打開就可能將諸般邪惡放進這個世界。

「裡面只有幾本筆記本。」夏洛特說。

華生太太掀開盒蓋，手勢無比謹慎，像是面對熟睡的眼鏡蛇般抽出其中一本。里梅涅小姐與英古蘭爵爺也跟著伸手。

「我注意到裡面的內容都是密碼。」夏洛特說：「每一張貼在筆記本中的紙張旁邊都寫著日期。裡面最舊的是六年前的剪報。」

英古蘭爵爺緩緩放下手中的筆記本。「妳剛才提到蘇利文夫婦與波特溫太太的安排，第一次蘇利文先生發現蘇利文太太想撬開書房門鎖時，他勃然大怒，可是之後又發生類似的狀況，他卻一點都不在意。」

夏洛特將一顆抱子甘藍切成兩半，其中一半沾滿奶油醬。「沒錯。稍早蘇利文太太跟我在他的書房裡找到那個祕密抽屜時，裡面有一半是空的，而那半邊差不多放得下這個盒子。相信蘇利文先生得知隆斯代一家留在倫敦期間，不打算繼續出租空屋後，就決定把這個盒子移到三十三號存放。」

「只是他不知道隆斯代小姐對閣樓的喜愛才是這棟屋子暫停招租的原因。在他心中，冷街三十三號是達成目標的完美場所——將會閒置幾個月，無人能進入，等到隆斯代一家離開倫敦，他就能再和仲介預約看房，順利取回盒子。」

華生太太皺眉。「身旁跟著房地產仲介，要藏這個東西不太容易吧？這個盒子是不大，但有辦法瞞著旁人拿出來放到某處嗎？」

在奶油醬裡泡了一陣子的抱子甘藍比較好吞。「這或許能解釋爲什麼盒子最後跑到閣樓裡。工作坊是整棟房子最大的隔間，但它是由狹窄的走道分成兩半，他可以趁著仲介在其中一側時跑到另一邊，就有足夠時間打開儲藏室的門，將盒子放進前一名房客留下的雜誌箱裡。」

「那個遊戲！」里梅涅小姐大叫。「隆斯代先生和隆斯代小姐玩的藏禮物遊戲！」

夏洛特向里梅涅小姐舉起酒杯。「就算隆斯代小姐長時間待在閣樓裡，蘇利文先生的祕密還是不太可能被暴露，然而整件事就壞在隆斯代先生前來尋找藏禮物的地方。有什麼角落比隆斯代小姐每天近距離接觸的閣樓儲藏室還要理想呢？」

「這部分沒有任何證據能證明，但我認爲隆斯代先生剛找到這個盒子時，認爲裡頭裝的是隆斯代小姐要送他的禮物。他有可能帶著盒子去找鎖匠打開，之後更相信這不只是禮物，還是一份大禮。」

「他曾經向她推薦密碼學，可惜她從沒像他這樣感興趣。希望總算降臨。不難想像隆斯代先生面對滿盒子的密碼，喜孜孜地猜想他的姪女私下練習解碼，爲他準備了這天大的驚喜。」

「可憐的隆斯代先生。」里梅涅小姐低喃。

「太可憐了。」華生太太搖搖頭，幾乎與她同時開口。

「我不知道隆斯代先生的欣喜是在何時變調。」夏洛特說：「如果各位需要更多線索，證實崔德斯探長近期的行動範圍與考辛公司內部的問題息息相關，可以想想他曾跟我說『夏洛克·福爾摩斯只要發揮平時的水準就很足夠了。』」

桌邊三個人點點頭，臉上掛著程度不一的期待與恐懼。英古蘭爵爺的表情最為凝重，他知道的比另外兩名女士還要多。

「夏洛克·福爾摩斯平時都會讀民眾的來信。」夏洛特取出她特別挑出來的兩封信，傳給其他人。

華生太太迅速看了一眼。「可是這些、這、是——」她困惑得說不出整句話。

夏洛特對她微笑。「夫人，我從來沒有如此感謝過妳的作法——保留了每一封寫給夏洛克·福爾摩斯的信。我認為這兩封信是出自崔德斯探長之手，他挑選了這兩名上過報紙的客戶。仔細看看信是從哪寄來的……」

華生太太看了看來信地址跟郵戳。「沒有什麼出入啊。」

「不是這個問題。請注意地點本身。」

英古蘭爵爺拿起一個信封。「海丁利。不是離里茲挺近的嗎？」

夏洛特點點頭。「現在已經併入里茲了，但當地的郵局應該還是用自己的郵戳。」

里梅涅小姐拿起另一個信封。「這個郵戳是夏羅。夏羅在哪？」

「夏羅——在雪菲德！」華生太太跳了起來。「崔德斯探長去過雪菲德。」根據華生太太和英古蘭爵爺今天在瑞丁得知的情報，一名垂死工人曾以德語喃喃說出這座城市的名字。

再兩個，然後去雪菲德，然後就回家。

里梅涅小姐揉了揉華生太太的手臂。英古蘭爵爺幫她倒了一杯葡萄酒。趁著他們殷切關照華生太太的空檔，夏洛特吃完盤子裡剩餘的抱子甘藍。

奶油醬讓它們可口多了。可是啊，她幾乎吃下和抱子甘藍同等份量的奶油醬，這樣又能健康到哪裡去？

華生太太再次坐下，喝起英古蘭爵爺放在她面前的葡萄酒。酒精讓她恢復了一點血色，可是眼角細紋隨著皺眉的動作稍稍加深。「我眞希望隆斯代先生和崔德斯探長眞的聯手調查考辛公司裡的不法行爲——要是隆斯代先生也從中分一杯羹，那是最可怕的結果。更何況崔德斯先生最近才和妻子和好，應該是急著爲她盡心力，來彌補幾個月來的忽視。可是他們爲什麼半句話都不告訴她？」

英古蘭爵爺替自己倒了杯葡萄酒。「恐怕這是男性心理的問題。他們大概是秉持騎士精神，不願將她捲入可能有危險的事情當中。」

然而一切就在宴會那一夜亂成一團，她對內情渾然不知，使得她原本坎坷的生活更加艱難。

「我可以接受隆斯代先生和崔德斯探長合作的前提，而隆斯代先生那天晚上開了三十三號的後門。」里梅涅小姐說道：「但如果他是要等崔德斯探長上門，為什麼最後他會跟蘇利文先生雙雙喪命？蘇利文先生究竟為什麼會踏進那間臥室？」

夏洛特再次望向聖誕樹幹蛋糕。英古蘭爵爺直接把盤子推到她面前。雖然她其實想對他拋媚眼，但轉而對著蛋糕微笑。

他對里梅涅小姐說：「趁夏洛特小姐忙著與她的眞愛團聚，我可以提供我自己的見解。」

里梅涅小姐哈哈大笑。華生太太也笑出聲來。夏洛特為自己切了一片蛋糕。啊，眞是極致的享受。

英古蘭爵爺打量她好一會兒，眼中盈滿愉悅與愛意。不過等他回頭對另外兩名女士說話時，臉上的笑意收得一乾二淨。

「調查初期，我們以爲崔德斯太太身陷困境，又因爲她丈夫遭到逮捕而更加絕望。然而根據我們現在所知的一切，回溯到案發當晚，在有人喪命前，可以看出最受煎熬的人其實是蘇利文先生。就是那位在辦公室裡恣意濫用權勢的蘇利文先生。」

「他犯下的罪行可說是非同小可，沒有被拆穿是因爲所有報告都由他經手，反正小考辛先生生性懶惰，對公司毫無興趣。然而等到崔德斯太太接下公司，她想了解內部財務狀況。她既聰明又執著，同時有權過問一切。」

「他肯定慌了手腳。利用其他人還拿不定主意的空檔，激化他們針對女性掌權的敵意，盡可能地限制她的行動。但這也不是長久之計，畢竟她是公司的主人。就算威脅她的婚姻也無法將她根除。他必須想辦法永除後患。」

「我猜是這樣的……」他瞄了夏洛特一眼。「或許蘇利文先生對他妻子說的，並非全是謊言。或許他確實打算使出什麼手段來破壞那場宴會——甚至是徹底毀了它——傷了隆斯代小姐的心、激怒她的伯父、撕裂隆斯代先生和崔德斯太太的交情。」

夏洛特嘴裡塞滿道德淪喪的鬆軟蛋糕和香緹鮮奶油，點頭表示認同。「嗯。」

「蘇利文先生想在宴會上鬧事，所以要找崔德斯探長來？」里梅涅小姐問道。「但就算在報紙上登了告示挑釁，他怎麼能確定崔德斯探長會如他預料登場？就算探長來到現場，他要如何確保他照著劇本演出？」

她倒抽了一口氣。「喔，所以他才找人偷走崔德斯探長的佩槍！」

「是的。」英古蘭爵爺說：「崔德斯探長不用到場，只要有能明確指向他的個人物品就好。至於他的計策呢？我猜他是打算用那把槍往三十一號射擊。」

「什麼？」華生太太大叫。

「不是爲了傷人，至少他沒有這個意思。只是想造成恐慌。他會把槍枝留在現場，迅速離開三十三號。若是一切順利，等他回到三十一號，還可以召集現場的男士，一同去看看出了什麼事。這群英勇的騎士抵達隔壁棟時，他們會找到崔德斯探長的佩槍，槍管還留著餘溫。」

「他們便會得出崔德斯探長開槍後逃逸的結論。好個邪惡的計畫！」里梅涅小姐驚呼。「可是蘇利文先生一開始打算如何潛入三十三號？他根本不知道後門會開著。」

英古蘭爵爺轉頭對夏洛特挑眉。他的時機恰到好處，她剛吃完自己切的一小片蛋糕，戀戀不捨地看著空盤子。

「我猜他原本準備開槍射開門鎖。」她說：「剛好附近不時會放煙火——他一定在報紙上看到相關報導。如果計畫執行順利，破壞門鎖的罪責也會推到崔德斯探長身上。」

「他原本就沒料到崔德斯探長會到場，發現崔德斯太太走向三十三號時，他肯定認爲這是天賜良機。如果能暫時堵住崔德斯太太，對她上下其手，那麼崔德斯太太就更會相信是她丈夫對三十一號開槍，毀了隆斯代小姐的宴會。」

「蘇利文先生的第一要務就是盡快讓崔德斯太太離開考辛公司。他認爲如此重大的醜聞應該會讓崔德斯太太羞愧到不敢踏出自己家門。說不定他眞有可能成功。考辛公司的控制權回到崔德斯太太的原因之一，就是少了蘇利文先生和她作對。想像一下要是他還在公司裡，崔德斯探長卻因爲爭風吃醋，對著熱鬧的宴會開槍而遭到逮捕。」

用餐室裡一陣寂靜。

「覺得某人英年早逝是可喜的事，這樣會不會太過分？」里梅涅小姐輕聲道。

「確實有些過分。」夏洛特應道。「不過還比不上沒有人在他活著時將他繩之以法。」

這回輪到華生太太輕輕搓揉里梅涅小姐的手臂。里梅涅小姐對她的阿姨——她母親——燦爛一笑，又對夏洛特開口：「然而沒有一件事順了蘇利文先生的意。比如說他就沒料到在非禮崔德斯太太時會被人打擾。現在我們知道他沒有逮到打擾他們的男僕。接下來他做了什麼？」

「我想他就回到宴會現場。」夏洛特答道。「英古蘭爵爺查訪過好幾位客人。隆斯代小姐的朋友伊莉莎白．葉慈小姐表示，在宴會上，她和隆斯代小姐的一位表親普羅特先生說過話。可是等到英古蘭爵爺找到普羅特先生，他卻對這件事毫無印象。」

「今晚離開隆斯代小姐家後，順便去拜訪了葉慈小姐。當我出示蘇利文先生的照片，她一眼就認出他是宴會當晚和她說話的普羅特先生。」

里梅涅小姐發出作嘔的聲音。「所以他以假身分和隆斯代小姐的朋友說話？這個男人的心思到底有多扭曲？」

「如果牽涉到他的個人利益？顯然是沒有下限。」英古蘭爵爺說：「若我記得沒錯，葉慈小姐和這位『普羅特先生』特別聊到隆斯代小姐的工作坊。所以說——」

里梅涅小姐興奮得差點打翻水杯。「老天爺。老天爺！就是這個。蘇利文先生就是因此得知他的祕密已經不再安全。」

她冷靜下來，對英古蘭爵爺笑了笑。「爵爺大人，恕我無禮。請繼續。」

英古蘭爵爺笑著接受她的致歉。「妳的猜測完全正確。葉慈小姐和我說當時她正跟隆斯代先生聊到一年一度的尋找聖誕禮物遊戲。隆斯代先生才剛轉去跟另一位賓客聊天，自稱普羅特先生的男士隨即冒出來。他說他很喜歡這對伯父與姪女的傳統行事，每年都想猜猜這次禮物會藏在哪裡。他問葉慈小姐可有任何頭緒。葉慈小姐不疑有他，說她認爲隆斯代先生很有可能把禮物藏在三十三號的閣樓工作坊裡，因爲那是從未使用過的地點。」

「蘇利文先生接著就離開了。又過了不久，隆斯代小姐來找她坐一下，我猜這就是葉慈小姐在信中提到的十二點五十五分的談話？」

夏洛特點點頭。「因此蘇利文先生是在十二點四十五分到五十五分之間再次進入三十三號。隆斯代先生則是一點後移動過去，因為隆斯代小姐跟葉慈小姐聊完之後又跟他說過話。」

「是蘇利文先生開槍射穿隆斯代小姐的工作坊門鎖，還破壞裡面的一切東西嗎？」里梅涅小姐問道，她靠著華生太太的手臂支撐身體。

「沒有找到他的寶貝盒子，他把滿腔怒火發洩在隆斯代小姐的實驗器材跟原料上。我猜他離開工作坊時，一下樓就遇到隆斯代先生。」

華生太太按住里梅涅小姐的手背。「你是暗示蘇利文先生殺了隆斯代先生，然後舉槍自盡？」

「絕對不是如此。我認為蘇利文先生對隆斯代先生造成致命傷，而後者在垂死之際反抗，對蘇利文先生開槍還擊。」

沉默。壁爐裡的火焰不時嘶嘶作響。窗外夜幕低垂，星星都出來了，冰冷的小光點掛在無垠的黑暗間。夏洛特感覺自己的身體沉入椅子深處，腦袋也隨著陷入愉悅的恍惚。

她渾身一震，連忙坐直。不，她還不能打瞌睡。

「根據兩名死者倒地的方式，我看得出蘇利文先生先對隆斯代先生開槍。」英古蘭爵爺在半空中比劃現場的動態。「接著隆斯代先生把手杖丟向蘇利文先生，沒想到碰巧敲掉他手中的槍。

手槍落在隆斯代先生身旁，他垂死掙扎，撲了上去，握起手槍，射中同樣靠過來撿槍的蘇利文先生。這槍射中蘇利文先生的額頭，他踉蹌後退，摔到窗台上，後腦勺狠狠撞了一記。」

華生太太緩緩放下按著自己喉嚨的雙手。「可是爲什麼。或許盒子裡裝了蘇利文先生犯行的證據。但就算他認定隆斯代先生已經識破他的手腳，他就沒想過要向隆斯代先生求情，看對方會不會心軟，不把他交給警方處置？」

「而且啊，隆斯代先生知道幕後黑手就是他嗎？要是事前知道這點，他還會邀請他參加隆斯代小姐的宴會嗎？」里梅涅小姐問道。

「我認爲隆斯代先生起了疑心，但沒有掌握實際的證據。畢竟盒子內外都沒有蘇利文先生的名字。」夏洛特答道：「又或者他不想打草驚蛇，怕突然斷絕關係會驚動蘇利文先生。至於蘇利文先生爲何不想跟隆斯代先生談判，他可能知道自己做的事已經是天理不容。至少在隆斯代先生的心中是如此。」

她的視線投向華生太太面前的木盒，這東西看似平凡無奇、毫無害處……

「那崔德斯探長呢？」里梅涅小姐握住華生太太的雙手。「他是在何時抵達現場？」

「我不確定。我們推測他在花園外遇襲，英古蘭爵爺跟我在那裡撿到他大衣的釦子。這場襲擊強化了他進入花園、進入三十三號的決心。」

她想像崔德斯探長在花園裡狂奔，前往他心目中的避風港，他曾要求屋主打開這棟房子的後門。幸好門還開著。他反手鎖門，靠著門板喘息。

等到心跳稍微緩和下來，他咬牙忍受手臂傷處的痛楚。那把刀劃破了三層衣物，自己的血味填滿他的鼻腔。

屋裡很暗，一片漆黑。霧氣在外頭肆虐，三十一號的燈光照不進這棟空屋。

「他摸索著爬上樓。他知道隆斯代小姐在閣樓做實驗。他知道他可以找到酒精清洗傷口。說不定還能拿一些碎布來包紮。然而他卻迎上了最可怕的光景，最出乎意料的厄運。」

樓梯間混雜的氣味，每往上一步就增強一分，花朵、香料、酒精，感官遭受轟炸。他的雙眼有沒有泛淚？他的喉嚨有沒有刺痛？不祥的預感是否爬滿他全身，在他踩過碎玻璃時獲得印證？

樓下是什麼聲音？有人進了屋子！

「他鎖了後門，但他絕對猜不到蘇利文太太從前門離開，放著沒有上鎖。攻擊他的人就這樣進屋。閣樓的門壞了，無法上鎖。他只好往下走。再往下一層。主臥室的門是不是開著？街燈是不是隔著霧氣照了進來？或許是。」

他溜了進去，鎖上門，只能依稀分辨出床架龐大的輪廓。他往前走，滑了一跤，跌在一灘黏稠的液體上。受到閣樓那些溶液的影響，他的嗅覺暫時失靈，不過就算聞不到刺鼻的血味，也知道此處出了大事。

「我只能想像他面對的情景是多麼地恐怖。」夏洛特輕聲道：「他並不是以警官的身分，在大白天冷靜地進房調查，而是如同驚弓之鳥，在黑暗中被屍體絆倒的普通人。」

窗台上的迷你提燈——應該是蘇利文先生帶來的，他做好了在黑暗中行動的準備——已經燒完了。崔德斯探長劃亮火柴時手是否抖個不停？當微弱的火光照亮滿地鮮紅血跡和兩具屍體時，他是否驚慌慘叫？

他有辦法替眼前的光景找出合理的解釋嗎？還是說他光顧著鎖門、在床架後頭採取防禦姿態？他還踢到自己的佩槍，如此不祥的發現。他沒有餘裕思考這東西代表了什麼，畢竟攻擊他的人還在門外潛行。

「接下來的發展出乎他的意料——警察來了。蘇利文太太虛掩著的前門被攻擊他的人打開。巡警進屋時，他說不定還沒離開，或許他想趁著崔德斯探長應付警察時溜進來動手。」

夏洛特喝了一大口水。「之後的事情——或者至少是有人目擊的部分——我們都知道了。」

「可憐的崔德斯探長。」里梅涅小姐喃喃低語。

英古蘭爵爺凝視著桌面。

華生太太拿手帕按壓臉頰，像是出了一身冷汗，即便用餐室裡的溫度相當舒適。「崔德斯探長的遭遇真的是太慘了。可是攻擊他的人到底是誰？對方究竟有什麼目的？」

「關於這件事，我得先處理一下那一盒密碼。」夏洛特揉揉太陽穴。「我有沒有提過我在十六歲那年就已經摸透了解碼的技術？」

第二十一章

麥斯先生送上咖啡。不過咖啡還不足以支撐夏洛克再熬一天夜；她一定要吃蛋糕，足夠的蛋糕。

她咬下一大口海綿蛋糕捲——中間塡滿打發的鮮奶油，還有甘納許巧克力醬。再過幾個小時，想必連這個天堂般的組合也無法招架她的睡意。只要多撐一會兒就能多吃一、兩塊蛋糕——這個想法目前還能帶給她滿滿的能量。

華生太太、里梅涅小姐、英古蘭爵爺已經開工了，他們各自分了一本筆記本。報紙上的小告示用的往往是直接而簡便的加密法則。以防萬一，英古蘭爵爺簡單教導兩位女士如何解開換位密碼，這也是筆記本裡的常客。

夏洛特大著膽子又咬了一口蛋糕，翻開面前的筆記本，裡頭的日期最早。方才在馬車上，就著斷斷續續的街燈，她已經迅速翻閱一遍所有內容，想到眼前跟山一樣高、錯綜複雜曲折蜿蜒的密碼，她心裡直發慌。但現在一頁接著一頁往下翻，看著貼得整整齊齊的剪報，以及零星的電報，一股奇異的熟悉感令她戰慄不已。

是那些日期。

小告示每週見報，相當準時，這一冊將近兩年的剪報中，只有一篇遲了一天。

她以前也碰過類似的東西。

還是該說一模一樣的東西？

英古蘭爵爺抬起頭。「福爾摩斯。」

他的嗓音緊繃，臉上露出一絲沮氣——或許不只一絲。「妳看這個。」

他分到最近期的筆記本，前面的告示都加了密，但最後十到十二則沒有。都是毫無機關的文字——全都是《聖經》內文。

每十天見報。

「這是什麼？」華生太太問道，她總能敏銳地察覺到周遭氣氛的變化。

英古蘭爵爺等待夏洛特的指示。夏洛特握緊鉛筆，還是點了頭。他把他的筆記本遞給華生太太，看到裡頭的剪報，她忍不住驚叫。

「這些難不成——是——」

她安靜下來，無法說完整句話。

這些都是過去發布給莫里亞提麾下黨羽的告示，每一則都代表某本書中的某個字，那個字就是該時期所有加密訊息的解碼關鍵字，直到下一個新的關鍵字出現。

里梅涅小姐從她阿姨手中接過筆記本，就連她也撐不住開朗的表情。「莫里亞提。所以蘇利文先生不只中飽私囊，還滋潤了莫里亞提的庫房？」

就在他孜孜不倦地記錄下這些訊息的期間。

仔細想想，他的所作所爲並沒有那麼難以理解。蘇利文先生最顯著的性格表徵就是惡意與怨恨。擔任莫里亞提黨羽所能獲得的報酬，根本無法彌補他耗費的心力，以及承擔的風險。所以說他相信能靠著這份紀錄來抓住莫里亞提的把柄。就算做不到，至少他認爲若是將內容公諸於世，就能給他八成素未謀面的主人帶來困擾。

夏洛特對英古蘭爵爺說：「可否請您說說崔德斯探長對莫里亞提了解多少？」

探長參與過幾起由莫里亞提幕後指使的案子，但他應該只有在調查堅決谷命案期間直接聽到這個名字。

貼著《聖經》篇章的筆記本回到英古蘭爵爺手上，他翻了幾頁。「我被警方釋放後，還沒送孩子回堅決谷，就先爲這件事見了探長一面。他想更了解莫里亞提——主要是想知道莫里亞提是否與今年夏天的一起命案有關，該名死者名叫德雷西，不過探長相信屍體跟這個名字完全無關，只是給了他這個身分方便結案。」

他合上筆記本，把它推向桌子中央，似乎是期盼再也不用翻開它。「我與崔德斯探長意見一致——德雷西沒死，這只是個化名，只要是莫里亞提在英國的左右手都叫這個名字。我也跟他說，若是遇上莫里亞提或是他的手下，千萬要格外提防。」

「您是否向他提過報紙上的告示？告訴他說那是解開莫里亞提組織內部密碼的關鍵？」

「沒有。他從沒問起這件事，我也不認爲他今年夏天的那起案子與密碼有關。」

「既然崔德斯探長不知道告示的存在，隆斯代先生肯定是自行解開了部分電報的密碼。」里梅涅小姐說道：「眞想知道他破解了哪些。」

「我猜是夏末的這一批。」夏洛特應道：「《聖經》內文單純指向出處的篇章標題。如果隆斯代先生猜到這一批電報用的是惠斯登密碼，解碼對他來說不是難事。爵爺大人，可以請您向兩位女士說明惠斯登密碼的機制嗎？」

英古蘭爵爺乖乖照辦，兩名女士忙著抄筆記，夏洛特抄下了電報的加密內文——今年夏末的電報還不少。確認沒有抄錯之後，她把電報傳給另外三人，每一張紙上都寫出了解碼關鍵字。

經過解碼，照著日期排序可以得出以下四句話：

如果其他手段都無法阻止他，你可以下手。

明天下午將有癌症藥送達。

我相信你有辦法對付妹妹。

情勢不穩，先求自保，直到獲得進一步通知。

「『妹妹』指的是崔德斯太太嗎？」華生太太的嗓音低沉嘶啞。「若是如此，第一句的

『他』就是她的兄長小考辛先生？他知道什麼內情？」

他對公司完全不感興趣，但他是否還是察覺到考辛公司不對勁？還是說有人告訴他？

夏洛特胃部一縮。她想到自己同父異母的哥哥馬隆．芬奇先生，他曾是莫里亞提的解碼員。芬奇先生今年夏天人在倫敦。他是否試圖警告考辛公司的所有人，和他說有人在他的眼皮下挖空公司的財庫？

她的指尖輕輕敲打桌面。她已經很久沒有芬奇先生的消息了。他還平安嗎？要是他出了事……

英古蘭爵爺盯著她看——她極少顯露出煩躁的心情；輕敲桌面的動作在他眼中肯定極不尋常。她縮起手，向他點點頭，表示她沒事。

華生太太的語氣依舊緊繃。「我們可以輕易推敲出密碼中的人物身分，因爲我們已經知道收到電報的蘇利文先生對考辛公司不懷好意。隆斯代先生如何能判斷這些電報指的是什麼事？」

「他肯定認得電報的日期，或者至少認得其中一個。」夏洛特說：「隆斯代小姐曾說她伯父雖然表面上不動聲色，但深深受到巴納比．考辛先生過世的影響。小考辛先生是他摯友唯一的兒子，卻在眨眼間喪命。第三封電報，提到要對妹妹下手的這一封，是在他的忌日當天送達。」

「癌症藥指的是什麼？」里梅涅小姐問道：「小考辛先生的死因是什麼？」

她的疑問通常充滿了活力與興致。不過這回她垂頭喪氣，沒有直視任何一個人，一副不敢聽到答案的模樣。

「報紙上說是瘧疾。」夏洛特一點也不想深究這件事。她深吸了一口氣。「對了，隆斯代先生在藥房向藥師問起癌症藥。在同一時期，他還跟長時間替考辛家族服務的莫特雷醫師聊過。」

現在她確信隆斯代先生寫在記事本上的「醫師」指的不是他自己的醫師，而是莫特雷醫師。他把前去考辛家弔唁、跟崔德斯探長密談的紀錄標記爲去考辛公司開會，畢竟崔德斯探長可以算成考辛家族的成員，也與考辛公司有關。「大英博物館的閱讀室」指的是他用來解碼的時段——或者是自行尋找眞相。「藥房」並不是他家附近的店家，而是化學分析師【註】。

華生太太捏捏鼻梁。「突然想到——我們幾乎知道一切的線索是如何拼起，但我們手邊的證據大多繞著莫里亞提打轉。我不敢把證據交給警方，這樣莫里亞提就知道我們了解多少。除了崔德斯探長，警方八成會認爲我們是空口說白話。畢竟誰能證實莫里亞提眞的存在？只有馬伯頓一家跟英古蘭夫人能公然說出這個名號，就算他們站出來，我們也無法指望他們的證詞能有多少份量。」

這回里梅涅小姐望向夏洛特，心中已有了不祥預感，但臉上也同時帶著焦急與希望。華生太太的表情更加凝重，似乎是不敢給予自己希望。英古蘭爵爺則是點點頭，既是承諾，也是鼓舞。

把妳的計畫說出來，我會幫妳實現。

「還有咖啡嗎？」夏洛特放棄了今晚的睡眠。「誰有心情陪我賭一把？」

□

深夜拜訪崔德斯太太，取得她的許可後，夏洛克．福爾摩斯的代理人各自造訪倫敦的大報社，離最終製版已經沒剩多少時間了，他們得在早報刊登這篇報導。

他們在安全範圍內說出一切：蘇利文先生從考辛公司內部盜用經費；隆斯代先生冒著天大風險，試圖將眞相公諸於世；崔德斯探長接受隆斯代先生的請託，不屈不撓地奔走調查。隆斯代先生和崔德斯探長還來不及完成任務，蘇利文先生便意識到他身陷危機。他偷走探長的佩槍，打算對著熱鬧的宴會開槍，再把證物留在冷街三十三號屋裡，害崔德斯探長在蘇格蘭警場、崔德斯太太在考辛營造公司失去立足之地。

說到這邊，夏洛克．福爾摩斯的代理人話鋒一轉。他們繪聲繪影地描述無人目擊的衝突：揮舞著手槍、口沫橫飛的蘇利文先生，以及冷靜又英勇的隆斯代先生。蘇利文先生一槍射中隆斯代先生胸口，而隆斯代先生在他精彩人生的最後一刻奮力一搏，舉槍射穿蘇利文先生的腦門。

崔德斯探長原本與隆斯代先生有約，卻受到蘇利文先生請來的打手阻撓，晚到了一步，踏入命案現場，不幸目睹這對舅甥的善惡死鬥。

夏洛特又變裝成雪林福．福爾摩斯——她、華生太太、里梅涅小姐全都以男裝出馬——和英古蘭爵爺在一大清早很沒良心地拜訪英古蘭爵爺的一位友人，英古蘭爵爺前一晚將夏洛特交給他

譯註：藥房和化學分析師都可簡稱chemists。

的樣本送來給這位化學分析師檢驗。

睡眼惺忪的化學家將信封交給英古蘭爵爺，啞著嗓子說了句：「我很遺憾。」

英古蘭爵爺緊緊捏住信封，夏洛特閉眼幾秒。這句話道盡了他們需要知道的一切。

他送她回華生太太家，接著趕去尤斯頓站搭早班車。夏洛特撤下易容道具，又打扮成下一個樣貌——這套保守的黑白配色外套裙裝跟雪林福．福爾摩斯墊出來的大肚子一樣，都是爲了舞台效果穿上的戲服——再次拜訪崔德斯太太。

她曾向崔德斯太太提過早上會再來一趟，但這個時刻太不人道，崔德斯太太雖然醒了，但還沒換好衣服。

「請盡快整裝出門。」夏洛特揚手掩住一個呵欠。咖啡的效力快沒了。

下一刻，她被打點完畢的崔德斯太太搖醒。夏洛特眼睛幾乎睜不開，拖著腳步跟在她背後。

「妳還沒說要去哪裡。」兩人走向馬車時，崔德斯太太說道。

「考辛太太家。」夏洛特喃喃回答。

她把自己塞進馬車，倒在座位上。才過了三十秒——感覺是這樣——崔德斯太太又把她叫醒。她們已經抵達考辛太太家門口了。

僕人帶著兩人進入客廳時，夏洛特看見自己映在鏡中的身影。她看起來嚇人極了，雙眼浮腫無神。老天爺，她的皮膚是不是有點鬆垮？她早就過了能熬夜的年紀了。在她的肌膚恢復往昔的光潤彈性前，顧問偵探夏洛克．福爾摩斯短時間內只能接安全又低調的小案子。

考辛太太隨即現身，她在寬鬆睡袍外罩著一襲黑衫，端著托盤的女僕跟在她背後。「愛麗絲、福爾摩斯小姐，一切都還好嗎？」

「抱歉，在這麼不恰當的時間前來打擾。」夏洛特覺得清醒多了，不只是因爲剛才打了兩次瞌睡，也因爲接下來要傳達的消息太過沉重。

以夏洛克．福爾摩斯的身分執業期間，她已經報告過不少壞消息。疏離的天性使得她能避開粉碎客戶的幻想、打破他們的心所帶來的衝擊。這工作很適合她，但她依舊希望自己身在別處，睡得香甜。

「我要向兩位轉告一些消息，抱歉，不是什麼開心事。」

崔德斯太太臉上血色盡失。「妳該不會要說探長他——我丈夫他——」

「不是的，崔德斯太太。我現在完全能證明崔德斯探長毫無罪嫌。」

夏洛特簡短描述宴會當晚的一連串事件，略過伍哈洛先生和韓德瑞小姐這一段。崔德斯太太專心聆聽，一手抓住考辛太太的手臂；聽到一半，考辛太太手中的茶匙掉了下來，她卻渾然未覺。

「昨夜與我的同伴商討出事件全貌時，我總覺得中間缺了什麼。考辛太太，就我所知，妳丈夫是死於瘧疾？」

考辛太太愣了幾秒才回應這個毫無邏輯的疑問。「是的。」

「他當時是否服用過奎寧？」

考辛太太嘆息。「這次的瘧疾是復發——他是在壯遊途中的義大利首度罹患瘧疾。很不幸，那次經驗使得他對奎寧深惡痛絕，因爲奎寧害他嚴重耳鳴，更別說他還深信自己得了癌症——我的婆婆死於腫瘤，在他心頭留下了陰影。」

「後來，莫特雷醫師判斷他可能服用的藥量不足——把藥錠藏在舌頭下，之後再吐掉之類的把戲——因爲他討厭奎寧。也因爲他相信自己得的不是瘧疾，而是癌症。」

崔德斯太太伸長手臂環上考辛太太的肩膀。考辛太太用力握了握崔德斯太太的手。

夏洛特硬著心腸說道：「考辛太太，我不知道考辛先生是否有按照指示服藥，但我知道在他身上，這並不是重點。」

「什麼——」考辛太太看著崔德斯太太，兩人露出同樣不解的表情，之後迅速轉爲恐懼。

「福爾摩斯小姐，妳說這話是什麼意思？」

「有人仗著妳丈夫對癌症的恐懼，給了他所謂的癌症藥。在這次瘧疾發作時，他吃了那份藥。目前沒有任何有效的癌症治療藥物，有些還含有少量的有毒物質。但他拿到的藥物更糟，因爲裡頭的成分幾乎都是砷毒。」

考辛太太短促尖銳的嚎叫懸在空氣中。她張著嘴，但發不出更多聲音，彷彿聲帶被人抽出。

「不！」崔德斯太太大叫。她跳了起來。「不！」

夏洛特呈上化學分析師的報告。「隆斯代先生也懷疑這點，所以才來拜訪妳，考辛太太，向妳索取緬懷用的首飾，因爲裡面放著妳丈夫的遺髮。巴納比．考辛先生過世不算久，從他的頭髮還驗得出砷毒。」

沒有人上前接過夏洛特手中的信封。她們只是盯著她，像是化成石像般。

夏洛特嘆息。「我必須說事態不只如此。」

□

「小姐，我能爲妳效勞嗎？」郵局職員期盼地看著莉薇亞。

莉薇亞握住包裹的雙手稍稍使力，喉嚨乾渴，臉頰發燙，心臟卻跳得異常緩慢，似乎還在沉睡一般。

「這個包裹。」她啞聲道：「還有二十便士的郵票，謝謝。」

福爾摩斯夫人總算判定帶著莉薇亞去倫敦勝過待在家裡。現在是換車的空檔，莉薇亞決定利用火車站外的小郵局寄出她的手稿。

一旦她停止欺騙自己，一切就變得無比清晰。

夏洛特曾說馬伯頓先生很可能是莫里亞提的兒子。莉薇亞一直都不願意相信這件事。然而他們才剛剿滅過莫里亞提的一處要塞，馬伯頓先生就匆匆向她道別，這不可能是巧合。

有某個契機逼迫他這麼做。

某個人。

莫里亞提。

光是想到這個名字，就讓她胸口發涼。她不知道能用什麼方式將消息傳遞給馬伯頓先生，但他總說無論他人在何處，都會引頸企盼她的夏洛克．福爾摩斯故事。

若是她的故事刊登在熱門雜誌上，將會印成數萬份，散播到世界的每一個角落，其中一本落入他手中的可能性就提高許多。等到他拿著那本雜誌，看到他讀過雛型的故事，一定會知道她始終沒有忘記他。

「小姐，還需要什麼嗎？」職員遞上郵票。

「謝謝，目前這樣就夠了。」她說。目前。

「小姐，祝妳聖誕快樂。」

她凝視著職員平凡而誠摯的臉龐，想像他是另一個人的馬伯頓先生。「也祝你聖誕快樂。」永遠幸福快樂。

□

夏洛特趕著一大早與崔德斯太太和考辛太太見面，就是希望她們在透過其他管道聽聞流言蜚語之前，能先從她的口中得知最糟的結果。等到她離開考辛太太家時，報童已經四處遊走。早報鋪天蓋地席捲整座城市後不到一個小時，某個小賊向警方自首他依照蘇利文先生的命令，偷走崔德斯探長的佩槍。

兩個小時後，另一個小賊也來自首他在案發當晚闖進冷街三十三號——前門開著——想偷點東西，卻看到屋裡躺了兩具屍體。接著崔德斯探長登場，自稱是警察，小賊生怕會背上謀殺黑鍋，從後頭把探長推進房裡，大喊著他也要宰了他！崔德斯探長鎖上門擋住他——很合理的反應——他立刻逃之夭夭。

夏洛特被這套說詞的創意逗得樂不可支。

到了中午，她去尤斯頓站和英古蘭爵爺碰面。

崔德斯探長在寫給夏洛克·福爾摩斯的兩封看似惡作劇的信中附上了眞實住址，英古蘭爵爺決定親自去看看這兩個地點。他回報從雪菲德的這個住址，清楚看到一座現代化的大型工廠，但距離夠遠，就算莫里亞提的黨羽攔截到這封信，也不一定能將這個住址與工廠連結在一起。工廠門上高高掛著德雷西工業的牌子。

到了鄰近的里茲，崔德斯探長留下的住址帶領英古蘭爵爺找到更大、更現代化的工廠，同樣也是頂著德雷西工業的頭銜。莫里亞提不只從考辛公司斂財——很可能還有其他公司受害——還利用這筆資金建造了新的財源。

夏洛特想起她從莫里亞提位於巴黎市郊的要塞取得的底片，其中有幾張工廠的影像。有多少座工廠是靠著汲取合法企業的心血蓋成的呢？

嗎。

她不想在這個主題上花費太多心思，轉頭吻上英古蘭爵爺，用這招打發時間，不是愜意多了

他們的馬車停在蘇格蘭警場門外。英古蘭爵爺打算告知崔德斯探長，夏洛克・福爾摩斯已經發揮了他平時的水準。接著他要盯著警場在最短時間內釋放探長。

「下午你有什麼打算？」夏洛特的語氣中隱含了不少企盼。

她還沒訂好午茶袍，但他還是可以來喝杯茶——然後做一些午茶袍象徵的惡事。

「福爾摩斯，今天是聖誕夜，我得幫孩子找好禮物。」

她還能有什麼怨言呢？不過她很快就打起精神。「你今年要送我聖誕禮物嗎？」

他們極少送對方禮物。

他挑眉。「妳會送我禮物嗎？」

「會。」

他盯著她看了好半晌。「天啊，我會收到熱水袋套，對吧？就是妳在巴黎當著我的面織的那個！」

她被他裝出的驚恐表情逗得笑出聲來。她一手捧著臉頰，說道：「可是我完全想不到你要送我什麼。」

「和熱水袋套意義相等的東西。」他沉聲警告。「福爾摩斯，和熱水袋套沒有兩樣。」

等到馬車離開，她還是止不住滿臉笑意。

□

夏洛特才剛走進家門，英古蘭爵爺的信就追了上來。致命一擊來了：蘇利文先生惡行的大量證據已經送達蘇格蘭警場，不只揭露他無恥的貪污手段，還有他毒害小考辛先生的犯行，更提到他兩年半前在莫特梅‧考辛先生的茶裡放乙二醇，謀殺了當時肺炎症狀看似好轉的老考辛先生。

正如夏洛特的預想。蘇利文先生為了抓住莫里亞提的把柄，不斷收集證據，同樣地，莫里亞提的左右手也一眼就看穿他怨毒的本性，默默準備讓他接受法律制裁。他們必須讓調查行動止於蘇利文先生，不能害得德雷西工業的旗下工廠曝光。

夏洛特對老考辛先生遭到謀殺的消息並不意外。今天早上，她向崔德斯太太和考辛太太報告巴納比‧考辛先生的頭髮裡驗出大量砷毒時，也警告她們，無法斷定莫特梅‧考辛先生沒有遭逢同樣的命運。

這事沒有出乎她的意料，卻還是令她感傷。她想到宴會當夜，舅舅與外甥在那間臥室裡對峙，蘇利文先生舉起崔德斯探長的佩槍，指著隆斯代先生的胸口。當時他有沒有供托出一切，好在殺了隆斯代先生之前讓他痛苦不已？隆斯代先生這個不太硬朗的長者，是如何在胸口中了一槍的狀況下，拚盡力氣丟出手杖，撲向落地的手槍，對著蘇利文先生開火？

因為蘇利文先生得要負起責任，就算他只參與了部分行動，依舊是他害死了隆斯代先生親愛的友人與夥伴，而這個人把隆斯代先生的健康看得比利益還重，就算是親兄弟，也難有如此深厚的感情。

眞相水落石出，崔德斯探長在太陽下山之前便獲得釋放，晚報肯定會把這件事譽爲聖誕奇蹟。英古蘭爵爺和雪林福．福爾摩斯都跟著他可愛又忠誠的妻子到場祝賀。

「謝謝妳。」崔德斯探長對夏洛特說：「如果眞有人能救我，我知道那個人就是妳。謝謝妳。」

她跟他握手。「探長，很高興看到你回到我們身邊。對了，你的招數眞是厲害。」

「來自夏洛克．福爾摩斯的代理人的稱讚，這還眞是不得了。」

「這是夏洛克．福爾摩斯本人的看法。你不需要懷疑自己的能力。」

崔德斯探長連連眨眼，搖搖頭，啞著嗓子說道：「再次感謝。感謝妳長久以來的協助。」

他和他的妻子手挽著手離開，像是一對新人，走過祝賀賓客之間，朝他們嶄新的未來邁進。

他們搭上馬車後還是轉頭不斷揮手。崔德斯太太揚手摸摸丈夫的臉頰。他眼中含著淚，握住她的手，往她戴著手套的掌心印下一吻。

夏洛特想起英古蘭爵爺對他們兩人是多麼地樂觀。

或許讓人樂觀的不一定是浪漫的觀點。或許有時只是正確的眼光。

她轉向自己人生中最無可救藥的浪漫主義者。「艾許，今天下午的尋找禮物之旅順利嗎？」

「可以說是成果豐碩。」

她瞇細雙眼。「我還是不知道你打算送我什麼。」

他咧起嘴角。「這還眞是大新聞啊。」

「可是我知道你今天給自己買了一個熱水袋——不對，至少兩個——這樣就可以馬上拿我送的禮物來用了。」

「妳說得對。」他哈哈大笑。「妳從來沒有出過錯。」

尾聲

恐懼滲入羅伯特·崔德斯內心。他還在作夢——與他每一夜在牢房裡驚醒時一樣，夢見在自家床上醒來。但他也足夠清醒，知道自己在作夢，只要一睜開眼，舒適、安全、自由的幻影就會煙消雲散。

即便夢境中的自己把愛麗絲抱得更緊、臉埋進她的髮絲，心思依舊飄回和隆斯代一家第二次共進晚餐的那天。在兩名女士移動到客廳後，餐桌旁只剩他和隆斯代先生，後者不只取出一瓶波特酒，還有一本筆記本。

我在三十三號的工作坊找到這本筆記本，除此之外還有幾本類似的東西。他的語氣凝重。請你不要覺得我在胡言亂語，我——我相信這些筆記本的內容與考辛公司有關。

一切從此開始。

崔德斯起初只是禮貌性地傾聽，當面前的長者猜測巴納比·考辛——崔德斯不抱多少感情的大舅子——是遭到謀殺時，他完全無法置信。接著隆斯代先生遞上化學分析師的報告，而且還是兩份，證實隆斯代先生向巴納比·考辛的遺孀索取的頭髮中驗出砷毒。

聽到這裡，崔德斯別無選擇，只能一頭栽了進去：無論是誰，既然能對他的大舅子下手，也能朝愛麗絲伸出魔掌。

隆斯代先生繼續說下去，崔德斯這才發現愛麗絲向他透露的公事困擾只是冰山一角。隆斯代先生口中她對於考辛公司財務的懷疑，成爲他展開調查的契機。

在蒐證之旅途中，他造訪了替考辛公司籌畫廠房翻新工程的統包商興建的工廠，一路查到德雷西工業。看到這個招牌，他心中的警鈴響徹雲霄。

他無法判定這個德雷西就是莫里亞提在英國的副手，但他還是透過極度迂迴的手法向夏洛克．福爾摩斯示警。接著他與隆斯代先生見面，討論眼下的危機。

他們決定在一月一號之後再向家中女眷說明此事——先讓她們好好享受聖誕節和新年假期，不受莫里亞提的陰影影響。隆斯代先生加快腳步幫他的姪女安排亮相宴會，即使他正加倍努力解開筆記本裡的其他告示和電報密碼，想盡量挖掘出更多證據。

崔德斯又出了一趟遠門，探查另兩處由同一位統包商負責的工地。他在曼徹斯特又找到一間德雷西工業的廠房，不過到了康瓦爾——他在此地差點被逮到，千鈞一髮之際逃了回來，因此不太確定自己究竟查到了什麼。

他和隆斯代先生達成共識，兩人見面時要更加小心。他們決定在崔德斯探長返回倫敦當晚，到冷街三十三號密會，這個地點夠安全隱密，雖然隆斯代先生必須暫時離開姪女的宴會。崔德斯給愛麗絲的返家日期稍微晚了些——他是打算讓她結束宴會回家時發現他已經在家，給她一個驚喜。

然而在回程火車上，他察覺自己遭到跟蹤，立刻隨機換了幾次車，使得他晚了幾個小時回到倫敦，但他認爲總算甩掉了追兵。

卻在三十三號門外遭到襲擊。

惡夢就此展開……

他睜開眼——硬是睡下去也沒有多少用處——發現周圍不是光禿禿的牆面和鐵柵欄，而是乳白色床頂篷和亞麻色床幔。空氣中聞不到嘔吐物和其他排泄物揮之不去的惡臭，而是飄散著清淡怡人的薰衣草花水和地板蠟的香氣，乾淨整潔的住家氣味。

他小心翼翼地轉過頭。他身旁的暖意不是幻覺——愛麗絲眞的在他懷裡。他眞的躺在自家床上，重獲自由。

託夏洛特．福爾摩斯的福。願神保佑這名女子與她裙襬上的每一個荷葉邊。

想起獲得釋放的那一刻，他覺得自己又像在作夢。從蘇格蘭警場搭馬車回家的那段美好時光。對愛麗絲的父親和兄長的悲傷再次湧現，特別是她的父親。他們談了好久好久，坦承過去幾個禮拜、幾個月，甚至是幾年間，因爲太害怕、太羞愧、太過於不安，而無法告訴對方的一切。

之後他覺得自己的心頭清爽輕盈，同時也感到赤裸裸的，羞赧到幾乎不敢正視她的雙眼。他猜她也有同感，所以才把話題轉到夏洛克．福爾摩斯身上。

「羅伯特，你認爲——我是說，你有沒有懷疑過在上貝克街十八號的臥室裡，是否眞的住了個身染痼疾的男人？究竟有沒有證據能證實他的存在？」

他輕笑一聲，給兩人各倒了杯威士忌。「我最親愛的愛麗絲，讓我告訴妳我所知的一切。」

身旁的愛麗絲動了動。她睜開雙眼，方才他體驗過的各種情緒掃過她的臉龐。先是反射性的驚惶，接著是紛湧而至的寬慰——他已經脫離禁錮，他們總算團聚了。

她翻身看他。「羅伯特，聖誕快樂。」

「愛麗絲，聖誕快樂。」

她撫上他的臉頰。「今天是我們餘生的第一天。」

這是她在婚禮隔天早上說過的話。他握住她的手，輕輕一吻，給出了和當時一模一樣的答案：「每一天都是我們餘生的第一天。」

不過這回他不會忘記這句話。

這回，他要做得更好。

□

聖誕節一早，名為莉薇亞的美妙驚喜來到夏洛特門外。

根據莉薇亞的說法，她們的母親多喝了幾滴鴉片酊，現在還沒醒來。所以當她們投宿的旅店門禁一開，她就趁機溜到這裡。

華生太太和里梅涅小姐熱烈歡迎她的到來。四名女子聊得眉飛色舞，一邊享用豐盛的早餐。或者該說是三人聊得眉飛色舞，夏洛特享用豐盛的早餐。

門鈴再次響起，今天的第二組訪客是英古蘭爵爺和他的兒女。露西妲小姐愉快地向麥斯先生說明他們是在前往車站途中，順道過來送禮物。

或許華生太太的身分不是那麼名正言順，但里梅涅小姐是英古蘭爵爺公開承認的同父異母妹妹。或許有些人對他頗有微詞，不過他在世人眼中的評價基本上還是挺好的：富裕又俊朗的男子只要循規蹈矩，通常就能獲得敬重。

就算他擁有好名聲，被人知道他讓自己的孩子，特別是他女兒，見到夏洛特．福爾摩斯這個墮落女子，還是會陷入危機。孩子認得她，年紀又太小，管不住嘴巴，因此夏洛特在孩子上樓之前溜出二樓客廳。

莉薇亞也一起溜走，她可不希望被人知道她出現在華生太太家。

她們陪貝娜蒂坐了一會兒，這位二姊無法自理生活，現在由夏洛特接來照顧。接著又移動到一樓客廳。

夏洛特等待莉薇亞說出她目前所知。

莉薇亞長嘆了一聲。「馬伯頓先生在莫里亞提手上，對吧？」

馬伯頓先生的善意謊言遲早會被拆穿——莉薇亞自己看透了真相。「恐怕是如此。」

莉薇亞雙手埋進裙子的縐褶——一樓客廳沒有點起爐火，氣溫很低。「我們有辦法救出他嗎？」

「目前我還不確定，但我們一定會想出辦法的。」

莉薇亞在椅子上前後搖晃。「要不要花上好幾年的時間？」

夏洛特靠了過去，握住莉薇亞的雙手。「有可能。」

莉薇亞的手抖個不停。過了一會兒，她還是止不住顫抖，開口說道：「我準備好了。」

□

幾分鐘後，英古蘭爵爺下樓來見兩人。他們相互祝賀。莉薇亞送上一條刺繡花押字母手帕；他送她一罐藍黑色墨水，瓶身刻上她名字的縮寫。

莉薇亞收下禮物，說她要趕快試寫一下，識相地告退。

英古蘭爵爺沒有浪費一分一秒，立刻吻上夏洛特，夏洛特也沒有浪費半點時間，立刻全心投入這個吻。

接著，她照著預定，送給他親手織的熱水袋套，而且還是兩個。「來，我幫你做的這個和我的聖誕樹禮服造型一樣——我知道你有多愛那套衣服。既然你多買了一個熱水袋，那我就不得不把我自己的套子也送給你啦。有看過這麼漂亮的聖誕布丁嗎？」

他笑到眼淚差點流出來。「現在我真的別無選擇啦，只要抱著我的熱水袋就一定會想到妳。」

她洋洋得意。「沒錯。所以你要送我什麼？」

他離開客廳，從走廊抱回一個尺寸不小的盒子。她一眼就認出裡頭裝的是衣服。既不是她的親戚，也不是她的丈夫，這名男士不該送她衣服才對。

太好了。

盒子裡裝的是一件……一件……

她抖開這件衣物，從前後左右仔細打量。毋庸置疑。開襟長衫，這個粉色調在苯胺染料問世之前是染不出來的，還有輕飄飄的白色裡衣？這是她這輩子見過用了最多蕾絲花邊、打了最多各式褶子的午茶袍。

「你怎麼知道我想要這個？」

「我不知道。但妳還記得妳曾在堅決谷向我求歡嗎？」

他的指尖撫過方才被她掛在襯墊椅背上的裡衣前襟。熱氣沿著她的胸口往下竄。「我在堅決谷除了向你求歡，還做了很多事吧。」

「好吧，在我們知道妳做了那些事之前，妳邀請我趁華生太太午睡時到渡假小屋拜訪妳。從那時到現在，我一直想著妳的邀約。就連我這個老古板也知道，女士穿午茶袍就是爲了這樣的場合。」

他正翻起裡衣的下襬，手指鑽了進去？熱氣竄向她的——

她清清喉嚨。「所以你是預期我們未來會遇到這樣的場合？」

「這是當然。等我回到倫敦，以自由之身參加社交季，希望能很常、很常看到妳穿著午茶袍的模樣。」

她得要按住他的手，制止他對午茶袍做出更加不莊重的舉動。兩人視線相交，他眼中閃著不懷好意的光彩。

不到幾秒，他的眼神轉爲嚴肅。「福爾摩斯，妳千萬要小心。或許還沒完全撕破臉，但莫里亞提肯定已經把妳視爲敵人。或者至少是非常棘手的對手。」

她靠過去，又討了一個吻。「我當然會非常、非常小心。我有這件午茶袍，還要等你明年春天回來穿給你看呢。」

《福爾摩斯小姐5　冷街謀殺》完

福爾摩斯小姐

本書提及之美食中英文對照表

依照出現順序排列

聖誕蛋糕　holiday cake
水果蛋糕　fruit cake
派餅　pastry
起司三明治　cheese sandwiche
奶油燉小牛腰子　rognons à la crème
蘋果夏洛特蛋糕　apple Charlotte
熱紅酒　Smoking Bishop
（香料）紅酒　the mulled wine
苦橙　Seville oranges
丁香　cloves
冰糕　iced cake
熱可可　hot cocoa
水果蛋糕　plum cake
葡萄酒　wine
長棍麵包　baguette
燉湯　stew
牡蠣派　oyster patty
軟糖　gummy sweet
薄荷糖　peppermint stick
薄荷喉糖　peppermint lozenge
烤牛肉三明治　roast beef sandwich

明蝦沙拉迷你三明治　prawn salad finger sandwich
燉雞肉　potted chicken
咖哩肉湯　mulligatawny soup
炸牛肉馬鈴薯泥餅　beef-and-potato croquettes
酸豆醬水煮羊排　boiled mutton in caper sauce
抱子甘藍　brussels sprout
聖誕樹幹蛋糕　bûche de Noël
檸檬香芹奶油醬　lemon-and-parsley butter sauce
香緹鮮奶油　crème Chantilly
海綿蛋糕捲　sponge roll
甘納許巧克力醬　chocolate ganache

Lady Sherlock

福爾摩斯小姐

下集預告

Miss Moriarty, I Presume?

夏洛特・福爾摩斯的門前出現了意想不到的訪客。莫里亞提現身，他委託夏洛特尋找女兒下落。夏洛特和華生太太啓程調查。同時，莉薇亞也收到馬伯頓先生捎來的神祕訊息。

面對各種可能性與錯綜複雜的謊言，再加上莫里亞提委託他們的眞正意圖不明，夏洛特要這種狀況下解開眼前的謎團……

即將出版。

福爾摩斯小姐5 / 雪麗・湯瑪斯(Sherry Thomas)著；
楊佳蓉 譯. -- 初版. -- 臺北市：蓋亞文化, 2023.06
冊； 公分（Light；25）
譯自：*Murder on Cold Street*
ISBN 978-986-319-838-3（第5冊：平裝）

874.57 112007418

Light 025

福爾摩斯小姐5 冷街謀殺

作　　者 雪麗・湯瑪斯（Sherry Thomas）
譯　　者 楊佳蓉
裝幀設計 莊謹銘
編　　輯 章芳群
總 編 輯 沈育如
發 行 人 陳常智
出 版 社 蓋亞文化有限公司
地址：台北市 103 承德路二段 75 巷 35 號 1 樓
電話：02-2558-5438　傳眞：02-2558-5439
電子信箱：gaea@gaeabooks.com.tw
投稿信箱：editor@gaeabooks.com.tw
郵撥帳號 19769541　戶名：蓋亞文化有限公司
法律顧問 宇達經貿法律事務所
總 經 銷 聯合發行股分有限公司
地址：新北市新店區寶橋路二三五巷六弄六號二樓
電話：02-2917-8022　傳眞：02-2915-6275
港澳地區 一代匯集
地址：九龍旺角塘尾道 64 號龍駒企業大廈 10 樓 B&D 室
電話：+852-2783-8102　傳眞：+852-2396-0050
初版一刷 2023年06月
定　　價 新台幣 450 元
Published and Printed in Taiwan

GAEA ISBN／978-986-319-838-3